EL CAUTIVO REY LOBO

REYES DE AVALIER · LIBRO CUATRO

EL CAUTIVO REY LOBO

LEIA STONE

CROSS BOOKS

Obra editada en colaboración con Editorial Planeta – España

Título original: *The Forbidden Wolf King*

Publicado por acuerdo con Bookcase Literary Agency

Bajo el sello editorial CROSSBOOKS M.R.
Avenida Presidente Masarik núm. 111,
Piso 2, Polanco V Sección, Miguel Hidalgo
C.P. 11560, Ciudad de México
www.planetadelibros.com.mx

Primera edición impresa en España: abril de 2025
ISBN: 978-84-08-30076-2

Primera edición impresa en México: junio de 2025
ISBN: 978-607-39-2855-7

Impreso en los talleres de Impregráfica Digital, S.A. de C.V.
Av. Coyoacán 100-D, Valle Norte, Benito Juárez
Ciudad De Mexico, C.P. 03103
Impreso en México - *Printed in Mexico*

Fallenmoore
Archmere
Nightfall
Cinder Village
Gypsy Rock
Thorngate
Middle Bridge
Jade City
Embergate
Grim Hollow
Necromere
Avalier

1

—No tienes que hacerlo —dijo mi hermano mayor, Cyrus, mientras se paseaba por la casa en la que yo vivía con mi hermano pequeño, Oslo. Nuestros padres habían muerto hacía mucho y nos habíamos quedado los tres solos. Cyrus estaba casado y tenía dos cachorros, y yo me encargaba del pequeño Oslo.

Lo miré.

—Sí tengo que hacerlo. Es obligatorio, Cy; la orden dice que la hembra más dominante...

Cyrus me interrumpió y se acercó a mí con su imponente altura.

—¡Me importa un carajo la orden! El rey tendrá muchas mujeres entre las que elegir. No es necesario que te maten intentando...

—¿Cómo dices? —Me puse de puntitas y puse mi dedo índice en su pecho. Ahora me tocaba a mí interrumpirlo.

—¿No crees que pueda ganar?

Cyrus parecía ligeramente avergonzado.

—Zara, te he entrenado yo mismo. Sé que eres una guerrera fuerte, pero ¿luchar contra todas las hembras dominantes de Fallenmoore solo por conseguir la mano del rey?

Se hizo el silencio en la habitación. Yo no quería esto, y mucho menos con Axil Luna. Teníamos historia, una que yo me esforzaba por olvidar cada verano. Cyrus lo sabía. Pero habíamos recibido una orden categórica y yo no era una cobarde.

—Participar en las Pruebas de la Reina es una condena de muerte —aseguró mi hermano pequeño desde su asiento en el sofá mientras me miraba como un niño asustado. Con doce años podría arreglárselas solo si muriera, pero para él yo era como una figura materna. No le quedaría nadie que lo arropara por la noche o le mostrara cómo se comportan los lobos.

—¿Y el estatus que le otorgaría a nuestra familia? —les pregunté—. ¿La posición de poder que conseguirían Oslo y tú si gano?

Mis hermanos eran dominantes. No lo suficiente como para ser los alfa de nuestra manada, aunque tampoco lo bastante sumisos como para ser cuidados por los otros miembros. Luchaban por los recursos y tenían que defenderse solos, como la mayoría de los lobos de las posiciones centrales de las manadas. Si yo participaba en las pruebas y ganaba, no solo me convertiría en la reina de nuestro pueblo, también ascendería a mis dos hermanos a un lugar en el que les pagarían una cuota por el simple hecho de respirar. Pieles nuevas cada invierno, el rey les ofrecería comida y refugio gratuitos, y recibirían puestos de honor en el Ejército Real licántropo.

Mi hermano mayor se cruzó de brazos y me observó. Yo ya había cumplido los veinte veranos; él no podía negar que me había convertido en una mujer. Podía sostenerle la mirada incluso a los machos más fuertes de mi manada sin cubrirme y mis músculos parecían tallados en piedra. Ya no era la niña peleonera a la que le enseñó a luchar junto a la orilla del río. Era la tercera al mando en nuestra manada, justo por debajo del alfa y su número dos. Era un gran hito para una hembra.

—Zara, si ganas, tendrás que casarte con el rey Axil. ¿No te importa? ¿Después de todo lo que han pasado? —preguntó.

—¿Qué han pasado? —quiso saber mi hermano pequeño.

—No hace falta que lo sepas —le dijimos Cyrus y yo al unísono.

Aún podía sentir los labios de Axil sobre los míos cuando cerraba los ojos por la noche y pensaba en aquellos dos meses de verano en el campamento de entrenamiento de lobos dominantes cuando teníamos quince veranos.

Mi primer amor. O lo que yo pensé que era amor cuando no era más que una cachorra. Ya entonces era básicamente la madre de mi hermano pequeño, y cargaba con el peso de las responsabilidades del hogar. Axil fue un soplo de aire fresco. No sabía que era el príncipe por aquel entonces; yo vivía en un pequeño pueblo alejado de Death Mountain, donde residía la corte real. Nos pasábamos horas riéndonos y charlando. Nos besábamos bajo la luz de la luna y bailábamos hasta que parecía que se nos iban a caer los pies. Durante dos meses seguidos comí, bebí y respiré Axil Luna. No fue hasta que nos descubrió su hermano besándonos el último día de campamento cuando supe quién era, y todo se vino abajo.

Todavía recordaba la discusión que tuvieron delante de mí.

—¡La quiero! —le dijo Axil a su hermano.

—A una mujer así no se le quiere, Axil. Te acuestas con ella y pasas a otra más adecuada de Death Mountain. Eres un príncipe, empieza a comportarte como tal. Vámonos antes de que te vea alguien.

Me quedé destrozada. Axil había hablado de un futuro juntos, de venir a visitarme y de que fuera yo ir a visitarlo, de querer casarse conmigo algún día. Esperaba que mandara al carajo a su hermano, pero simplemente agachó la cabeza y se marchó sin decir nada más.

Se fue, sin más. Me rechazó como si fuera basura plebeya. No tenía ni idea de que era el príncipe Axil, hermano del rey Ansel, ni de que había estado coqueteando con la realeza. Estaba por debajo de él.

—Zara. —Cyrus me trajo de vuelta al presente.

Miré a mi hermano a los ojos, sosteniéndole la mirada con facilidad.

—Sí, me casaría con él. Para demostrar que aquella plebeya de Mud Flat puede ser reina —gruñí, mientras se formaba un rugido en lo más profundo de mi garganta. Y para demostrarle a Axil Luna y a su hermano que era suficiente. El estatus no era lo que te convertía en reina en Fallenmoore. Fuerza bruta, dominación, astucia y potencia en la batalla sí. Las pruebas eran, literalmente, una lucha a muerte, o hasta que una de las partes renunciara, pero nadie con un poquito de dignidad lo hacía. Tu manada podía destrozarte y tu familia no se recuperaría del golpe durante tres generaciones.

Mi hermano me miraba ahora de forma diferente y caminaba con lentitud a mi alrededor.

—Esa es la actitud que necesitarás para ganar.

Habíamos vuelto a nuestros roles de entrenador y estudiante. Llevaba desde los tres años peleando con Cyrus, y aprendiendo, a duras penas, a cambiar a mi forma de loba.

—A Dorian le dará pena perderte. Tendrás que pedirle permiso. —Mi hermano se refería a nuestro alfa. Cyrus tenía razón. Como la hembra más dominante del grupo, sería una pérdida para la manada de Mud Flat. Yo me encargaba de mantener a raya al resto de las hembras dominantes pero, si hacía esto, si ganaba las pruebas, sería un gran honor para Dorian y para toda la manada. Seguía sosteniéndole la mirada a mi hermano, esperando su aprobación. En nuestra pequeña y extraña familia, él era como un padre para mí, y jamás participaría sin su permiso.

La invitación era en realidad una orden, pero si el alfa de la manada no permitía que esa hembra participara, o ya estaba comprometida oralmente con algún macho, podían enviar a otra en su lugar. Morgan podía ir por mí; era la siguiente en la línea jerárquica en cuanto a dominación.

—Ve a preguntarle. Si te da permiso, yo mismo te entrenaré —admitió, por fin, mi hermano antes de romper el contacto visual conmigo.

Cyrus era uno de los entrenadores más deseados. Puede que no fuera lo bastante dominante para ser alfa, pero su ingenio y estrategia en las batallas no tenían igual en nuestra zona. Incluso había viajado a Death Mountain para entrenar a algunos miembros de la Guardia Real. Lo que le faltaba de músculo lo compensaba con inteligencia.

—Se lo voy a anunciar, no a preguntar —corregí el pensamiento sumiso de mi hermano.

Cyrus se rio.

—Buena suerte.

Dorian era un alfa justo. Severo en ocasiones, pero justo. El término *amor duro* debió acuñarse para él. Cuando yo tenía trece veranos, robé un poco de comida del almacén comunitario porque me aburría, y me dejó cuatro días y cuatro noches sin comer, solo con agua. No volví a robar comida. Dorian se ganaba el respeto, no lo pedía.

Asentí a mi hermano y agarré la orden que había llegado de Death Mountain. Habían llegado órdenes semejantes a todas las ciudades y pueblos de Fallenmoore y esta tenía mi nombre. Me pregunté si Axil sabía que iba a presentarme o si la orden me la habían enviado sus asesores. Habían pasado cinco años desde la última vez que lo había visto, y aquel muchacho ahora era rey.

Me agaché para despeinar a mi hermano pequeño.

—Enseguida vuelvo.

Oslo parecía triste. Sabía que él no quería esto para mí, porque podía apartarme de su lado. Agachada, lo miré directamente a los ojos y le sostuve la mirada.

—Si me convierto en reina, podrás venir a vivir conmigo al palacio de Death Mountain —le aseguré, y se le iluminó la cara.

—¿De verdad?

Asentí y él apartó la mirada porque ya no era capaz de seguir mirándome a los ojos. Era el más sumiso de toda nuestra familia y eso hacía que quisiera protegerlo todavía más.

—¿Y si te mueres? —me preguntó con un hilo de voz.

Cyrus se acercó a él, lo agarró por los hombros y lo sacudió; Oslo tuvo que darle un puñetazo para que lo soltara.

—Pues morirá con honor y aullaremos su nombre a la luna todos los años para recordarla —dijo Cyrus.

Cyrus tenía razón. Morir durante las Pruebas de la Reina era un gran honor.

La competencia para convertirse en reina solo tenía lugar cuando el rey necesitaba una esposa. Mi madre viajó a la ciudad y vio las pruebas con el padre de Axil y, hace tres años, seguí desde aquí las que le celebró Ansel, su hermano, pero nunca las había visto en persona. Axil se hizo con la manada de su hermano al año siguiente al desafiarlo y lo dejó con vida solo por piedad.

Salí de mi casa y crucé la plaza del pueblo. La manada estaba por todos lados. Algunas de las mujeres estaban despellejando la caza fresca y unos cuantos hombres, transformados en lobos, estaban más apartados, peleando y practicando golpes de caza. Se estaba construyendo una madriguera nueva para una pareja de recién casados y el sol estaba muy alto en el cielo. Era un día precioso en nuestro pueblo durmiente, pero sabía que, si hacía esto, me arrancarían de mi vida normal y me lanzarían a la bulliciosa capital de Death Mountain.

Toqué a la puerta de la casa de Dorian y él respondió enseguida.

—Pasa, Zara.

Sonreí. Maldita sea, qué buen olfato tenía. Abrí la puerta y lo encontré comiendo un plato de carne con papas. Su mujer estaba pendiente de una olla que había en la estufa y me saludó con un gesto de cabeza cuando entré.

Amara era el miembro más sumiso de nuestra manada. Apenas establecía contacto visual y evitaba los enfrentamientos a toda costa. Era mediadora, y eso me encantaba de ella. Cualquier disputa civil se llevaba primero ante Amara para ver si se podía conseguir la solución más armoniosa posible. Si no era el caso, me lo traían a mí, que tenía una forma más severa de resolver problemas. Me llamaban «la castigadora» porque me gustaba distribuir sanciones como las que Dorian me había dado a mí, para enseñar a los lobos lecciones que jamás olvidarían. Hasta que no sientes las punzadas del hambre comerse tu estómago por dentro, no sabes lo que es desear robar comida de verdad, y nunca lo vuelves a hacer por aburrimiento. Eso me hizo más fuerte y me enseñó cosas que creo que me han servido más que un manotazo en la muñeca.

Agarré una silla, tiré la orden delante de mi alfa y me senté.

—Yo también he recibido una —dijo mientras chupaba un trozo de carne. Luego me miró y le sostuve la mirada. Mi alfa era casi tan grande como un osorino. Era muy musculoso y, aunque tenía más de cuarenta inviernos, se movía con la velocidad y la elegancia de un asesino entrenado. Tenía el pelo castaño oscuro y corto, enhebrado con un gris que le desteñía la barba salpimentada. Pero ahora eran sus ojos los que sostenían los míos, café oscuro con manchas amarillas; parecía que me atravesaban el alma cuando los miraba.

Dorian y yo nos quedamos sentados un minuto entero, mirándonos fijamente, mientras Amara silbaba para sí y removía lo que sea que hubiera en la olla que descansaba sobre la estufa. Sentí un peso sobre los hombros y mi mente quería obligarme a apartar la mirada, pero mi fuerza de voluntad era mayor. Cuando ya pensaba que me iba a volver loca sosteniendo esa mirada, habló.

—¿De verdad quieres hacerlo? —preguntó, y aparté la mirada para dirigirla a la orden. Pude entonces recuperar el aliento después del prolongado contacto visual. Tenía que demostrarle que era capaz, que era lo bastante fuerte para hacerlo.

—Sí. Quiero traer el honor a nuestro pueblo y mostrar al rey y a su hermano que una chica de Mud Flat puede con cualquiera de sus lobas de ciudad.

Mi alfa sonrió, pero el gesto no le duró mucho.

—¿Y te parece bien competir para ganar el corazón de Axil Luna?

Se me cortó la respiración. Dorian fue quien me recogió del campamento aquel verano. Después de que Axil me rompiera el corazón, Dorian, Amara y Cyrus fueron quienes me ayudaron a recomponerme. Sabía cuánto me había afectado el rechazo de Axil.

Lo miré a los ojos intentando ocultar la vulnerabilidad que sentía.

—Tengo que hacerlo. Tengo que demostrarle a Axil Luna que se equivocó conmigo.

Dorian asintió bruscamente.

—Entonces solo tengo una condición, Zara.

—Dime. —Me erguí en la silla.

—Mi condición es que no abandones —declaró—. Quiero que seas reina o que mueras en el intento.

Sentí un escalofrío por la espalda y tragué con fuerza. Yo también quería lo mismo, por supuesto. Me habían enseñado que rendirse era un deshonor, pero... si llegara realmente el momento, ¿podría... dejarme matar para mantener el honor de mi manada?

Tenía la nítida sensación de que esta era otra de sus lecciones. Ver cuánto deseaba esto, lo preparada que estaba para ello.

Se inclinó hacia delante con los ojos brillantes de emoción.

—Zara, siempre has sido mi favorita. Pero si te arrodillas ante un pomposo lobo de ciudad, tendré que matarte con mis propias manos, y no quiero hacerlo.

Amara dejó de remover e hizo un sonido quejumbroso con la garganta. Pero las palabras de Dorian me enorgullecieron: había un halago oculto en ellas.

—Ganaré o moriré en el intento, alfa —le prometí.

Agarró el trozo de papel y me devolvió la orden.

—Entonces responde que sí. Entiendo que va a entrenarte Cyrus, ¿verdad?

Asentí.

—Sí, alfa.

—Solo tendrás dos semanas para prepararte. Yo participaré también en tu entrenamiento. Y Morgan.

Sentí un pellizco de orgullo en el corazón. Que el alfa se tomara un tiempo libre de los quehaceres cotidianos que implicaba liderar una manada de más de cincuenta lobos era todo un hito.

—Gracias, alfa. No te arrepentirás. —Hice una reverencia

y me puse de pie, agarrando con fuerza la orden entre los dedos.

Él asintió y continuó comiéndose la carne de alce. Cuando me di la vuelta para marcharme, Amara vino corriendo hacia mí y me dio un abrazo.

Al principio me tomó desprevenida. Los lobos dominantes no eran muy de mostrar emociones, así que no me gustaban demasiado los abrazos, pero Amara era como una segunda madre para mí. Cuando mi madre murió en el parto de Oslo, yo solo tenía ocho años. Mi padre, alfa de nuestra manada antes que Dorian, había muerto unos meses antes en el ataque de un osorino durante un viaje de caza. Nuestra familia quedó devastada por la pérdida de ambos.

Pero no se separaron de nosotros y se aseguraron de que tuviéramos todo lo que necesitábamos hasta que fuimos adultos y pudimos arreglárnoslas solos. Nos traían comida y mantas, venían a limpiar la casa y a jugar con nosotros. Pero Amara, que en aquella época tenía veintipocos años y estaba recién casada con el alfa, fue la que vino todas las noches durante cuatro años y nos cantaba a Oslo y a mí hasta que nos dormíamos. Nos animaba y nos cantaba las viejas melodías que cantaba mi madre cuando yo era una cachorra. Me enseñó a alimentar a Oslo con una bolsa de leche y a cambiar la ropa de cama sucia.

Jamás olvidaré esa bondad.

—Te echaré de menos. —Se le quebró la voz y a mí se me cerró la garganta.

—Yo también te echaré de menos, Amama —reconocí, y ella se rio.

Amara se convirtió en una segunda madre para mí, por eso la llamé Amama durante un tiempo cuando era niña; ahora era Oslo quien la llamaba así.

Cuando nos separamos, vi que estaba llorando. No recordaba la última vez que yo había llorado.

—Ya está bien, ya la has ablandado demasiado —le dijo Dorian a su mujer con una sonrisa. Yo se la devolví.

Cuando me marché de su madriguera, abrí de nuevo la orden para leerla por décima vez.

Para: la manada de Mud Flat

Los asesores reales, sirviendo al rey Axil, exigen a su hembra más dominante, Zara Agualigera, que se presente en Death Mountain en dos semanas para participar en las Pruebas de la Reina.

La ganadora ascenderá al trono.

Por favor, remita de inmediato su respuesta por correo. Puede enviar, si así lo cree necesario, una sustituta dominante.

Nombre de la participante o su sustituta:

Aprobación del alfa:

Entré en casa y agarré una pluma y tinta del antiguo escritorio de mi padre.

Cyrus permaneció en silencio mientras me observaba escribir «Zara Agualigera» en el hueco del nombre de la participante y «Sí» bajo la aprobación del alfa. Se la entregué.

—Dorian y Morgan ayudarán con mi entrenamiento —le anuncié.

Él pareció impresionado y, a través de nuestro vínculo, pude sentir que su emoción se mezclaba con la preocupación porque su hermana pequeña participara en las pruebas. Al formar parte de una manada, había ocasiones en las que no era necesario hablar; se podían sentir los pensamientos o las emociones de los demás como si fueran propios. Y como era mi hermano, nuestro vínculo era particularmente estrecho.

Como manada, podíamos hablar sin palabras los unos con los otros cuando adquiríamos la forma de lobos, pero como humanos, solo había pequeños hilos de sentimientos que flotaban y que había que intuir.

Cyrus se acercó al casillero que había junto al sofá, donde guardábamos todo mi material de entrenamiento. Lo abrió y me miró.

—Voy a enviar la respuesta. Tú vete preparando. Empezamos ahora mismo.

¿Ahora mismo?

—Tenemos dos semanas —imploré. Entrenar con mi hermano no era cualquier cosa, se tomaba su trabajo muy en serio.

—Deberíamos haber empezado hace seis meses —gruñó, y salió de la habitación.

Miré a mi hermano pequeño, que me observaba desde el sofá, y levanté la barbilla con la esperanza de parecer fuerte y valiente. Cuando le tembló el labio mientras se esforzaba por aguantar las lágrimas, suspiré. Se parecía mucho a mi madre, siempre con el corazón abierto y las emociones a flor de piel. Yo me parecía más a mi padre, física y mentalmente fuerte, y bastante muerta en cuanto a emociones. Era tan solo mi forma de ser y de comportarme. Una técnica de supervivencia.

—Escucha, pequeño —le dije—. Esta es la forma de darle honor a nuestro nombre y a la manada. No los decepcionaré.

Oslo frunció el ceño y se llevó las rodillas al pecho.

—Me da igual el honor. No quiero que te hagan daño.

En ese momento supe que lo había mimado demasiado y que era demasiado blando para sobrevivir incluso en los puestos centrales de la manada. Sería sumiso como nuestra madre y quedaría relegado a tareas insignificantes dentro del pueblo, y eso me entristecía. Pero quizá eso era lo que él quería. Una vida libre de caza y peleas, y de todo lo que a mí me emocionaba. Ya tenía doce años, la edad en la que un lobo ya tiene una personalidad definida. Dominante o sumiso.

Me acerqué a él y le froté la cabeza.

—Bueno, da igual, haré que todos se sientan orgullosos de mí igualmente.

Era eso, o un cadáver. Yo no me rendía. La única forma de arrodillarme era romperme las rodillas.

2

Habían pasado dos semanas y casi había perdido la vida doce veces, sobre todo la semana anterior, la noche de luna llena, cuando mi loba no abandonó su forma peluda y no me dejaba transformarme en humana. Creí realmente que Dorian, Morgan y mi hermano intentaban matarme. Tenía que partir hacia Death Mountain en breve y mi hermano quería que tuviéramos una última lección.

—Pero ya me he cambiado. —Señalé los pantalones de cuero limpios y el prístino abrigo de piel de osorino. Cazado durante la última temporada.

Mi hermano mayor me lanzó una mirada severa.

—Estás demasiado limpia. Si llegas con sangre y polvo en la ropa demostrarás cuánto te has esforzado. Harás que las demás hembras te teman.

No le faltaba razón. Esto era lo que convertía a mi hermano en el entrenador principal del alfa: los juegos mentales que enseñaba para ganar batallas.

«Tienes que meterte en su cabeza y retorcer sus pensamientos para distraerlos y desconcentrarlos». Recordé su consejo.

Suspiré y me quité el abrigo de piel, dejando a la vista la pequeña tira de tela que cubría mis pechos. Como licántropos, cambiábamos a nuestra forma de lobos tan a menudo que era más sencillo atar un trozo de tela sobre ciertas partes para no destrozar continuamente las túnicas.

Todo el pueblo se acercó a nosotros para animarme.

Sonreí: todos me habían apoyado mucho en los últimos días y para mí era muy importante su confianza para ganar las Pruebas de la Reina.

Esperé a que Morgan o Lola entraran en el círculo y pelearan conmigo, pero no pasó. Sin embargo, el círculo se abrió y entró el mismísimo Dorian, sin túnica.

«Oh, Hades».

Ya me había enfrentado con otros hombres de nuestra manada. Pequeñas disputas con el único propósito de entrenar, pero... nunca había peleado con el alfa.

Tragué con fuerza.

Él me sostuvo la mirada mientras se adentraba en el círculo y, en lugar de protestar o preguntar qué estaba pasando, me crují los nudillos y me preparé para la pelea. La manada se puso a aullar como loca, incluso quienes estaban en su forma humana.

Hasta donde yo sabía, el alfa nunca había peleado con una hembra. Probablemente por miedo a matarla.

Percibía los sentimientos de mi hermano sin que él tuviera que hablar. Al fin y al cabo, compartíamos manada.

Dorian era más grande que yo, y más fuerte. Tenía que utilizar mi menor tamaño y mi velocidad como ventaja.

Las Pruebas de la Reina serían una mezcla de peleas humanas, peleas de lobas y rondas con armas. No conocía todos los detalles, pero tenía que preparar todos los frentes.

—¿Alguna regla? —le pregunté a mi alfa mientras nos rodeábamos. No quería hacerle daño y que me reprendiera delante de todos, y tampoco quería que me atacara con fuerza si solo queríamos hacer una demostración técnica.

—Ninguna —declaró, y se me lanzó encima.

Un grito de sorpresa me salió de la garganta, pero mi hermano me había enseñado bien. Instintivamente, me tiré de rodillas y saqué un brazo, conectando mi puño con su entrepierna. Gruñó y cayó hacia delante, a mi nivel, así lo pude tirar al suelo con facilidad. Lo jalé del tobillo con fuerza y terminó bocabajo en el suelo. La manada chilló y aulló de emoción.

Salté sobre la espalda de Dorian, rodeé su cuello con un brazo e intenté utilizar las piernas para sujetarle los brazos, pero no sirvió de nada. Se levantó, conmigo a la espalda, y empezamos a caer hacia atrás. Su cuerpo me golpeó, dejó caer todo su peso encima de mí, y el aire abandonó mis pulmones en una bocanada rápida. No podía respirar y se me estaban entumeciendo los brazos mientras él se quitaba de encima de mí rodando. Me golpeó con los puños en la cara, el vientre y la garganta; un bombardeo de golpes tan rápido que no me dio tiempo a cubrirme.

—¡Utiliza lo que tienes! —gritó mi hermano.

Noté la arena debajo de los dedos, agarré un puñado y se lo lancé al alfa a la cara. Él tosió y escupió, lo que me dio la oportunidad de recuperar el aliento y salir rodando por debajo de él.

Era la hora de invitar a la loba. Solo así tendría alguna opción. Convertirme en loba me hacía vulnerable durante la transformación, pero él estaría cegado por la tierra durante varios segundos, así que era ahora o nunca.

Mis huesos empezaron a romperse y a transformarse, y el dolor atravesó todo mi cuerpo. Ser licántropa y cambiar a menudo de forma no lo hacía menos doloroso. Era insoportable siempre. Estaba en mitad del cambio cuando Dorian me agarró la pierna y la jaló.

El tren superior de mi cuerpo golpeó el suelo y me lanzó

al aire conforme terminaba la transformación. Rugí y le gruñí, pero me sujetó como si fuera una cachorra mientras yo me retorcía e intentaba escabullirme de él. El dolor de la transformación hizo que sintiera la piel en carne viva, pero mantuve la calma. Dorian me dio un puñetazo en el estómago, como si fuera un saco de boxeo. No estaba utilizando toda su fuerza, ya que no era más que una pelea de entrenamiento, así que no me rompió ningún hueso, pero iba a quedar bien magullada.

En ese momento, recordé todo lo que había aprendido entrenando con mi hermano durante todos estos años y en las últimas dos semanas.

De pronto, me quedé sin fuerzas, con la cabeza de loba colgando hacia un lado, como si me hubiera desmayado.

—Buen intento —dijo Dorian, y me volvió a dar otro puñetazo en el vientre mientras me agarraba de una pata.

Fue toda una demostración de autocontrol no reaccionar a ese golpe. Sabía que Dorian era un luchador respetable que valoraba el honor: jamás golpearía a una persona inconsciente. Significaría que ya habría ganado. Era la única debilidad que tenía, ser un hombre de honor y no optar nunca por el camino fácil.

Con un suspiro, me soltó en el suelo y se dirigió a la manada.

—Supongo que ha...

Me puse de pie en forma de loba y fui directo a su cuello, lo mordí ligeramente para que supiera que podría haber arrancado la piel si esto hubiera sido una pelea de verdad. Cuando volví a caer al suelo, miré hacia arriba y vi las marcas de los dientes que le había dejado en la piel.

Le sostuve la mirada mientras la manada gritaba y aullaba, consciente de que había ganado desde el momento en el que me enganché a su cuello. En una pelea de verdad, estaría muerto.

Dorian agarró a mi loba por debajo de las patas y me levantó para que lo mirara a los ojos amarillos brillantes.

—Buen trabajo. Eres una fuerza a la que temer, Zara Agualigera. Siempre lo has sido. Que no se te olvide.

Era la forma de Dorian de decir: «Te quiero y estoy orgulloso de ti, hija. No mueras».

Asentí y él me soltó.

Con la manada pataleando y aullando a mi alrededor, me sentí preparada para tomar rumbo a la ciudad junto a mi hermano.

Me despedí apresuradamente de Oslo y de todos los demás. No quería ponerme sensible justo antes del viaje.

—Hazle caso a Amara hasta que gane; luego enviaré a alguien por ti —informé a mi hermano pequeño. Ella ya me había prometido que lo cuidaría, pero los doce años eran una edad de responsabilidad en nuestra manada. Tenía que aprender a estar solo. Ya no necesitaba niñeras.

Asintió con los ojos llenos de lágrimas, y se me encogió el corazón.

—¿Y qué pasará si... te mueres? —dijo ya en la puerta de nuestra casa.

Cyrus estaba fuera, esperándome, así que estábamos los dos solos.

Si él tuviera diez años, le habría mentido y le habría dicho que no iba a morir. Pero tenía que decirle la verdad.

Le di un fuerte abrazo.

—Pues que a quien más echaré de menos será a ti, porque eres mi favorito —confesé y él me envolvió con los brazos en un apretón lánguido—. Y te irá bien sin mí. Sé fuerte y gánate tu ascenso en la manada hasta que encuentres un puesto en el que estés a gusto.

Él asintió contra mi hombro y lo escuché tragarse un sollozo.

Me separé de él porque no quería mimarlo en exceso. Tendría que curtirse si quería sobrevivir sin mí. Pero mentiría si no admitiera que quería llevármelo conmigo, tenerlo cerca hasta que fuera mayor y menos sensible.

Éramos muy pequeños cuando perdimos a nuestra madre y a nuestro padre. Oslo y yo habíamos crecido juntos. Él y yo contra el mundo.

—Entra y prepárate algo de comer, ¿de acuerdo? —le dije.

Él asintió y se secó los ojos, y ahí se acabó. No podía quedarme más.

Me di la vuelta y fui con mi hermano mayor. Estaba de pie en el trineo con media docena de miembros de la manada atados para arrastrarlo.

Si no tuviera que llevar nada de equipaje, simplemente me había transformado en loba y caminado hasta Death Mountain, pero, como candidata para las pruebas con un entrenador, necesitaba ropa, armas y más cosas que mi hermano y yo no podíamos cargar solos.

—Lo mimas demasiado —me reprendió Cyrus con severidad conforme me acercaba.

Puse los ojos en blanco, estaba cansada de tener siempre la misma discusión.

—¿Se las arreglará Mena con los gemelos en tu ausencia? —Subí a su lado en el trineo.

Su mujer, Mena, acababa de parir a dos gemelos hacía seis meses. Estaba segura de que no le hacía mucha gracia que se fuera tan pronto.

—Estará bien. Es fuerte, y la manada está con ella. —Miró nuestro pequeño pueblo y yo le seguí la mirada. Me encantaba Mud Flat. Bajo la ligera capa de nieve que había caído, había un mar de fango agrietado y no se veía ni un alma en kilómetros. Vivir en mitad de la nada no era para todo el mundo, pero a mí me encantaba la soledad y la única compañía de nuestra manada. Otras manadas tenían que luchar para conseguir territorio, pero aquí, en un lugar en el que casi nadie quería vivir, teníamos cientos de kilómetros para nosotros. No había nada más liberador que correr a la velocidad del rayo por Mud Flat sin ningún paisaje que te detuviera. Éramos expertos de la supervivencia en climas extremos y yo no necesitaba gran cosa para estar feliz y cómoda, algo que pensaba que me vendría muy bien en las Pruebas de la Reina. Se decía que en una de las Pruebas de la Reina se ponía a prueba tu fuerza de voluntad e intentaban agotarte en alojamientos nada acogedores. Nadie aceptaría a una reina débil en ningún aspecto.

Nuestros compañeros de manada encargados de jalar el trineo se pusieron en marcha y yo me agarré de las barras laterales para no caerme. Estaba cansada, cubierta de polvo y nieve, y me sangraba el labio, pero mi hermano tenía razón. Sería una ventaja llegar a la capital con ese aspecto en lugar de parecer una de esas lobas presumidas de la ciudad.

El trayecto duró todo el día y parte de la noche: tuvimos que mantenernos en los caminos comunitarios para no traspasar el territorio de alguna otra manada. Llegamos a las puertas de Death Mountain bastante pasada la hora de la cena, y me rugía el estómago. A Cyrus le habían informado de que habría una especie de cena de bienvenida y luego se le asignaría a cada competidora y a su entrador una habitación. Yo nunca había estado en Death Mountain. La ciudad no me llamaba nada la atención. En verano, dormía fuera en una hamaca con Oslo para poder ver las estrellas. E, incluso en invierno, daba largos paseos para mantener los músculos magros y acostumbrarme a aguantar el frío. La gente de la ciudad no lo hacía. Se creían superiores a todo eso y, en consecuencia, tenían cuerpos gordos y los músculos menos definidos. Les daban la comida en bandeja. Sus sirvientes encendían las hogueras y cargaban la leña. Sí, se podían permitir a los entrenadores más caros, pero no me entraba en la cabeza cómo podían plantearse elegir a una reina de un sitio como este.

Miré a mi alrededor al entrar por las puertas de la ciudad. Death Mountain estaba medio tallado, pues los antiguos colonos habían intentado extraer oro de su interior. Por eso, cuando llegaron los lobos, construyeron el palacio en la meseta, en mitad de la montaña. Ningún ejército podía llegar a él sin que nos enteráramos y lo enviáramos a la muerte antes de que le diera tiempo a acercarse a nosotros siquiera.

Cruzamos un pequeño pueblo de casitas estrechas y muy altas, algunas con tan solo tres metros de ancho, pero cuatro pisos de alto. A la hora de construir en una montaña, el espacio era limitado.

Me quedé mirando la opulenta ciudad artificial y sentí cómo mis pensamientos luchaban en mi interior. Mi parte loba pensaba que el enorme palacio de piedra fastuoso con incrustaciones de oro era una burla para nuestra especie. Éramos animales, dormíamos en la tierra, no en sábanas de seda. Pero mi parte humana entendía el deseo de tales comodidades. Al fin y al cabo, pasábamos la mitad del tiempo en estos cuerpos humanos, y nos beneficiábamos de este tipo de lujos.

La puerta principal estaba abarrotada de tiendas de viajeros que habían llegado desde las ciudades y los pueblos colindantes. Nosotros habíamos dejado el trineo a los pies de la montaña y los ocho miembros de la manada que representábamos a Mud Flat subimos a pie.

Algunos lobos salieron de sus tiendas para echar un vistazo a los recién llegados; me aseguré de mirarlos fijamente a todos y cada uno de ellos para dejarles claro cuál era su lugar.

Los sumisos no tardaron en mirar a otro lado, mientras que sus compañeros dominantes me sostuvieron la mirada durante más tiempo.

El olor a hogueras y carne asada me golpeó en la nariz y me rugió el estómago.

Cyrus echó un vistazo al resto de los representantes de nuestra manada.

—Busquen un sitio para nuestra tienda y monten el campamento. Tengo que registrar a Zara dentro.

Asintieron, y una de las hembras más dominantes, Sasha, vino hacia mí y me apretó el hombro.

—Haz que nos sintamos orgullosos —me dijo con un tono muy serio.

Yo asentí y me esforcé porque sus palabras no me afectaran. Representar a la manada de Mud Flat en las Pruebas de la Reina era un gran honor.

Algunos dirían que éramos los que menos probabilidades teníamos de pertenecer a un palacio. Vivíamos de la tierra, sin agua corriente ni baños, como sí tenían en la ciudad y en otros pueblos más grandes. Cazábamos para comer, no comprábamos la carne en puestos del mercado. Pero yo creía que eso era precisamente lo que más probabilidades me daba de ganar un desafío de ese tipo: la vida me había endurecido y había luchado cada día para mantener mi lugar de tercera al mando en una gran manada de lobos ambiciosos.

Mientras Cyrus y yo serpenteábamos por las tiendas colocadas en la enorme explanada de hierba del palacio, la gente me miraba y me señalaba. Algunos incluso tenían tarjetas en las que apuntaban cosas.

Observé más de cerca una de esas tarjetas y se me hizo un nudo en el estómago.

Cartas de apuestas. Para ver quién iba a morir primero. A primera vista, me pareció que había más de dos docenas de nombres.

Cyrus chasqueó los dedos para llamar mi atención y que me fijara en sus manos, y luego empezó a hablar con los dedos.

«¿Estás nerviosa por ver al rey?». Mi hermano usaba lengua de signos para hablar conmigo sin que nadie más lo entendiera. Un compañero de nuestra manada tuvo un cachorro sordo, algo extremadamente raro en los lobos, pero Tig no escuchaba ni siquiera el susurro del viento. Diseñamos un lenguaje para poder comunicarnos con él. También era muy útil en los festivales y eventos en los que no queríamos que las demás manadas nos escucharan con sus extraordinarios sentidos. Cuando adquiríamos la forma de lobos, podíamos compartir pensamientos; pero, como humanos, esto era lo mejor que se nos había ocurrido para cuando no podíamos hablar.

«No. ¿Por qué iba a estarlo? Éramos unos niños la última vez que nos vimos. Fue un enamoramiento estúpido». Moví rápido los dedos y mi hermano me lanzó una mirada que decía: «No te creo». Sinceramente, yo tampoco estaba segura de creérmelo.

«Esfuérzate para no revelar nada con la cara. No quiero que el resto de las participantes se aprovechen de ninguna vulnerabilidad», me dijo.

Yo asentí una vez, pero sus palabras me calaron hondo. Ver a Axil Luna no iba a afectarme..., ¿verdad?

El castillo real Luna era exactamente como me había imaginado que sería. Repleto de sirvientes y electricidad y tapices y más comida de la que había visto en mi vida. Cyrus y yo avisamos de nuestra llegada a los asesores licántropos que se encargaban de asegurar que se cumplieran todas las normas durante las Pruebas de la Reina.

—Disfruten de esta noche. Mañana por la mañana empieza la primera prueba —nos anunció uno de los asesores del rey.

Los asesores eran ocho en total y descendían de un largo linaje de guías reales. Se los diferenciaba con facilidad, ya que llevaban la cabeza rapada y tenían una túnica roja que indicaba su estatus. Axil era el rey alfa, pero no hacía nada sin consultar a sus hombres.

Asentí con cortesía y el asesor observó mi ropa.

—¿Quieres que te lleve a tu habitación? Puedes cambiarte antes de cenar.

Cyrus habló sin dejarme tiempo de hacerlo yo.

—No. Queremos comer. El viaje ha sido largo y nos importa un bledo la ropa.

El asesor puso una cara como si le hubieran dado una cachetada y yo tuve que reprimir una sonrisa. La guerra psicológica había empezado. Cyrus estaba en su elemento.

—Cómo no. —El hombre con la túnica roja nos señaló un par de puertas abiertas.

—Ah, casi se me olvida. Toma, este es tu número de la competencia, Zara. —El hombre me entregó un boleto escrito a mano. Lo miré y vi un gran número uno, con un alfiler atravesado.

El hombre me miró el pecho para indicarme que me lo enganchara. Lo hice y él asintió con satisfacción.

A juzgar por el bullicio que había en el comedor, yo era una de las últimas mujeres en llegar, pero, aun así, me habían dado el número uno. Interesante. ¿Qué quería decir eso? ¿Se nos puntuaba según lo que se decía de nuestras habilidades o era completamente aleatorio? En Mud Flat no había demasiada algarabía, y, aunque yo fuera la hembra más dominante de nuestra manada, dudaba que lo fuera aquí.

Iba a necesitar todas las habilidades que me había enseñado mi hermano si quería sobrevivir a aquello.

En cuanto entramos a la sala, supe que Cyrus tenía razón al haberme hecho pelear con el alfa aquella misma mañana. Y al insistir en que no nos cambiáramos de ropa.

La habitación estaba llena de mujeres con delicados vestidos de seda que besaban el suelo. Con el pelo recogido con tiras de raso, y sus entrenadores, ya fueran hombres o mujeres, también iban vestidos para impresionar.

Todas las cabezas se giraron en nuestra dirección en cuanto entramos y el miedo se apoderó de al menos la mitad de sus caras. Sus miradas salvajes recorrían de arriba abajo mi ropa llena de sangre y los moretones amarillentos de mi cara y mi vientre. Y luego pasaban a mi hermano, que tenía el mismo aspecto curtido del viaje.

Sin mediar palabra y sin formalidades, nos acercamos a una mesa larga y nos llenamos los platos hasta arriba de carnes, papas y bollos de pan. Intenté agarrar algún dulce, pero mi hermano me apartó la mano de un golpe.

«Mañana tienes una pelea. Nada de dulces», dijo con las manos.

Quería quejarme, pero tenía razón. A mi cuerpo no le gustaban demasiado los dulces: estaban ricos al comerlos, pero luego los digería muy despacio y al día siguiente me moría de sed. Vivíamos en mitad del campo en Mud Flat, y, más allá de las frutas salvajes, no teníamos el tipo de dulces que había aquí, como tartas, galletas y cosas que vendían en los mercados de los pueblos colindantes. Mi cuerpo no estaba acostumbrado a eso.

Nos abrimos paso entre la multitud, que se quedó en silencio, y buscamos una mesa vacía.

Al pasar, una mujer con vestido verde y el número tres enganchado en el pecho se tapó la nariz.

—¡Puaj! ¡Miren lo que ha mandado Mud Flat! —se burló con voz nasal—. Es evidente que no ha recibido la circular que decía...

No esperé a que terminara la frase, le di un golpe en la sien con la mano que tenía libre y se quedó sin habla. Cayó al suelo como un saco de piedras. Miré al hombre con vestimenta elegante que estaba a su lado conforme se le formaba un rugido en la garganta. Era su entrenador.

—Controla a tu loba o la próxima vez le arrancaré un brazo —le advertí.

Le empezó a salir pelaje en un lado de la cara, pero no se movió. Yo estaba en todo mi derecho de defenderme ante esa falta de respeto.

Algunas de las otras mujeres ahogaron gritos de conmoción por mi comportamiento, pero no todas. Una de ellas, la que llevaba el número dos enganchado a su túnica dorada, simplemente me miró como un cazador mira a su presa. Necesitaba sentar precedente y que todas vieran que no iba a permitir que nadie me dejara en ridículo, pero me di cuenta de que también les había mostrado quién era su principal competidora. Ahora todas irían por mí.

«Vaya».

Cyrus se sentó a una mesa vacía como si mi arrebato fuera algo que pasaba todos los días, y yo me senté a su lado.

«Así me gusta», me dijo con las manos, y yo sonreí al clavarle el diente a la comida. Comí como un animal salvaje, estaba muerta de hambre. Me había saltado el desayuno y la comida y, excepto por algunas tiras de carne ahumada, esto era lo único que había comido en todo el día.

Mientras desgarraba un trozo de carne de alcino, una rubia fornida con un vestido azul se sentó a mi lado. Apestaba a perfume floral, algo que mi olfato de loba odiaba, y llevaba demasiado maquillaje. Tenía el número veinticuatro enganchado en el pecho.

—Bienvenida. Me llamo Eliza Green, de la manada de Death Mountain. Solo quería presentarme antes de que mañana intentemos matarnos todas. —Se rio nerviosa.

Yo no dije nada y seguí comiendo.

—Guau. Le has demostrado a esa chica quién manda. No sé si podemos empezar a pelear ya, pero ha gustado bastante —añadió.

Desvié la mirada de mi comida hacia sus ojos azules y ambas nos miramos fijamente. Se me daba bien leer a la gente: esta chica era demasiado buena para sobrevivir a esto. Y no parecía calculadora, ni que intentaba entablar una alianza para luego matarme. Eso era algo que ocurría a veces. Pero no, tenía un tono delicado, mezclado con cierto nerviosismo. Era muy inocente.

—Yo seguramente sea de las primeras eliminadas —continuó con la cháchara—. Pero al menos mi familia estará orgullosa, ¿no? Perdona, hablo mucho cuando estoy nerviosa.

Cyrus chasqueó los dedos y lo miré.

«No hagas amigas».

Asentí, pero tampoco quería que esta chica fuera la primera eliminada.

—¿Quieres morir mañana? —le pregunté sin más.

Se quedó paralizada por mi pregunta, quizá porque era lo primero que decía después de que ella se hubiera presentado tan educadamente.

—Claro que no. Quiero que mi manada esté orgullosa de mí. Este es mi terreno, mi casa —contestó muy seria.

Hundí la barbilla y me acerqué a ella.

—Entonces deja de ser tan amable con las demás. Es más, quiero que le escupas en la cara a la próxima que te dirija la palabra.

Pareció impactada y Cyrus me agarró del muslo para evitar que siguiera ayudándola.

—Y ahora, lárgate —solté, y me salió un gruñido gutural que hizo que se levantara tan rápido que tiró la silla hacia atrás.

Ahora todo el mundo nos estaba mirando otra vez.

Bien.

Quería que recordaran que mi cara iba a ser la última que vieran antes de que dieran su último aliento.

No quería matar a nadie, pero el camino era este. La reina elegida debía ser la más fuerte de todas nosotras, y eso tenía que demostrarse en un combate.

Noté movimiento en la parte delantera de la sala y todo el mundo se quedó en silencio y miró en esa dirección.

Terminé mi mordisco y me puse de pie para intentar ver qué estaban mirando. La muchedumbre se apartó y Axil Luna entró en la sala junto a su hermano mayor, Ansel, y dos asesores. En cuanto mi mirada cayó sobre él sentí como si me dieran una patada en la barriga. El aire abandonó mis pulmones, se me abrió la boca y fue como si volviera a estar en el campamento de entrenamiento tantos años atrás.

Axil Luna ya no era un chico, era un hombre, y yo no estaba preparada para eso.

Verlo me llevó de inmediato a un recuerdo de cuando fuimos juntos al campamento: llevábamos un mes sin separarnos el uno del otro y fuimos a nadar al lago con nuestros amigos.

Salpiqué agua al Axil de quince años, haciéndole sonreír, y él me salpicó a mí. Chillé cuando un montón de agua me golpeó la cara y el pelo.

—¡Te has pasado, Axil! —gruñí, y fui corriendo detrás de él para vengarme.

Nuestros amigos animaban a Axil, que nadaba rápidamente hacia el muelle flotante que estaba en el centro del lago. Llevábamos un mes con combates y peleas de entrenamiento. Axil sabía que no iba a descansar hasta, al menos, hacerle una buena ahogadilla.

Se rio cuando vio que me costaba alcanzarlo. Nadaba mucho mejor que yo y lo sabía. Nuestros amigos se habían convertido en puntitos pequeños en la orilla.

Axil llegó al muelle flotante antes y yo pataleé con más fuerza, hasta que se me dio un calambre en la pantorrilla y me estremecí de dolor. Yo no nadaba mal, pero aquel lago era muy profundo y, de pronto, tuve que parar e intentar no hundirme.

—¡Axil! —grité presa del pánico: mi enojo lúdico contra él había desaparecido.

Al verme agitando las manos, se lanzó al agua y nadó hacia mí más rápido que un pez.

Mi pierna. Maldita sea. Intenté mantener la cabeza por encima del agua, y mi loba intentaba salir para protegernos.

De pronto, apareció Axil y me agarró entre sus brazos. Sus ojos me buscaron frenéticos.

—¿Qué te pasó? —preguntó mientras me llevaba hasta el muelle.

—Me dio un calambre en la pantorrilla —le expliqué sin aliento a medida que el pánico iba saliendo de mi cuerpo.

Llegamos al muelle, él me subió y me senté sobre su regazo. Me estaba agarrando la cara y mirándome a los ojos con terror.

—Pensaba... Zara, no puedo perderte. Estoy enamorado de ti. Ahora. Eternamente. Siempre.

Los pulmones se me quedaron sin aire.

—Yo también te quiero —murmuré.

Se acercó aún más, me acarició el labio con el dedo pulgar. Yo me incliné hacia delante y capturé su boca en un beso. Abrió los labios para profundizar el beso y entrelazamos las lenguas cuando me incliné aún más hacia él.

Desde que habían muerto mis padres, nada había tenido mucho sentido para mí. ¿Por qué le pasan cosas malas a la gente buena? ¿Por qué había tenido una vida tan dura mientras otros lo habían tenido tan fácil? Pero estar allí, con Axil, envuelta en la seguridad de sus brazos... Era donde tenía que estar. Me sentía como en casa.

Mi hermano carraspeó a mi lado, sacándome del recuerdo y trayéndome de vuelta al comedor en Death Mountain. Me ruboricé y lo miré con una sonrisa compungida. Luego miré al lado de Axil para observar a Ansel Luna.

Su hermano mayor sufría una cojera permanente, el único recuerdo de su pelea para ser el rey alfa hacía dos años. Axil ganó y ahora entendía por qué. Le sacaba una cabeza, y también era más corpulento. Axil llevaba una barba desaliñada que le enmarcaba la mandíbula cincelada, y sus ojos azules parecían flechas en busca de carne fresca, mientras escaneaba la habitación, hasta que se detuvieron en mí.

Yo aparté la mirada instintivamente y vi a la mujer con la túnica dorada observándome con una sonrisa.

«Mierda». Había mostrado mis cartas, incapaz de ocultar que me había afectado ver al rey alfa.

Con un poco de suerte, pensaría simplemente que me resultaba atractivo y no que teníamos un pasado común.

Sentía la mirada de Axil en mí, así que aproveché la oportunidad para quitarme el abrigo de pelo y mostrar los músculos marcados de mis brazos y mis abdominales. Seguía todavía con una tira de tela cubriéndome los pechos y con los pantalones ajustados y a la cadera hechos de piel de alcino. Tenía el cuerpo manchado de sangre seca, tierra y moretones desteñidos, ya que mi curación de loba se había encargado de las heridas de esa mañana. Parecía una guerrera, forjada a fuego y sangre, estaba a años luz de la niña de quince años que él conoció.

Cuando giré para mirarlo, estaba pasando por nuestra mesa y tenía cara de haber visto a un fantasma. Le sostuve la mirada atormentada y levanté la barbilla para decirle que ya no me importaba que me hubiera dejado con el corazón roto en el campamento de entrenamiento hacía tantos años. Quería que pensara que apenas era un recuerdo para mí, una mancha pequeña en mi memoria que ya casi había desaparecido.

Pero no estaba preparada para la agonía que me transmitieron sus facciones. Su cara reflejaba auténtica miseria, y tragué saliva con fuerza, intentando procesar por qué se ponía así al verme.

¿Me había reconocido? Me había convertido en una mujer, pero seguía siendo la misma chica de pelo castaño a la que pidió un baile en el campamento.

Vino directamente hacia mí y sus asesores apartaron a la multitud de mujeres mientras su hermano Ansel les hablaba para distraerlas y para que tuviéramos un poco de privacidad.

Me armé de valor para aquella interacción, para la oportunidad de hablar con él después de que me dejara de forma tan cruel sin decir ni una palabra.

En todas las demás culturas hay que hacer una reverencia ante el rey.

«En la nuestra no».

Le sostuve la mirada aunque me dolía. Se me entrecortó la respiración mientras observaba aquellos ojos azules el mayor tiempo posible; él seguía sosteniendo los míos en su campo visual. Supe desde el momento que lo conocí, cuando teníamos quince años, que sería un alfa en el futuro, pero no tenía ni idea de que era príncipe y algún día sería rey.

Quería demostrarle que ya no era la niña debilucha de Mud Flat que él y su hermano pensaron que era entonces. Y quería que las primeras palabras que salieran de su boca fueran: «Sabía que serías tú, sabía que serías la hembra más fuerte de tu manada». Había peleado por mi puesto en lo más alto y ahora tenía la oportunidad de ser su igual.

—Zara. —Pronunció mi nombre en un aliento, como una oración, y todos los pensamientos racionales me abandonaron—. No sé si estoy contento o aterrado de que hayas venido.

Me quedé pálida porque no me esperaba esa respuesta.

—¿Aterrado? ¿Me... me has invitado tú?

Tragó con fuerza y se inclinó hacia delante. Su olor familiar me sacudió y se me formó un quejido en la garganta, pero me lo tragué. Bajó la voz hasta apenas un susurro y presionó sus labios contra mi oreja.

—Y ahora me arrepiento. No deberías haber venido —aseguró, y se apartó de mí con un fruncido desolador en las cejas antes de marcharse ofendido, dejándome hundida en un mundo de dolor y confusión. No era exactamente así como me había imaginado mi reunión con Axil, pero el muy bastardo había cambiado, era evidente. Ya no era el adolescente cariñoso al que besaba durante horas bajo la luz de la luna mientras soñábamos con un futuro juntos.

¿Aterrado de verme? ¿Se arrepentía de haberme invitado? Sí que se iba a arrepentir, el muy imbécil. Iba a hacer que se arrepintiera del día que me conoció y de todos los días que lo siguieron.

Ahora deseaba ganar el desafío y convertirme en su mujer, simplemente para negarme cada vez que me pidiera acostarme con él.

Los lobos se emparejan de por vida y son monógamos. Pensaba obligar a aquel bastardo al celibato para que pagara por cómo me había tratado.

Nunca subestimes a una mujer rechazada.

3

Cyrus y yo rechazamos la habitación dentro del castillo y preferimos dormir afuera, en la tienda con nuestros compañeros de manada. Después de ver a Axil, nos marchamos, y dormí en una de las ocho hamacas que montamos dentro del refugio. Prefería que mi manada me cuidara mientras dormía que dormir sola en una habitación dentro del vientre de la bestia.

Sinceramente, escuchar a Axil decirme que no debería haber acudido me había afectado. Me sentía tan rechazada como hacía tantos años. No debería permitir que me afectara, pero no lo podía evitar. Después de la manera tan cruel en la que había roto conmigo en el campamento, que me hubiera dicho que no tendría que haber acudido me parecía horrible y lo odiaba por ello. Me pasé toda la noche dándole vueltas, hasta que me superó la rabia.

«Cómo. Se. Atreve».

Estuve callada durante todo el desayuno mientras mis compañeros preparaban conejino fresco y huevos de codorniz que habían cazado aquella mañana.

Cyrus se acercó a mí con los ojos clavados en el otro lado del campamento, en una mujer que me resultaba familiar. Era la del vestido dorado de la noche anterior.

—Ivanna Rivers. De la manada Crestline, segunda al mando —me explicó, y sentí escalofríos por los brazos. ¿Segunda? ¡Había conseguido ser la segunda al mando en una manada llena de machos dominantes! Crestline era famosa por su brutalidad. Un increíble grupo de lobos que vivían en la zona con el clima más adverso de todo Fallenmoore. A veces caían hasta dos metros de nieve en invierno y pasaban días sin comida. Incluso se rumoreaba que se comieron a miembros de su manada durante una hambruna. Ivanna estaría curtida y probablemente fuera mi principal competidora.

Ella también había preferido dormir en su tienda con su manada, a tiro de piedra de la nuestra. La observé a ella y a su entrenador acercarse a la tienda de registro, al otro lado de la pradera. Me sostuvo la mirada todo el tiempo, y eso removió a mi loba.

—Bien, vamos a registrarte con los de la túnica roja —me indicó Cyrus con tono sarcástico señalando a los asesores licántropos.

Hundí la barbilla y nos pusimos los dos de pie mientras nuestros compañeros me deseaban suerte. Caminé detrás de mi hermano hasta una mesa de registro en la que un asesor me dio una tarjeta de color azul y me dijo que fuera a la tienda rival del color correspondiente.

—Yo te espero afuera —me anunció Cyrus. Asentí cortés y entré en la tienda azul.

Ivanna estaba allí, de pie en el centro, también con una tarjeta azul. Me miró fijamente mientras yo entraba y caminaba en círculo a su alrededor con instinto predador.

Ella giró para imitar mis movimientos, sin darme nunca la espalda. Era más alta que yo, y delgada, más o menos con la misma masa muscular. Era una de las mujeres más bellas que había visto jamás. Su larga melena oscura le colgaba por la espalda en unos rizos densos y brillantes, y por la piel dorada de los brazos le subían varias cicatrices, marcas de las peleas. Era muy difícil dejarle cicatrices a un lobo. Tenía la barbilla perfectamente puntiaguda, como la nariz, y unos labios rosados, carnosos y fruncidos.

Había dos tiendas, una roja y otra azul, lo que significaba que Ivanna y yo no íbamos a enfrentarnos. Al menos, hoy no. De momento, parecía que estábamos en el mismo «equipo».

Eliza entró en la tienda y me fijé en lo pálida que estaba. Rompí el contacto visual con Ivanna y miré a aquella loba demasiado buena.

—Nos van a dejar usar armas —anunció la loba de Death Mountain con demasiados nervios en la voz.

—Genial. —Me puse de pie y giré el cuello.

Me encantaban las armas de todo tipo. Espadas, dagas, estrellas arrojadizas, mazas bien pesadas. El corazón se me aceleró solo de pensarlo.

Ivanna se irguió aún más; no parecía cómoda con mi alta estatura a su lado.

—Yo soy un arma —anunció Ivanna a la tienda mientras iban entrando más mujeres—. Así que no usaré ninguna.

Su declaración me dio escalofríos por los brazos. ¿Lo había dicho para meterse en mi cabeza? ¿O de verdad iba a desaprovechar la oportunidad de utilizar un arma?

Era una locura, pero también algo que Cyrus aprobaría, porque sí que se me había metido en la cabeza.

¿Debería ir sin armas yo también? No quería parecer débil en mi primer combate, sobre todo, si el rey iba a estar presente. Después de nuestro encuentro de la noche anterior, quería demostrarle lo que se había perdido todo ese tiempo.

—El rey Axil está fuera, va de camino al *ring* —afirmó Eliza como si me hubiera leído la mente.

Ivanna y yo compartimos una mirada que no tardó en convertirse en una inspección muy intensa.

«Podría estar así todo el día», pensé.

Por supuesto, ella estaba esperando a ver si el comentario de Eliza había provocado alguna reacción en mí, pero dejé la cara completamente inexpresiva.

Entraron más competidoras en la tienda, y uno de los asesores del rey se abrió paso con su larga túnica roja. Ivanna y yo, por fin, rompimos el contacto visual cuando el asesor se puso justo en frente de mí, obligándome a mirarlo. Tenía una pequeña caja de madera en las manos, con réplicas en piedra de más de una docena de armas.

—Zara, para las Pruebas de la Reina, se te ha clasificado en orden de dominación. Como eres el número uno, eres la primera en elegir arma. Una vez que hayas elegido, tendrás que ir a la tienda de las armas, donde cambiarás esta réplica por la versión auténtica.

El corazón me latía con fuerza ante el anuncio. Entonces sí que era una clasificación por dominación. ¿Y me habían dado el número uno? Ivanna era la segunda al mando en su manada. ¿Dorian les había dado algún tipo de evaluación mía o algo así?

«¿Qué más da?», pensé.

Sabía lo que Cyrus me habría recomendado. Si Ivanna, que era el número dos y mi mayor competidora, no iba a usar ningún arma, yo debería hacer lo mismo.

—No, gracias —dije, y me aparté de la caja. Unas cuantas mujeres en la tienda ahogaron gritos, y el asesor se me acercó.

—¿Cómo dices?

Lo miré directamente a los ojos.

—No, gracias. No necesito ningún arma —le confirmé.

Él se sacudió, como si acabara de salir de algún tipo de trance, y se acercó a Ivanna.

—Ivanna Rivers, en segundo lugar. Elige tu arma.

Ella me miró y sonrió, y en ese momento supe que me la había jugado. Se acercó a la caja y agarró una pequeña réplica de una maza y la movió con agilidad entre los dedos.

—Buena elección —apuntó el asesor.

Mantuve una expresión completamente relajada, obligué a mi loba a calmarse y empecé a retorcerme el pelo castaño entre los dedos, fingiendo aburrimiento, como si lo que ella acababa de hacer no me hubiera afectado lo más mínimo. Pero, en el fondo, estaba furiosa... y aun así alababa su genialidad. Había hecho que la primera en elegir fuera a pelear sin arma. Prácticamente podía sacarme de la competencia incluso antes de que esta empezara. ¡Sin tener que enfrentarse a mí! Quería odiarla, pero se había ganado mi respeto en aquel momento.

Eliza se acercó a mí mientras las demás chicas elegían sus armas, y sentí una punzada de tristeza cuando recordé que su número era el veinticuatro. Probablemente la última o la penúltima. Los urbanitas eran débiles, todo el mundo lo sabía.

—¿Algún consejo? —me susurró—. Tú eres tremenda y a mí me gustaría sobrevivir al día de hoy.

Se le llenaron los ojos de lágrimas y yo le sacudí la cara con una bofetada. Ella ahogó un grito y su loba salió a relucir, con los ojos cada vez más amarillos.

En la tienda, todas se giraron hacia nosotras, pero las ignoré. La agarré con cuidado por el cogote y pegué los labios a su oreja.

—Controla a tu loba cuando luches en forma humana. Tu lado humano es demasiado sensible y eso te saldrá caro. Juega sucio. Utiliza todos tus ángulos.

Ella asintió. Le había empezado a salir el pelaje rubio canela por los lados de la cara.

—¿Sabes con quién vas a pelear? —le pregunté en voz baja.

Ella hundió la barbilla.

—Con el número veintidós.

—No, me refiero a si la conoces.

Pareció entenderme y asintió otra vez.

—Malin Aguaclara. De la manada Base Mountain.

Parecía que las peleas iban a estar igualadas y nos habían emparejado con alguien de fuerza similar a la nuestra. Eso era bueno y malo para mí. Bueno porque, cuando matara a mi contrincante, habría acabado con un miembro fuerte; y malo porque no había elegido ningún arma.

—¿Qué puedes usar en su contra? —le pregunté a la vez que soltaba su cuello—. ¿Tiene alguna debilidad? ¿Miedos? ¿Una madre enferma, algún exnovio, fobias?

Ella abrió mucho los ojos, como si lo que acababa de mencionar fuera pura maldad, pero luego asintió.

—Se... se rompió el fémur el año pasado y nunca se terminó de recuperar del todo. Tiene una pierna más fuerte que la otra. Y... su novio la engañó este verano.

—Bien. ¿Cómo se llama la chica con la que la engañó? —pregunté. El asesor estaba a punto de llegar hasta ella y sabía que traería un arma de mierda porque era la última que quedaba por elegir. Una daga pequeña, probablemente.

—Alessia —murmuró afligida.

—Entra ahí, pregúntale cómo está Alessia y dale una patada en la pierna mala para volver a romperle el hueso —indiqué. Sabía que no debería estar dándole ninguna recomendación y que Cyrus me lo desaconsejaría, pero había algo en su inocencia y debilidad que activaba mi deseo dominante de protegerla.

Se le abrió la boca, su loba se retiró y los ojos le volvieron a su color azul normal. No dijo nada. Yo olía su miedo y odiaba que hubiera decidido competir. Este no era su sitio.

—¿Quieres vivir? —le pregunté directamente.

Ella tragó con fuerza y asintió, pero ya fue demasiado tarde para seguir hablando. El asesor había llegado y le mostró la caja con dos opciones.

Una daga pequeña y un cuchillo para lanzar.

Ella me miró.

—La daga —le recomendé, y agarró la pequeña réplica, lista para cambiarla en la tienda de armas por la versión de tamaño real.

El asesor se dirigió a mí otra vez y me atravesó con la mirada.

—¿Última oportunidad? —Me ofreció el cuchillo.

Notaba los ojos de Ivanna clavados en mí sin necesidad de mirar. Si aceptaba esta arma enclenque, ganaba ella.

Sacudí la cabeza y él cerró la caja.

—Vengan todas conmigo —ordenó justo antes de salir de la tienda.

Todas lo seguimos en fila india. La pradera frontal del palacio estaba abarrotada de lobos de todo el reino, pero se apartaron para dejarnos paso.

—¡Vamos, manada de Mud Flat! —gritó alguien, y no pude evitar sonreír. Reconocí la voz de uno de mis compañeros.

—¡Manada de Wash Basin! —coreó otra persona.

—¡Manada de Eagle Cliff! —Más cánticos seguidos de aullidos. En cuestión de segundos, el ruido de la multitud animando a sus participantes favoritas o compañeras fue ensordecedor.

Cuando llegamos a la gran zona abierta y circular que habían acordonado, busqué a Axil con la mirada. El rey. Una pequeña descarga eléctrica atravesó mi cuerpo cuando lo encontré observándome. Llevaba una túnica de seda roja desabotonada por el pecho. El sol se reflejaba sobre su piel bronceada. Estaba sentado en un trono elevado desde el que se veía la zona de combate.

Al verlo a él y al *ring*, volvió a mi cabeza un recuerdo de nuestro verano juntos.

—Axil Luna, te toca pelear. Elige a tu oponente —dijo el entrenador Varryl.

Era el segundo día de campamento y, aunque Axil y yo nos habíamos pasado la noche anterior bailando y besándonos, yo no sabía si aquello había sido simplemente algo de una noche. Todos los estudiantes se pusieron de pie en círculo alrededor de las colchonetas de espuma donde estaba a punto de comenzar el combate, y Axil caminó despacio por delante de cada persona. Algunos de los machos le gruñeron, como si le rogaran que los escogiera. Yo esperaba que no fuera uno de esos chicos que no peleaban con chicas por miedo a hacerles daño. Quería que supiera que no era delicada. Cuando pasó por delante de mí, di un paso adelante para estar cara a cara con él, y levanté la barbilla como diciéndole «elígeme».

La sonrisa pícara que puso fue tan tentadora que me temblaron las piernas.

—Elijo a Zara Agualigera.

Me recogí el pelo y le di mis zapatos a una amiga antes de salir a las colchonetas con Axil. Se me aceleró el corazón cuando empezamos a andar en círculos, evaluándonos. Sentía la dominación que desprendía en oleadas. Era difícil sostenerle la mirada demasiado tiempo, pero no imposible, y sentí que, para que él quisiera de verdad estar conmigo, tenía que saber que era fuerte.

El entrenador sopló el silbato y cargué hacia delante, balanceando la pierna y desequilibrando a Axil. Cayó con una sonrisa y me tiré encima de él, a horcajadas sobre su cintura, mientras sus amigos y el resto de nuestros compañeros se volvían locos animando. Cuando me coloqué encima, él levantó la pelvis y me agarró por los brazos, me tiró hacia un lado y me colocó para ponerse esta vez encima de mí. Pasó tan rápido que apenas me di cuenta. Lo tenía sentado sobre las costillas, sujetándome con fuerza los brazos, y los gritos de emoción a nuestro alrededor eran ensordecedores.

—No pasa nada si te rindes.

—Jamás —gruñí, y se le incendiaron los ojos.

Pero había subestimado mi flexibilidad. Como estaba sentado encima de mis costillas y no de mi pelvis, pude levantar las piernas y cruzar los tobillos alrededor de su cuello para tirarlo hacia atrás. Cayó al suelo, yo rodé y le apreté el cuello con las manos. Estaba segura de que se iba a rendir, pero me agarró los brazos y me los apartó de su cuello.

Gruñí frustrada y él pasó por encima de mí, se agachó para sujetarme y me tiró sobre los hombros como si fuera un pañuelo. El público enloqueció cuando Axil fue hacia el entrenador.

—¡Detén el combate! —le rogó—. Es mi futura mujer, no puedo hacerle daño.

Todas las chicas del campamento gritaron un «Ooooh» a la vez; yo no pude evitar sonreír. Axil era encantador y yo había quedado completamente encantada por su hechizo.

El entrenador sopló el silbato de nuevo y nos sonrió.

—¡Qué bonito es el amor! —murmuró.

Me obligué a alejar ese recuerdo y a apartar la mirada de Axil, porque no me gustaba el efecto que tenía en mí y no iba a permitir que Ivanna se enterara de nuestro pasado romántico.

La zona de combate era bastante grande, lo suficiente para transformarnos en lobas y correr en círculos alrededor de nuestra oponente sin estar apretadas.

Las participantes de la tienda roja se alinearon en la cuerda opuesta a nosotras, el rey se levantó y carraspeó.

—¡Siempre hemos tenido la creencia de que una reina no se merece servir junto a un rey a no ser que sea la más fuerte de todos nosotros! —gritó, y los lobos que lo rodeaban cantaron y aullaron para mostrar su acuerdo.

—¡Igual que yo peleé para llegar hasta donde estoy, mi futura reina debe hacer lo mismo! —Señaló a su hermano, a quien casi mata para convertirse en rey, y el público volvió a aullar emocionado. Observé la cara de su hermano, la mandíbula apretada y las manos cerradas en puños, y me di cuenta de que todavía no había superado la derrota. ¿Por qué Axil le perdonó la vida? Nunca lo sabría. Era muy raro que dos hermanos pelearan y uno abandonara. Quizá Axil tenía debilidad por su hermano.

Y las debilidades eran riesgos.

—Este primer combate nos ayudará a reducir el número de guerreras más fuertes. Aunque se permite que todas las peleas terminen con el abandono de una de las partes, no está bien visto... —El público abucheó con fuerza y Axil se rio.

Sí, permitían el abandono, pero entonces tu manada te hacía pedazos por haberlos dejado en evidencia de ese modo. Yo prefería morir a rendirme en las Pruebas de la Reina. El deshonor con el que cargaría me mataría aunque sobreviviera al enfrentamiento.

—Tienen que estar dispuestas a morir por su gente, como lo estoy yo —añadió Axil cuando el público se calmó.

—Gracias, mi lord —dijo uno de los asesores mientras se ponía de pie a su lado sobre la plataforma elevada.

—¡Estas son las reglas! —gritó el asesor—. No salgan de la zona acordonada. Pueden entrar en el combate en forma humana, pero deben transformarse. Solo pueden usar las armas que se les han asignado. El combate empieza en cuanto suene la campana. ¡Eso es todo!

Los lobos que se encontraban a nuestro alrededor no perdieron el tiempo y empezaron a gritar: «¡Pelea! ¡Pelea! ¡Pelea!».

El asesor principal se acercó a Eliza y luego a la mujer que supuse que sería Malin, y las llevó a las dos al *ring*.

Iban a empezar con los puñetazos más flojos.

Agarré a Eliza por la muñeca, obligándola a mirarme.

—Hazlo rápido, el elemento sorpresa.

Tragó saliva y asintió. Esperaba que se tomara muy en serio mis recomendaciones. Sabía que era cruel; no disfrutaba aprovechándome de las debilidades de los demás, pero si ella quería sobrevivir, tendría que jugar sucio.

Eliza llevaba una elegante vestimenta de guerrera urbanita: una armadura de cuero con los brazos y hombros acolchados. Eso se le enredaría en el momento de transformarse en loba. Agarró la daga con fuerza y, por la forma en la que levantaba el arma, supe que probablemente era experta. Toda la alta sociedad de Death Mountain lo era. Pero no durarían ni un día en las afueras, en una pelea de verdad con pocas o ninguna regla.

Eliza rodeó a la otra chica, que tenía la misma daga. Bien, estaban al mismo nivel.

—¿Qué tal está Alessia? —le preguntó Eliza a Malin. Esta abrió mucho los ojos al escuchar el nombre de la amante de su exnovio. Era preciosa, con el pelo rubio miel, ojos verdes y, en ese momento, con un rugido salvaje.

Sonó la campana y Eliza se abalanzó hacia delante más rápido de lo que había imaginado. Retrocedió con la bota izquierda y golpeó con fuerza a Malin justo en el hueso del muslo derecho y, al mismo tiempo, le rasgó la cara con la daga.

El ruido del hueso rompiéndose sonó por todo el *ring* y el público se volvió loco. Sentí que el pecho se me hinchaba ligeramente de orgullo por Eliza. Era buena aprendiz, había seguido al pie de la letra mis instrucciones.

Malin cayó al suelo gimiendo de dolor y soltó su daga. Eliza se apresuró para darle una patada y alejarla, y supe lo que pasaría después. Yo habría hecho lo mismo.

Sí, nuestra magia nos permitía regenerar nuestras heridas, pero no podíamos crear más sangre si la perdíamos demasiado rápido.

Eliza aprovechó el instante de debilidad de Malin y le rajó el cuello hasta que la sangre carmesí se le derramó por la túnica.

Malin se llevó las manos a la herida para contener la hemorragia, pero ya era demasiado tarde.

Se tambaleó y todo el público comenzó a corear el nombre de Eliza.

Fue uno de los asesinatos más rápidos que había visto jamás.

No pude evitar sonreír. Apenas conocía a esta muchacha y ya estaba orgullosa de ella; había ganado su primer combate en su terreno. Debía de ser una sensación increíble. Se giró hacia mí, con una sonrisa a juego con la mía, y le hice un gesto con la cabeza.

Luego se giró hacia el rey, le sonrió y le guiñó un ojo, y el orgullo que sentía por ella abandonó mi pecho y se deslizó hasta el estómago como una piedra. Los celos cobraron vida en mi interior, pero los aparté. No debería molestarme, odiaba a Axil.

Esa emoción era una debilidad que podrían aprovechar y tenía que recordar que todas las mujeres que estaban allí competían por el corazón del rey y por ser su amada.

Llegó el siguiente combate, y el siguiente y el siguiente. Se habían clasificado por fuerza, y cada vez eran más y más brutales. Yo sabía que mi hermano y mis compañeros de manada estaban cerca, pero, hasta que no me avisaron de que era la siguiente, Cyrus no apareció.

—¿Y tu arma? —me preguntó mirando mis manos vacías.

—Es una larga historia. —Le lancé una mirada furiosa a Ivanna, que acababa de entrar en el *ring*.

Él se quedó de pie a mi lado cuando sonó la campana y la observamos juntos. Era mi mayor contrincante y ahora sabía por qué. Su lucha era violenta y perfecta. Cada golpe iba dirigido a un órgano principal o rompía un hueso. Cortaba un ligamento con cada movimiento de su espada. Incluso torcía una pezuña a medias para sacudir la cara de su contrincante, y eso era algo muy difícil de conseguir. La torcedura parcial era como aguantar la respiración durante mucho tiempo. Hacía falta mucha habilidad.

Para cuando mató a la número cuatro, ya se había ganado mi respeto como luchadora y sabía que, si era mejor que yo, sería una reina muy poderosa.

Yo me estaba esforzando por no mirar al rey Axil, pero era muy complicado porque, cada vez que lo hacía, él me estaba mirando fijamente a mí. ¿Era solo casualidad o no dejaba de observarme?

Seguramente no.

«¿Verdad?».

—Muy bien, ¡este será el último combate del día! —anunció el asesor—. Nuestra competidora número uno, Zara Agualigera, de la manada de Mud Flat, que ha decidido no usar arma...

En ese momento el rey gruñó con fuerza y muchos de los asistentes giraron hacia él.

—¿Eso está permitido? —preguntó Axil, interrumpiendo al asesor mientras me miraba con el ceño fruncido.

El asesor pareció molesto por la interrupción.

—Claro que lo está, mi lord.

Un mechón de pelaje negro carbón empezó a brotar por el cuello de Axil, y yo arrugué la frente.

«¿Qué carajos le importa?». Sabía que él y su hermano preferirían que muriera lo más rápido posible para no tener que preocuparse de que manchara su linaje con lodo. Como había dicho Ansel con mucha razón cinco años antes, cuando era el rey.

—¡Y nuestra competidora número tres, Arin Deluna, de la manada Wash Basin, que luchará con una espada larga!

Los vítores y los aplausos estallaron por todo el espacio y yo sonreí al entrar en el *ring*.

Arin era la mujer que me había dicho la noche anterior que apestaba y a la que había tirado al suelo de un golpe.

—¿Has dormido a gusto en el suelo esta noche? —le pregunté.

Ella rugió, enseñándome todos los dientes y sujetando en alto la espada.

Yo notaba la mirada de Axil sobre mí, pero me esforcé para alejarlo de mi cabeza.

Sonó la campana y, en lugar de abalanzarme hacia delante, como habría hecho normalmente para agarrarla desprevenida, corrí hacia atrás hasta llegar a la cuerda.

Ella frunció el ceño, como si mi comportamiento la hubiera confundido.

Yo no tenía arma, ella tenía una espada de un metro de largo. No era estúpida. Si corría hacia ella, me iba a apuñalar y, aunque terminaría curándome, necesitaría tiempo. No tenía ni idea de si el próximo combate era en una hora, o al día siguiente por la mañana, así que mi prioridad era mantener todos los órganos dentro del cuerpo.

Me llevé las manos a la espalda y decidí que, ya que Ivanna se había transformado parcialmente, yo también iba a hacerlo.

En el tiempo en el que había corrido hacia atrás para confundirla, provocando que ella avanzara hacia mí, ya había transformado mis manos en pezuñas gigantes de garras afiladas. Hacía falta una habilidad increíble para mantener así una transformación y yo estaría parcialmente ocupada en evitar que el resto del cuerpo adquiriera también su forma de loba. Transformarme por completo me pondría en una posición vulnerable y probablemente ella me cortara la cabeza antes de que me diera tiempo a colocar las cuatro patas sobre el suelo.

—¡Vamos, cobarde! —Arin se acercó a mí agitando su espada, directo a mi cuello. Cuando tuve la hoja a unos centímetros del cuerpo, le di un zarpazo con mucha más fuerza de la que habría podido conseguir mi forma humana y fue demasiado para ella. El arma cayó al suelo y ella soltó un grito de guerra mientras arremetía contra mí. Me agarró del cuello con ambas manos e intentó tirarme al suelo en un arrebato de ira.

Era demasiado emocional, se dejaba llevar por la rabia y no tenía capacidad de cálculo. Saqué una pezuña y le di un zarpazo en la cara, llevándome un buen trozo de carne. Soltó mi cuello y un gemido de dolor rasgó el ambiente mientras se tambaleaba hacia atrás. Transformé de nuevo mis pezuñas en manos y empuñé la espada que había dejado caer al suelo.

Cuando se dio cuenta de lo que había hecho, ya le había clavado la punta afilada en el corazón.

El público rugió y, al mirar el cuerpo inerte, pensé que sentiría orgullo... pero no fue así. Me sentí ligeramente avergonzada. Sabía que era nuestra costumbre y que pelear por la dominación de la manada era lo que siempre se había hecho, pero humillar a una mujer por no haber conseguido mantenerse con vida no estaba bien. Arin no tenía por qué reposar sin vida en el extremo de mi espada, podría haberse rendido si hubiera sabido que no había de qué avergonzarse por ello, y que su manada le habría perdonado la vida. Observé la mirada vacía de los ojos sin vida de Arin y me di cuenta de que estaba luchando por un hombre al que ni siquiera deseaba, y por una corona que no estaba segura de merecer.

No me parecía bien.

Mi hermano saltó al *ring* y me levantó con adoración, sacándome de mi estupor, y yo miré al rey.

Su rabia anterior había desaparecido y ahora Axil me miraba con compasión. Como si hubiera visto algo en mi cara que le hubiera revelado que no me sentía muy bien con el curso de los acontecimientos.

—Suéltame —le gruñí a mi hermano. Cyrus se puso rígido debajo de mí y me dejó en el suelo. El público se volvió loco.

Me aparté de él de pronto y abandoné corriendo el *ring*, abriéndome camino entre la multitud hasta que la gente desapareció y me encontré entre cientos de tiendas de campaña.

¿Qué hacía allí? ¿Por qué, en el nombre de Hades, había aceptado participar en aquello? ¿Para volver a ver a Axil y demostrarle que yo era todo lo que necesitaba y que no tendría que haberme abandonado hacía tantos años? ¿O era realmente para que mi manada estuviera orgullosa? ¿Estaba matando a otras mujeres solo para vengarme de Axil Luna?

Estaba muy confundida y seguí caminando para soltar la adrenalina del combate. Mi paso se convirtió en un trote y, antes de darme cuenta, estaba corriendo a toda velocidad. Me encantaba correr. En forma humana o de loba, me daba igual. El viento me golpeaba el pelo, los músculos gritaban para que los descargara y se me agitó la respiración. Necesitaba esto. Pasé como un rayo entre una aglomeración de asistentes y, cuando llegué al castillo, giré a la derecha y lo rodeé para ver qué había detrás. Como recompensa, me recibió un denso bosque que se extendía unos cientos de metros antes de terminar bruscamente en un escarpado precipicio bajo la montaña.

Me quemaban las piernas en el buen sentido, igual que con una buena sesión de entrenamiento, cuando llegué hasta la línea de árboles y me adentré en el bosque. Esquivé los árboles y los arbustos, corrí hasta llegar al acantilado y allí me detuve.

Con el pecho jadeante, me asomé al precipicio y escuché una rama partirse detrás de mí.

Giré con los brazos levantados, preparada para un ataque sorpresa de Ivanna. Acabaría con la competencia antes incluso de tener que pelear con ella. Eso es lo que yo haría.

Pero cuando vi a Axil acechándome, dejé caer los brazos y se me abrió un poco la boca por la sorpresa.

—No estaba huyendo. Solo necesitaba estar sola —le aclaré, por si acaso pensaba que había huido de mi obligación. Porque eso era todo aquello, una obligación. Si Dorian no me hubiera enviado, habríamos tenido que elegir a una sustituta. Todas las manadas enviaban a una hembra sin importar lo débil que fuera. Como Eliza. La pobre chica estaba tan poco preparada que les pedía consejos a sus contrincantes para sobrevivir. Me ponía enferma.

Él no dejó de andar y yo tragué saliva al ver que estaba tan solo a unos metros de mí.

Aguanté la respiración cuando se paró justo delante de mí, pie con pie, y me miró atentamente. Aleteó la nariz y tuve que aguantar un gemido. Olía a dominación y a malas elecciones, como el Axil de quince años. El recuerdo de sus besos me quemaba la lengua y, de pronto, me pregunté si tendría el mismo sabor.

—¿No escogiste ningún arma? Te recordaba más inteligente, Zara —gruñó, y la ira volvió a sus ojos.

Me llevé una mano a la cadera.

—Me sorprende que te acuerdes de mí en absoluto teniendo en cuenta lo fácil que te resultó dejarme —le respondí, aunque no estaba segura de si era cierto. Una de las cosas que me dijo fue que jamás olvidaría ni una sola peca de mi piel. Se pasó todo el verano acariciándolas bajo las estrellas.

—No... —Se le descompuso la cara—. Zara, dejarte...

—No quiero hablar de eso. El pasado, pasado está. —Apreté los labios.

Se observó las manos durante un segundo y luego volvió a mirarme.

—Escucha... Zara, he estado pensando. Puedes romperte una pierna. Di que te caíste paseando y te excusaré de la prueba de mañana. Que Dorian envíe a una sustituta.

Entrecerré los ojos a medida que la rabia se acumulaba dentro de mí.

—¿Tanto miedo te da que gane y que tengas que aguantarme el resto de tu vida? —Incliné la cabeza hacia atrás y una risa auténtica salió de mi garganta.

Cuando volví a mirarlo, la rabia había desaparecido y tenía los ojos fijos en mis labios.

—Maldita sea, se me había olvidado lo sexi que es tu risa.

Esas palabras me arrebataron todo el aire de los pulmones y me quedé paralizada cuando él se inclinó hacia mi cuello e inhaló con fuerza.

—Pero sí recordaba lo bien que hueles. —Su voz sonó una octava más grave.

La cabeza me daba vueltas mientras intentaba descifrar lo que estaba pasando, y entonces me acarició los labios con los dedos. El gemido que había estado aguantándome se liberó y él retrocedió para mirarme mejor.

—Mientras viva, jamás olvidaré cómo besas, Zara Agualigera —declaró, y las piernas casi dejan de responderme—. Y sueño con tener que aguantarte el resto de mi vida, no me da miedo.

No tenía palabras para ese momento. No tenía nada que decir, así que tan solo me quedé mirándolo. ¿Por qué me estaba murmurando todas aquellas cosas increíblemente románticas? Me dejó en el campamento de verano después de que su hermano le recordara sus obligaciones para con el trono. Yo no era más que escoria de Mud Flat, no era lo bastante buena para él.

El recuerdo de cómo viví todo aquello volvió a emerger y di un paso hacia él para que estuviéramos piel con piel. Apreté mi pecho contra el suyo, y él abrió ligeramente los ojos.

—Axil Luna, rezo por que te acuerdes de cómo beso durante el resto de tu vida. —Me incliné hacia delante y arrastré suavemente los labios por los suyos, encantada de escuchar el gemido de placer que se le escapó. Luego me retiré y lo miré a los ojos—. Porque jamás volverás a probar esta boca. Ganaré las pruebas, seré tu mujer, y te dejaré en una cama vacía hasta el día que me muera.

Con un rugido de ira, me aparté de él. Empecé a caminar rápidamente por el mismo camino por el que había llegado allí.

Pensaba que había escuchado el ruido de unos huesos romperse, y, cuando llegué a la explanada de hierba que había detrás del castillo, detrás de mí, en el bosque, escuché un rugido atormentado.

Lo que estuviera sintiendo no era más que una pizca de lo que mi yo de quince años sintió cuando él me rechazó.

Ahora más que nunca, estaba motivada para ganar la competencia. Aunque solo fuera por ver la cara de Axil cuando le cerrara la puerta del dormitorio en nuestra noche de bodas. Me daba igual matar a quien fuera necesario para conseguir mi venganza. Así se hacían las cosas, y había sido una estúpida por cuestionar nuestras tradiciones.

4

A la mañana siguiente me bañé rápidamente en las regaderas comunes y me puse ropa limpia. Cyrus me contó que la noche anterior se había emborrachado con uno de los asesores del rey y que a este se le había escapado que la siguiente prueba era una para la que yo estaba muy bien preparada al vivir en Mud Flat, pero que igual tendría que pasar hambre durante unos días. No me preocupaba no comer, a no ser, claro, que me debilitara y luego tuviera que combatir, que era lo que probablemente iba a pasar. Estaban poniendo a prueba nuestra fuerza. Así que, en lugar del desayuno ligero que solía tomar, devoré carne y fruta fresca hasta que me dolió el estómago.

Cuando llegué a la carpa azul, me di cuenta de que solo quedábamos doce.

Lo rápido que habíamos quedado reducidas a la mitad me impactó, pero se me pasó enseguida cuando Ivanna me miró con una sonrisa.

No me cabía duda de que todavía se estaba regodeando de su capacidad para conseguir que el día anterior entrara en combate sin arma.

Me acerqué a ella y la miré a los ojos.

—Gané igualmente —le recordé.

Ella bajó la mirada, pero no dijo nada.

—¡Hola, campeonas! —gritó una voz familiar detrás de mí. Giré y vi al mismo asesor del día anterior. Tenía un gran saco de tela en las manos y nos lo mostró. Eliza fue la última en entrar a la carpa, con cara de sueño, probablemente porque se había pasado toda la noche en vela llorando. Me pregunté si la víspera había sido la primera vez que mataba y cómo lo estaría llevando.

—Metan aquí todas las armas y los objetos personales que traigan encima, excepto la ropa. —Agitó la bolsa.

Nos miramos todas sin saber muy bien qué estaba pasando.

—Las registrarán —añadió, y eso consiguió que nos pusiéramos en movimiento.

Metí la mano dentro de la bota y saqué un pequeño cuchillo. Ivanna hizo lo mismo, y algunas de las demás también.

Eliza se quitó una horquilla muy elegante de su melena rubia y la levantó.

—¿La recuperaré? —preguntó, y yo puse los ojos en blanco.

Esta chica estaba pidiendo a gritos que la mataran.

—Por supuesto —le respondió, y ella la soltó a regañadientes en la bolsa. El asesor la cerró y la tiró al suelo en una esquina de la carpa—. Para la próxima prueba, se les taparán los ojos y las dejarán en una ubicación desconocida.

Algunos gritos ahogados le hicieron asentir.

—Deben volver al campamento base y sobrevivir a lo que se enfrenten. Una reina de lobos debe poder sobrevivir de la tierra.

Desvié la atención inmediatamente hacia Eliza y observé cómo se le quedaba la cara completamente pálida y se movía incómoda. Este no era un desafío común en las Pruebas de la Reina. Al menos yo no había oído hablar de él nunca.

Ya está. Así era como iba a morir Eliza. Mojada, con frío y sin comida, atacada por un pumarino enorme que le desgarraría las tripas mientras dormía. Suspiré cuando me miró aterrorizada.

«No hagas amigas».

Las palabras de mi hermano retumbaban en mi cabeza y aparté la atención de ella.

Dos guardias licántropos entraron en la carpa y nos registraron para comprobar que no llevábamos nada que pudiera facilitar nuestra supervivencia en la naturaleza. Me quitaron la tira de cuero y puse los ojos en blanco. Podía afrontar el reto desnuda y que se me diera mejor que a Eliza y al resto de mis contrincantes.

Ivanna era de la manada Crestline, y yo sabía que tenía los conocimientos para resistir a las inclemencias del clima. Olesa también. La había conocido la víspera y había descubierto que pertenecía a la manada Upper Rim. Su clima era mejor que el de Crestline, pero no estaban tan modernizados como las demás manadas.

Las demás estaban arruinadas. Las otras nueve chicas eran de ciudades o pueblos extremadamente acomodados, con mercados en los que comprar la comida. Podía garantizar que ninguna de ellas había arrancado una fruta de un árbol en toda su vida. Ni habían despellejado a un osorino.

Cuando nos despojaron de todo lo que pudiera servirnos, nos pidieron que saliéramos de la carpa. El público gritó al vernos y nos abrimos camino hasta unos trineos arrastrados por tres lobos. Rastreé entre el público hasta que vi a mi hermano.

«Primero busca agua», me dijo mediante signos.

Yo asentí.

«Alíate. Y asesina si es necesario», añadió y se me hundió el estómago.

Por supuesto. Ivanna podría degollarme mientras dormía y decir que me había matado un osorino.

Volví a asentir para que supiera que lo había entendido. Sentí un gran alivio cuando me di cuenta de que podría ayudar a Eliza sin sentir que estaba traicionando la orden de mi hermano de no hacer amigas. Alargué el brazo y le agarré la mano, tirando de ella hacia mí.

Parecía aterrada y, cuando la acerqué a mí, me miró expectante.

Me quedé unos pasos atrás con ella mientras las demás caminaban por delante de nosotras y me aseguré de que el bullicio del público impedía que nadie nos escuchara.

—¿Quieres que nos aliemos? Puedo ayudarte a sobrevivir a las inclemencias si tú vigilas mientras duermo. Podemos descansar por turnos —le propuse rápidamente.

El alivio se hizo evidente en su cara y me apretó la mano.

—Sí. No me gustaría morir el día de mi cumpleaños.

Me quedé paralizada.

—¿Hoy es tu cumpleaños?

Ella asintió con timidez.

Entonces sentí unas náuseas arrolladoras. No debería estar en la competencia. ¿Por qué aceptó siquiera participar? Era demasiado buena. Dominante, sí, pero demasiado cariñosa e inocente y toda esa mierda incompatible para sobrevivir a aquellas pruebas.

—Pues esta es la peor fiesta de cumpleaños a la que he ido —comenté, y ella estalló en una carcajada, lo que hizo que pareciera una adolescente.

—Gracias. Lo necesitaba.

Yo incliné la cabeza y empezamos a caminar detrás de las demás hasta los trineos. Una tropa de guardias se puso frente a nosotras, el rey estaba entre ellos. Tenían una gruesa tira de tela para ponernos sobre los ojos. Los guardias se acercaron a todas las mujeres y yo me quedé muy quieta cuando el rey se aproximó a mí. Levantó los brazos, me cubrió los ojos con la tela y apoyó sus manos sobre mis hombros.

«Irás al norte». La voz grave de Axil se infiltró en mi cabeza y ahogué un grito. Cómo no. Era el rey y, como tal, tenía todos los poderes de rey lobo. La telepatía en forma humana al tacto de la piel era uno de ellos.

«Te soltarán en la profundidad de las tierras inertes, sin árboles ni arbustos con los que protegerte. Sin caza menor ni frutos salvajes. Solo encontrarás agua en los bulbos redondos de la planta que parece muerta pero no lo está».

Guau. ¿Qué?

«¿Por qué me cuentas todo esto?». Le envié el mensaje mental con la esperanza de que lo recibiera.

Sentí cómo me acariciaba el pelo, muy brevemente, mientras se apartaba con lentitud de mí.

«Porque solo con pensar en que no vuelvas se me olvida respirar».

Y se fue. Escuché sus pasos alejarse junto a los demás soldados.

En ese momento estaba enojada. Axil Luna estaba rompiendo las reglas para ayudarme y no me parecía justo para las demás. No solo eso, sino que se estaba comportando como si quisiera que ganara y eso me irritaba muchísimo. Tuvo su oportunidad conmigo cuando teníamos quince años. Dijo que no y se cavó su propia tumba, así que ahora yo iba a hacer que durmiera en ella.

El trineo se sacudió hacia delante y me agarré a las asas. Eliza se sobresaltó a mi lado. El viento frío y vigoroso me golpeó en la cara y los brazos durante horas y no podía sacarme de la cabeza lo que Axil acababa de hacer. ¿Me había dado información privilegiada porque pensaba que era demasiado débil como para ganar la prueba en igualdad de condiciones? ¡No era justo! Y me molestaba. ¿No me dirige la palabra en cinco años, luego me convoca para competir para ser su esposa, después me dice que se arrepiente de haberlo hecho y, por último, me da información para ayudarme a ganar? ¡Este hombre tenía que aclararse! ¿En qué carajos estaba pensando?

Viajamos toda la mañana y toda la tarde, hasta las primeras horas de la noche. El frescor frígido se convirtió en un calor que solo era posible en las tierras inertes. Estas tierras comprendían una gran parte de nuestro territorio y llegaban hasta la frontera con Nightfall y la costa. Era una esquina un tanto extraña de nuestro reino que recibía un golpe de aire caliente del mar y un sol abrasador, por lo que no crecía nada allí.

Las tierras inertes se extendían cientos de kilómetros, así que saber que estábamos en ellas tampoco me decía nada. Pero saber que habíamos entrado por el norte me decía que debía ir al sur para volver a Death Mountain. Estuve enojada por la injusticia de que el rey me hubiera dado toda esa información hasta que los trineos por fin se detuvieron.

—¡Abajo! —gritó un guardia, y me bajé—. ¡Quietas! —ordenó, y entonces escuché un golpe sordo muy fuerte, como si un cuerpo se hubiera caído al suelo.

—¿Qué ha sido eso? —preguntó alguien. Y luego otro ruido sordo.

Y otro. Y otro. Y otro. Escuché cómo iban sedando a mis competidoras una a una y tan solo pude prepararme.

Noté un trapo frío sobre la boca y ni siquiera me opuse. Respiré con fuerza un aroma muy agradable y noté cómo mi cuerpo entero se aturdía hasta que todo se volvió negro.

Otro golpe sordo.

—¡No la toques! —gritó Eliza, y me incorporé de un salto justo a tiempo para ver a Ivanna acercándose a mí con una roca afilada en la mano. Mi cuerpo todavía no había expulsado todos los efectos de la droga que hubieran usado y seguía bastante mareada. Eliza estaba de cuclillas delante de mí, y el ruido de huesos rompiéndose llenaba el aire. Se movía para protegerme y honrar nuestra alianza. Si no lo hubiera hecho, yo ya estaría muerta.

Ahora que Ivanna había visto que estaba despierta, titubeó y yo aproveché para ponerme de pie, un poco torpe todavía, pero cerré los puños lista para pelear.

Había media docena de chicas todavía inconscientes en el suelo y otras tres a lo lejos, corriendo en diferentes direcciones. Había mucha luz, ya debía de ser por la mañana, a juzgar por la posición del sol. Habíamos dormido toda la noche.

Era un milagro que no nos hubiera comido nada. Las tierras inertes eran conocidas por la cantidad de osorinos que vivían en ellas.

Empezaron a sonar gemidos y gruñidos a medida que se iban despertando el resto de las chicas. Ivanna y yo nos mirábamos fijamente y le dediqué una sonrisa demente.

—Podemos terminar con esto de una vez si quieres —le propuse con la cabeza inclinada hacia un lado.

Disfrutaría matando a Ivanna: no tenía ningún tipo de honor si pensaba golpearme con una roca mientras me encontraba inconsciente. Había perdido cualquier respeto que hubiera ganado por mi parte.

Eliza se había transformado por completo en loba y me sorprendió lo grande que era. Era una cabeza más alta que mi loba y también parecía más corpulenta. Miró a Ivanna y le enseñó los dientes en un gruñido.

—Pero quizá te cuesta enfrentarte a nosotras dos. —Sonreí.

Ivanna tragó con fuerza, soltó la piedra y con las manos hizo un gesto despreocupado. Ahora que ya estaban todas las chicas despiertas, mirando a su alrededor aturdidas, no me sentía cómoda con los conocimientos que Axil me había dado, no me parecía bien guardármelos para mí.

—Anoche mi hermano se emborrachó con alguien que le dio información privilegiada —les dije a todas—. Hemos entrado por el norte a las tierras inertes. No encontraremos nada de comida y la única agua será la de los bulbos de una planta que parece que está muerta. —¿Era todo? No me acordaba.

—¿Por qué nos lo cuentas? —preguntó una chica mientras se levantaba con torpeza.

Me encogí de hombros.

—Quiero ganar en igualdad de condiciones.

—Puede que sea mentira —musitó Ivanna. Llevaba el pelo oscuro peinado en un moño y me atravesó con una mirada—. Su hermano es un maestro de la manipulación mental. Podría ser un truco para que vayamos todas al sur y no perdamos el tiempo buscando comida.

Yo puse los ojos en blanco.

—Tú misma. —Me agaché para recoger la ropa que se había quitado Eliza antes de transformarse. Puede que la necesitara más adelante. Luego le di una palmadita en el hombro y empecé a caminar a paso ligero hacia el sur. Me jugaba mi pequeño cuchillo de caza a que ninguna de las chicas de ciudad sabía dónde quedaba el sur. Seguramente fueran capaces de oler su casa si se transformaban en lobas si hubiéramos viajado tan solo una o dos horas, pero, según mis estimaciones, el trayecto había sido de unas doce horas a paso de trineo, lo que significaba que tardaríamos unos dos días en llegar a casa caminando. Si no nos perdíamos. La falta de comida nos ralentizaría el paso y, si no encontrábamos agua, afectaría también a nuestra resistencia. Las otras tres chicas que habían salido corriendo en cualquier dirección iban a estar atrapadas en aquel lugar una semana y probablemente terminarían sucumbiendo a las inclemencias.

Eliza se quedó en su forma de loba, y me pareció bastante inteligente.

—Eres una loba muy grande. Deberías participar en el resto de los combates así si eres capaz de transformarte lo bastante rápido. —Ahora entendía por qué la habían clasificado como una de las mejores competidoras. Era tan grande como los lobos machos y eso le daba una gran ventaja a la hora de enfrentarse a hembras más pequeñas.

Me miró y me sonrió con su boca de loba, aparentemente satisfecha por mi cumplido.

—Y gracias por apoyarme antes. Te debo una —añadí y ella trotó contenta a mi lado.

Miré hacia atrás y vi que las demás chicas se habían agrupado y parecían discutir sobre algo. Probablemente sobre si se creían o no mi consejo. Pero no era mi problema. Les había dicho lo que sabía y no iban a tardar en darse cuenta.

—Tenemos que encontrar agua. Avísame si ves alguna planta, aunque parezca que está seca y muerta —le advertí a Eliza.

Ella llevó de inmediato el hocico al suelo y se situó como diez pasos por delante de mí, olfateando la tierra como un lobo sabueso.

Tendríamos que aligerar el paso para volver a Death Mountain, y, por la densa niebla que había a lo lejos, no veía nada más allá de varios metros. Podíamos pasar sin comida, pero no sin agua.

Después de una hora caminando, me di la vuelta y vi cuatro manchas a lo lejos siguiendo mis pasos. Parecía que al menos cuatro de las chicas habían creído lo que les había dicho. Las otras acabarían muertas si no se daban cuenta pronto. No sabía si una de las manchas era Ivanna.

La loba de Eliza empezó a ladrar en un tono muy agudo y di la vuelta hacia ella. En el suelo, entre las grietas de tierra y unos matorrales secos, había unas hebras de una planta larga muerta que tenía unas pequeñas bolitas enganchadas al tallo. Parecía un alga marina.

Me emocioné muchísimo al agacharme para analizarlas más de cerca. La planta estaba cubierta por un polvo blanco que hacía que no hubiera señales de vida aparente, pero cuando la agarré sonreí. Pesaba y el polvo blanco caía por mis manos, mostrando una planta sana, con bulbos verdes oscuros.

Apreté uno de los bulbos con los dedos y me empecé a reír al ver agua fresca y clara salir de él.

Eliza empezó a girar en círculos como si se estuviera cazando la cola. Yo arranqué un tallo enorme de dos metros y me lo colgué al cuello como una bufanda.

Eliza gimió y me miró.

Sacudí la cabeza.

—Todavía no nos hace falta. Es mejor que lo racionemos por si no encontramos más.

Yo también tenía sed, pero aún no estaba desesperada. «Lobas de ciudad». Sacudí la cabeza de nuevo.

Al cabo de otras cuantas horas caminando, descubrimos diez plantas más. Ahora me resultaba fácil llevarme los bulbos a la boca después de sacudirles el polvo blanco y succionar su líquido fresco. Las raíces debían de estar muy profundas en alguna reserva de agua, porque estaban llenas de agua fresca. Le di también a la loba de Eliza y, cuando tuvimos más que suficiente para seguir avanzando, me colgué al cuello los pesados tallos.

No podía evitar pensar qué habría sido de nosotras si Axil no me hubiera hablado de ellas. Sus ojos azules y las cosas que me había dicho estos últimos días revoloteaban por mi cabeza y me dejaban completamente confundida.

Caminamos hacia el sur a buen ritmo hasta que el sol empezó a bajar y noté las piernas entumecidas; el cuerpo me pedía un descanso. Un licántropo podía pasar unos siete días sin comer, pero nos costaba mucha energía. Sobre todo si cambiábamos de forma como había hecho Eliza. Por cómo caminaba, sabía que las patas traseras empezaban a flojearle y que necesitaba descansar.

—Acamparemos aquí esta noche. —Señalé tres arbustos muertos que no nos protegerían contra los depredadores o las inclemencias climáticas. Simplemente era un lugar fácil de señalar. Ella se acercó a los matorrales muertos y se dejó caer delante de ellos jadeando. Entonces me miró como si estuviera esperando más instrucciones.

—Duerme tu primero. Te despertaré dentro de unas horas para dormir yo —le propuse.

Con esa declaración, dejó caer la cabeza en el lodo seco y cerró los ojos. Se durmió de inmediato.

Eché un vistazo alrededor de nuestro pequeño campamento antes de que el sol desapareciera por completo del cielo, y encontré unas rocas planas y una rama larga. No nos servirían de nada si nos atacaban.

No quería transformarme en loba y consumir energía, mucho menos sin tener comida, que era por lo que Eliza se había quedado en su forma de loba. Ya se había transformado una vez y volver a su forma humana la mataría rápidamente de hambre. Las dos lo sabíamos sin necesidad de decir nada.

Confiaba en que Axil no me hubiera mentido y estaba segura de que íbamos hacia el sur. De lo que tenía dudas era de si nos perderíamos o avanzaríamos tan lentas que tardaríamos más de lo que pensaba en llegar a Death Mountain.

Tenía muchas cosas en la cabeza mientras intentaba calcular cuándo había sido la última vez que había comido. Habíamos pasado doce horas viajando hasta allí en el trineo, y luego otras doce horas inconscientes. Además de otras doce horas caminando. El día anterior por la mañana, con Cyrus, había sido la última vez que había comido, así que casi dos días.

Si me transformaba en loba para protegernos de los depredadores durante la noche, el camino del día siguiente sería más lento porque quizá tuviera que volver a transformarme en humana para cargar con los pesados bulbos de agua. Si me los colgaba en el lomo de mi loba, seguramente se fueran cayendo conforme avanzaba porque no tenía hombros en los que sujetarlos.

Escuché un aullido en la distancia y ganó mi instinto. Apartando de mi cabeza el malgasto de energía y la futura falta de comida, me quité con rapidez la ropa, me coloqué a gatas y recibí la transformación. A algunas licántropas no les gustaba estar más de un par de horas en su forma animal, otras podían pasar días sin cambiar de forma.

Yo era de las últimas, las más dominantes lo éramos. Me encantaba adoptar mi forma de loba. Y, si me transformaba ahora, seguramente tuviera que mantener la forma o puede que no tuviera la energía suficiente para volver a convertirme en humana.

Pero daba igual porque ya había empezado a transformarme. Se me distendieron los músculos, se me rompieron los huesos y respiré hondo para soportar el dolor.

Eliza levantó la cabeza adormilada para mirarme, seguramente se hubiera despertado por el ruido, pero volvió a dormirse al darse cuenta de que solo lo estaba haciendo por precaución y no había ninguna amenaza inminente.

Cuando terminé de transformarme, me sentí mucho mejor. Si aparecía alguna amenaza a lo largo de la noche, estaría preparada para enfrentarme a ella.

Estaba cansada, pero no quería dormirme, así que me quedé de pie. Cada media hora o así daba una vuela alrededor de Eliza para mantenerme en movimiento y obligarme a estar despierta y alerta. Me aburría, así que me permití recordar el momento en el que conocí a Axil.

Nunca me ponía vestidos, pero mi amiga Maxine me convenció para que me pusiera uno el día que fuimos a registrarnos al campamento. Era básicamente un evento para conocer al resto de los dominantes. Mi vestido era blanco con pequeñas flores rosas bordadas. Demasiado femenino para mi estilo habitual, pero, aun así, me veía guapísima. Había muchos adolescentes que iban al campamento de habilidades de verano en Eagle Cliff para ligar, y yo albergaba la esperanza de conocer a algún chico con el que compartir mi primer beso, pero no tenía ni idea de que conocería al amor de mi vida.

Tenía quince años, era dominante e increíblemente ingenua.

Después de registrarnos, me acerqué a la carpa de la comida. Esa primera noche había un grupo de música tocando a medida que el sol se ponía y yo bailaba con Maxine como si nadie me mirara. Tenía los brazos levantados y movía las caderas de un lado a otro, y me reía con una alegría despreocupada que no había tenido desde la muerte de mis padres.

Ahí fue cuando Axil tomó la iniciativa.

Lo primero que me atrajo de él fue su seguridad. Los hombres más dominantes tenían una cantidad insoportable de seguridad en sí mismos, pero la de Axil estaba equilibrada con algo más. Algo que no fui capaz de descifrar en aquel momento.

Respeto. Me respetaba incluso antes de agarrar mis caderas, ponerse delante de mí y mirarme de arriba abajo con sus penetrantes ojos azules.

—Baila conmigo. —Fue más una orden que una pregunta, pero yo sabía que podía decir que no si quería. Era el chico más guapo que había visto en mi vida, así que asentí y le rodeé el cuello con los brazos.

Entonces él se inclinó hacia delante y me olió. Me puso la nariz en el pelo y gimió. ¡Nunca había conocido a un chico tan lanzado! Estas cosas no se hacían en un primer encuentro en mi manada, pero con él... no me molestó.

—¿A qué huelo? —le pregunté con toda la inocencia de mi yo de quince años.

Él se retiró y me dijo algo que no he olvidado nunca. Algo que todavía me rondaba la cabeza.

—A mi futura esposa. —Sonrió.

En aquel momento me enamoré perdidamente de él. Un amor de cachorra sin profundidad alguna, pero amor al fin y al cabo. El primer amor. Ese amor insensato y despreocupado al que te lanzas sin pensar y sin temer sus consecuencias.

Yo fui la que dio el primer paso hacia el primer beso. Ahí, en la pista de baile, justo después de que me dijera que olía a su futura esposa. Capturé su boca en la mía y nuestras lenguas bailaron. Estuvimos bailando y besándonos durante horas, hasta que los organizadores del campamento nos dijeron que volviéramos a nuestras tiendas.

El campamento duraba dos meses y Axil me prometió que nos veríamos al día siguiente.

Y así fue. Y nos enamoramos aún más. Después de las clases, me llevó al río y estuvimos pescando y charlando hasta que se puso el sol. Le hablé de mi infancia y él compartió algunas cosas conmigo, pero nunca me dijo que era príncipe.

La quinta semana de campamento, hizo un anillo con unas cuerdas y me lo puso en el dedo anular. Me prometió que algún día me convertiría en su mujer. Me dijo que tenía que volver a Death Mountain a solucionar un asunto familiar, pero que cuando fuera un hombre me mandaría a buscar. De todos modos, Dorian no nos dejaba casarnos hasta que teníamos diecisiete años como muy pronto, así que sabía que tenía que esperar para que mi alfa me diera permiso.

Asentí con entusiasmo. Habría aceptado cualquier cosa. Estaba enamorada hasta las trancas. Planeamos encontrarnos en el campamento del año siguiente y pasamos el resto de la noche bailando.

Nos escabullimos de las tiendas aquella noche y nos tumbamos en una manta bajo las estrellas. No nos acostamos, solo queríamos dormir juntos. Estuvimos haciendo esto las dos últimas semanas de campamento, nos escapábamos de nuestras tiendas y nos dormíamos juntos bajo las estrellas. Y así nos encontró su hermano mayor, Ansel, el rey en aquel momento, a la mañana siguiente.

Sentí náuseas y rabia cuando se reprodujo otra vez la dolorosa escena en mi mente. La forma en la que su hermano habló de mí como si fuera escoria. Cómo Axil no dijo nada para defenderme. Cómo se acobardó ante su hermano y se fue sin ni siquiera mirarme. Me puso enferma y luego no volví a verlo más.

Fui al siguiente campamento con dieciséis años, totalmente decidida a bailar con otro chico para poner celoso a Axil, pero él nunca apareció.

Ese bastardo me rompió el corazón inocente en mil pedazos y no he vuelto a amar a nadie desde entonces. Había tenido dos novios, pero simplemente los veía como alguien con quien calentar la cama, no como a personas con las que compartir el resto de mi vida. Tuve el corazón herido durante cinco años y nunca se curó lo suficiente como para volver a dejar entrar a alguien.

Y ahora aquí estaba, luchando por ser la mujer de Axil. Era muy consciente de la ironía de la situación.

Eliza se movió a mi lado y salí de mis pensamientos. Se levantó, se sacudió y me indicó con la cabeza que ahora me tocaba a mí descansar.

Si fuéramos compañeras de manada, podríamos comunicarnos por telepatía, pero no lo éramos, así que nos teníamos que entender con los gestos de la cabeza.

Asentí y caminé hasta donde había estado ella acostada, desplomándome de inmediato.

Cuando vi que Eliza ya estaba completamente despierta y dando vueltas, y que era probable que no la sorprendiera una emboscada, cerré los ojos e intenté alejar los pensamientos del Axil de quince años de mi cabeza. No me había permitido pensar en él con tanta intensidad en años. Volver a esos recuerdos me dolía, y me di cuenta de que no haber tenido un cierre, no haber podido decirle el daño que me había hecho me estaba matando. Me había sentido atada y amordazada por no poder compartir mi parte de la historia. El sueño me arrastró y saqué a Axil de mi cabeza, pero esos penetrantes ojos azules seguían volviendo a mí.

«A mi futura esposa».

¿Sabría de alguna forma que algún día iba a ser una candidata para ello? No. ¿Cómo lo iba a saber? Suspiré profundamente, agaché la cabeza y me dormí.

5

El sonido de un gruñido grave me sacó del sueño. Estaba agotada. No habría dormido más de una hora, a juzgar por lo atontado que tenía el cuerpo. Parpadeé rápido, me puse de pie sobre las cuatro patas y miré a mi alrededor.

«Oh, no».

Eliza estaba delante de mí con los pelos del lomo erizados y frente a una manada de lobas. Cuatro.

Debían de ser Ivanna y su nuevo grupo. De pronto, me puse muy alerta, la sangre me latía con fuerza por las venas y el sueño se desvaneció. Me acerqué a Eliza y la miré de reojo.

Parecía asustada y yo sabía por qué. Enfrentarse a una manada de cuatro lobas sin poder comunicarte era una sentencia de muerte.

Ojalá fuera compañera de mi manada.

Entonces se me ocurrió una idea y, antes de que me diera tiempo a pensarla demasiado, me abalancé hacia ella y le di un pequeño mordisco en la pata, lo suficiente para hacerla sangrar un poco.

Ella se quejó e intentó apartarse de mí.

«Te reclamo, Eliza Green, para mi manada de Mud Flat»,

dije mentalmente, y la solté para morderme mi propia pata. En cuanto la sangre de ambas se me mezcló en la boca, saqué absolutamente toda la fuerza dominante que poseía. No era un alfa, pero podía serlo durante un día si quería. Dorian me había entrenado como tal y me había enseñado a reclamar a un lobo. Normalmente era una capacidad que solo tenía un alfa o un segundo al mando, pero esperaba tener la magia suficiente para conseguirlo y que a Dorian no le importara que lo hiciera.

Una luz azul espolvoreada cayó sobre mi pelaje, titilante como luciérnagas, y entonces Eliza me miró con los ojos muy abiertos.

«¡¿Me acabas de reclamar?!», chilló en mi mente.

¡Había funcionado!

«Sí. Ya vienen». Apenas tuve tiempo de comunicarme y las lobas ya estaban encima de nosotras. Se habían dispuesto en círculo, rodeándonos, y, ahora que estaban más cerca, pude oler cuál de ellas era Ivanna. Era una loba mediana, negra y gris.

«Atacaremos juntas. Las tiraremos al suelo por separado y así, con suerte, las demás se asustarán», le dije.

«De acuerdo». Le temblaba la voz incluso en mi cabeza.

No quería atacar primero a Ivanna porque las otras tres saltarían para protegerla, ya que era la más dominante. Fui primero por la más pequeña, a la izquierda de Eliza.

«Ella».

Agaché la cabeza y gruñí mientras nos rodeaban intentando intimidarnos.

Sin decir nada más, Eliza se abalanzó, jaló la pata de la loba y la arrastró dentro del círculo. Las otras tres fueron por Eliza, pero yo ataqué antes. Mientras Eliza arrastraba a la más pequeña, que aullaba de dolor e intentaba agarrarse al suelo para poder salir corriendo, yo me lancé a la yugular.

Le mordí el cuello y se lo desgarré en cuestión de segundos, hasta que el cuerpo se quedó flácido. Ni siquiera supo qué la había mordido. Era la táctica que usaba mi manada para cazar pumarinos.

De pronto, una loba cayó sobre mi lomo. Me sacudí con fuerza para tirarla al suelo antes de que le diera tiempo a morderme, y sentí cómo resbalaba.

«¡Ayuda!», gritó Eliza. Giré y vi a Ivanna desgarrándole el costado. Eliza mantuvo la cabeza agachada contra el suelo con el cuello cubierto de tierra mientras otra loba le mordía la oreja, intentando exponerle el cuello.

Di un salto y aterricé con fuerza en el lomo de Ivanna, tirándola hacia un lado. Rodó tres veces para alejarse.

«¡Ataca!», le dije a Eliza, y, sin dudarlo ni un segundo, se puso de pie donde estaba y las dos fuimos por la loba que le había estado mordiendo la oreja. Esta vez la agarré por la pata trasera para sujetarla y Eliza le desgarró el cuello. Fue todo muy rápido. No había nada comparado a pelear con un miembro de tu manada. No solo podíamos comunicarnos verbalmente, también sentíamos cosas. Le dolía el costado y tenía hambre, pero también rugía de energía y habíamos construido una confianza fuerte entre nosotras.

Ella haría lo que le pidiera porque me había permitido ser la líder.

Giramos las dos justo cuando Ivanna y su última loba se pusieron frente a nosotras con los labios hacia atrás mostrando una sonrisa retorcida. Ivanna miró a las dos lobas muertas y luego a nosotras.

Lo sabía. Sabía que éramos una manada. Era la única forma de conseguir un ataque tan coordinado.

Dio dos pasos atrás, luego tres, ya estaba casi fuera del *ring* cuando su amiga solitaria se dio cuenta de lo que estaba pasando.

Se iban a retirar.

Una parte de mí quería acabar con las dos. Juntas como manada, probablemente pudiéramos, pero Eliza estaba herida y yo era capaz sentirlo.

«¿Te duele mucho?», le pregunté.

«¿Qué más da? Acabemos con ellas».

Giré para sonreírle. Sabía que me había caído bien desde el principio por algo. Pero, cuando vi el trozo de pelo y de carne que colgaba de sus costillas, y el charco de sangre que había bajo ella, sentí mucho miedo.

Ivanna y su loba aprovecharon mi distracción para huir con el rabo entre las piernas hacia el paisaje llano que nos rodeaba.

Al verlas marcharse y con la seguridad de que no iban a volver, corrí hacia Eliza y utilicé el hocico para colocarle el trozo de pelaje en las costillas expuestas.

Ella se quejó.

«Acuéstate», le ordené.

Ella se agachó sobre su propia sangre. Utilicé la nariz para volver a pegarle la piel al costado para que se curara bien.

Necesitaba comida. Carne cruda, preferiblemente.

Miré de reojo a las dos lobas muertas tiradas cerca de nosotras y Eliza me miró.

«No tengo tanta hambre», me aseguró.

«No he dicho nada», intenté parecer inocente.

«Lo estabas pensando».

Maldita sea, ya me conocía muy bien. Yo nunca me había comido a uno de los míos, ni siquiera me lo había planteado jamás, hasta ese momento.

«Me pondré bien, solo necesito descansar y un poco de agua», aseguró ella.

Me acerqué para agarrar una de las ramas con bulbos

de agua y la arrastré hasta ella. Aplastó los bulbos con la boca y empezó a jadear.

Si jadeaba significaba que le dolía y yo estaba a punto de empeorar las cosas porque mi instinto me decía que quedarse cerca de dos cadáveres estando herida era una idea estúpida. «Deberíamos movernos. Los cuerpos van a empezar a atraer animales».

Me odiaba por decirlo porque sabía que ella haría lo que le pidiera. Con una mirada de terror, asintió una vez y se intentó levantar. Se cayó dos veces y me sentí horrible.

«Puedo transformarme y llevarte», propuse.

«Ni se te ocurra —me dijo—. Ahorra energía, podrían volver. Además, todavía tenemos que salir de aquí».

Al tercer intento, utilicé el hocico para ayudarla a levantarse y se tambaleó hacia delante, fuera del charco de sangre y lejos de los cadáveres.

«Unos cuatrocientos metros serán suficientes. Solo tenemos que alejarnos un poco de los cuerpos», le dije.

Cojeaba y gimoteaba con cada paso mientras nos alejábamos del lugar del combate. Cuando ya nos separamos lo suficiente, le pedí que se detuviera. Ella me obedeció y se cayó de inmediato al suelo emitiendo un aullido.

Le froté el cuello con el hocico, muerta de miedo. Me sentía muy confundida. Se había convertido en mi compañera de manada, alguien con quien tenía una conexión. Sentía su dolor. No podía dejarla morir. Estaba más herida de lo que aparentaba. Ahora me daba cuenta. La sangre se le acumulaba alrededor y sabía que, sin comida, su magia curativa sería muy lenta. Demasiado lenta.

«Siento no haber podido protegerte», le dije. El hecho de que ambas compitiéramos en las Pruebas de la Reina ya no me importaba. Solo me preocupaba el vínculo que se había formado entre ambas, ahora era mi hermana.

Cyrus me mataría porque, desde ese momento, jamás podría hacerle daño. Si llegáramos las dos a Death Mountain con vida y me obligaran a enfrentarme a ella en un combate, no podría hacerlo.

¿Qué había hecho?

Ella me miró. «Si mañana por la mañana no estoy algo mejor, déjame».

Yo gruñí como si lo que acababa de decir fuera una estupidez. «Los compañeros de manada permanecen juntos», le respondí.

Ella sacudió la cabeza. «No quiero casarme con el rey y ser la líder de mi pueblo. Déjame y ve a ganar las pruebas».

Se me instaló un quejido en la garganta y me dejé caer a su lado, acurrucándome en su costado bueno.

«Cuéntame algo —dijo—. La distracción ayuda con el dolor y el hambre».

Y eso hice. Le conté mi secreto, uno que muy poca gente sabía.

«Conocí al rey Axil hace tiempo, cuando era un adolescente. Estaba enamorada de él».

Ella ahogó un grito, un sonido leve y lobuno. Yo asentí y procedí a contarle toda la historia. ¿Por qué no? Puede que se desangrara allí, en mitad de la nada, y yo quería compartir el peso con el que cargaba con alguien más. Ella escuchó en silencio y terminé el relato con cuando él se marchó con su hermano después de que este dijera todas esas cosas horribles de mí.

«Eso explica muchas cosas», dijo adormilada cuando terminé.

Fruncí el ceño. «¿A qué te refieres?».

Me miró fijamente, abrasándome el alma con esos ojos amarillos de loba. «Mi hermana trabaja en el palacio, es la asistente personal de Axil. Una vez le preguntó por qué no tenía amantes».

El corazón se me aceleró, frenético, en el pecho. «¿Y qué dijo él?».

«Que ya entregó su corazón a los quince años y cualquier otra cosa parecería una nimiedad en comparación», respondió Eliza casi sin poder hablar.

Se me abrió la boca porque sus palabras me habían golpeado como piedras. ¿Dijo... dijo eso de mí? No tenía sentido. Fue él el que se marchó.

Luego volví a mirar a Eliza, había cerrado los ojos y estaba dormida.

No dije nada más. Tenía el estómago atado en un millón de nudos por el estado de Eliza y todavía estaba procesando sus palabras sobre Axil. Seguro que se trataba de un error, habría escuchado mal a su hermana. Axil nunca diría eso de mí... Me sacudí para apartar todos esos pensamientos de mi cabeza.

Aunque sabía que deberíamos empezar a movernos y alejarnos todo lo posible de los dos cuerpos sin vida de las lobas, me esforcé para vigilar a Eliza mientras dormía. Necesitaba el descanso reponedor más que nada.

Pasaron unas cuantas horas en las que tuve que obligarme a levantarme y moverme en círculos para mantenerme despierta. Estaba dando el centésimo círculo alrededor de Eliza cuando lo olí.

Me quedé inmóvil, olfateando con mi hocico de loba el aire para respirar hondo.

No.

«Osorino».

Debió encontrar a las dos lobas muertas. Teníamos que irnos de allí. Eliza estaba cubierta de sangre y también la encontraría a ella, y acabaría con las dos. Me había enfrentado muchas veces a osorinos con mi manada, pero nunca sola. A los lobos solitarios los cazaban los osorinos.

«Liza». Le di unos golpecitos con el hocico, acortando su nombre apresuradamente.

Cuando se le descolgó la cabeza hacia un lado, gimoteé.

«No».

Presioné la nariz con fuerza sobre su cuello y casi lloro de alivio cuando sentí el pulso fuerte. Se había desmayado, que no era lo ideal, pero, al menos, no estaba muerta.

Tendría que cambiar a mi forma humana y cargar con ella, sin parar hasta llegar a Death Mountain. Era mi familia. Mi manada. Por mucho que Cyrus me hubiera recomendado que la dejara atrás, ya no podía. Había creado un vínculo con esa mujer y no iba a dejarla morir.

«Maldita sea, Zara».

Estaba a punto de empezar a transformarme cuando escuché unos pasos pesados detrás de mí.

No. No. No.

Era demasiado tarde.

Di la vuelta y me encontré cara a cara con el osorino negro. La única salvación era que no tenía mucha complexión, un macho joven que seguía doblándome en tamaño, pero que no era comparable con un macho adulto, cuatro veces más grande que mi loba.

Todos mis instintos me urgían para que saliera corriendo, pero entonces recordé cómo Eliza me había defendido cuando me estaba recuperando de cualquiera que fuera la sustancia con la que nos habían drogado. Me protegió cuando Ivanna intentó acabar conmigo. Era leal y yo no iba a perder mi honor abandonando a una compañera de manada. Prefería morir allí protegiendo su cuerpo que salir corriendo hacia Death Mountain como una cobarde y una traidora.

Cuando el osorino retrocedió con las patas traseras y gruñó, me agaché en posición de ataque y dejé escapar un gruñido grave. Vi que tenía la boca manchada de sangre, así que ya se habría servido con las dos lobas muertas, pero era evidente que no estaba saciado. Tenía que hacerle saber que meterse conmigo supondría terminar herido. Así quizá podría conseguir que huyera.

Entonces cargó contra mí y, en lugar de pensar en algún plan, me vi inmersa en un combate a muerte y actué por puro instinto.

Él era más grande y más lento. Cuando me atacó, di un salto con la intención de aterrizar sobre él.

Pero, por desgracia, era bastante listo. Levantó su zarpa gigante y me tiró al suelo como si yo fuera una pelota.

El impacto de su pezuña me rompió las costillas y salí volando. Me preparé para el golpe y, cuando mi cuerpo cayó contra el suelo duro, aullé de dolor. Las costillas, ya rotas, estallaron con agonía debido al impacto. La angustia me arrebató el aire de los pulmones, aunque me pude levantar rápidamente. Esperaba que la bestia volviera por mí, pero, para mi horror, iba directa hacia el cuerpo sangrante e inconsciente de Eliza.

Salí corriendo desde donde había caído hacia el animal antes de que alcanzara a Eliza, que estaba tumbada, débil e indefensa. Salté sobre la espalda del osorino y le mordí el cuello. En cuanto apreté los dientes, él se levantó sobre sus dos patas traseras y empezó a sacudirse. Caí, volviendo a aterrizar sobre mis costillas rotas, y casi me desmayo por la abrasadora ola de agonía que sentí. Me recordé que el dolor era temporal y que debía intentar ignorarlo. Nada importaba más que mantenerme con vida en aquel momento. El osorino se había dado cuenta de que yo era la mayor amenaza que había en la zona y cargó contra mí de frente. El muy bastardo me había enfurecido y enloquecí. Siempre había sabido que moriría en un combate. O esperaba que así fuera. Era el mayor de los honores. Y morir soportando ese dolor y protegiendo a una nueva amiga y compañera de manada también me parecía una buena forma de abandonar este mundo.

Le mordí como un animal rabioso, arrancándole un trozo de carne y mechones de pelo justo cuando clavó su mandíbula en mi pata y mordió.

Un aullido de miseria me desgarró la garganta, pero no me rendí, asegurándome de que ese cobarde quedara asustado de por vida antes de morirme. Cuando le mordí la pata trasera y escuché el crujido de sus huesos, me soltó y se tambaleó hacia atrás, cojeando.

Levanté la pata herida para no poner peso sobre ella y me quedé mirándolo con firmeza. Él estaba haciendo lo mismo, apoyándose en las otras patas y doblando hacia el vientre la que yo le había mordido.

Nos quedamos mirándonos fijamente.

«Podría pasarme el día entero así. Lucharé contigo hasta la muerte, pedazo de mierda, y te arrancaré los ojos de camino a Hades».

Por puro instinto, gruñí y me abalancé sobre él, saltando con la pata trasera buena. Él se dio la vuelta y huyó.

Sentí un inmenso alivio al verlo marchar, pero me mantuve firme de pie mientras observaba cómo se convertía en un punto minúsculo en el horizonte. El sol estaba alto y teníamos que irnos de allí antes de que llegaran más depredadores.

Escuché un gemido detrás de mí y me acerqué saltando hasta Eliza. Estaba consciente, pero, cuando coloqué mi hocico sobre el suyo, noté la fiebre a través del pelaje.

Infección.

Había dejado de sangrar gracias a sus capacidades curativas, pero necesitaba comida y descanso para luchar contra la infección.

Sabía lo que tenía que hacer.

Forzar una transformación con los huesos rotos podía producir una lesión permanente. Siempre había que esperar a que los huesos se soldaran, pero no había tiempo para eso. Eliza moriría si no llegábamos a Death Mountain, y yo también. Sentía el dolor más fuerte que había sentido jamás.

Deseé haber tenido energía para matar al osorino porque nos habría proporcionado sustento, aunque me alegré de haberlo asustado. Cojeando y aullando por el insoportable dolor de la mutación, por fin me puse de pie sobre una pierna, desnuda como el día que llegué al mundo. Me daba miedo poner presión sobre el otro pie. Había dejado nuestra ropa en el lugar de la pelea y tenía que hacerme a la idea de que iba a caminar desnuda más de doce horas hasta Death Mountain. La desnudez no era algo que nos importara demasiado ni a mí ni a los míos, un pecho por aquí, un trozo de trasero por ahí. Todos cambiábamos de forma con frecuencia, pero caminar entre una multitud de humanos vestidos estando completamente desnuda...

Sacudí la cabeza, no podía preocuparme por algo tan trivial. Me agaché para recoger las ramas con los bulbos de agua y colgármelos al cuello. Salté hacia Eliza y me la cargué sobre los hombros como haría con una presa, todavía sin apoyar el peso en el pie roto.

«No». Escuché su voz débil en mi mente. «Déjame, sálvate tú».

«Ni lo sueñes», le dije, y me estremecí por el dolor al apoyar su peso en mis costillas rotas.

No me discutió. Creía que estaba demasiado débil, pero, al tenerla envuelta en mis hombros como una bufanda de pelo, noté que estaba ardiendo. Demasiado caliente.

Todavía tenía que dar el primer paso. Me daba miedo lo que pudiera sentir al cargar con mi propio peso más el de

Eliza, con un tobillo roto que no se había terminado de curar, pero sabía que, si no me movía, moriríamos las dos.

Di un paso y me tambaleé hacia delante con un gemido. Era mucho peor de lo que había imaginado; un dolor ardiente como el fuego me lamió el tobillo y empecé a sudar.

«El dolor es temporal. Ignóralo», escuché en la voz de Cyrus. Era como si pudiera sentir mi sufrimiento desde Death Mountain y estuviera intentando darme consejos.

Miré a mi alrededor y casi lloré de alivio al ver una rama larga y robusta que podía usar como bastón. Saltar hacia ella sujetando a Eliza sobre los hombros requería talento pero, cuando llegué, me agaché para recogerla. Era gruesa, no estaba completamente recta, pero sí lo suficiente. Arranqué las pequeñas ramitas que salían de ella, agarré uno de sus extremos y clavé el otro en el suelo, caminando con cuidado.

Me seguía doliendo, pero me quitaba el peso suficiente del tobillo para que el dolor fuera soportable. Aunque tenía que mantener a Eliza en equilibrio sobre los hombros solo con una mano, era manejable. El paisaje de llanuras era indulgente. Estaba agradecida por no tener que saltar sobre troncos caídos o rocas gigantes, pero, al cabo de dos horas, empecé a enloquecer un poco.

Eliza estaba muy caliente y pesaba, las costillas parecían que se me estaban curando, pero mi estómago se estaba devorando a sí mismo, rogando comida. Al ser licántropa, quemaba más calorías que un humano normal, pero un licántropo herido podía comer una cantidad de comida suficiente para alimentar a veinte humanos.

El pie me palpitaba constantemente y a veces sentía una punzada intensa si me movía demasiado rápido.

Para la cuarta hora, me quería morir. Eliza se había vuelto a desmayar y su cabeza colgaba contra mi cuello. Durante un breve y oscuro periodo de tiempo, consideré abandonarla. Sería mucho más fácil andar sin una loba gigante sobre los hombros.

«El dolor es temporal», me recordé.

Menos cuando no lo es. Después de varias horas de dolor y hambre, parecía eterno.

Entonces empecé a cantar. Suavemente, para no consumir demasiada energía, pero tenía que hacer algo o me iba a volver completamente loca.

«Cuando el lobezno se acercó a la montaña, a la montaña, a la montaña...». Sonreí al recordar a mi hermano pequeño Oslo y las canciones que le cantaba para que se durmiera. «Encontró a su mamá loba en la pradera». Terminé la canción y me sorprendió notar que una lágrima se deslizaba por mi mejilla y caía sobre el pelaje de Eliza.

Me había roto oficialmente.

Yo nunca lloraba. Las lágrimas eran para las débiles y sumisas que necesitaban protección. No para mí. No para Zara Agualigera, hija de un macho alfa.

Me di un golpe en la mejilla y sacudí la cabeza.

«Compórtate, Zara».

Solo sobreviviría utilizando cada gramo de fuerza. No era el momento de ablandarse.

No sé cómo, caminé durante otras seis horas, descansando lo menos posible, hasta que me sentí muerta por dentro y por fuera.

Me quedé mirando el sol, comprobando por enésima vez que iba hacia el sur, y luego miré al horizonte.

Se me escapó un sollozo al ver la espalda de Death Mountain frente a mí. Todavía estaba lejos, pero estaba ahí.

Lo habíamos conseguido.

—Ya casi llegamos. Aguanta, Liza —le dije, y seguí caminando con energía renovada.

Según mis cálculos, todavía nos quedaban otras dos horas para llegar, por fin, a los pies de la montaña. Llevaba más de doce horas caminando, el sol se estaba poniendo y no sentía los pies, pero continué. El páramo quebrado se convirtió en un bosque frondoso de repente, y pronto me vi obligada a sortear árboles caídos y caminar por senderos escarpados.

«Me duele todo». Quemaba, palpitaba, latía como si tuviera el corazón en el pie, pero no era más fuerte que mi deseo de llegar a un sitio seguro con comida y descansar.

Subir la parte trasera de esa montaña puso a prueba mi alma hasta el límite. Me caí dos veces. Eliza se me cayó una. Lloré, grité, aullé y, por fin, cuando llegué a la cima... lo había conseguido. Estaba cubierta de tierra y sangre y tenía el pie negro y morado y doblado en un ángulo poco natural. Eliza parecía medio muerta, olía a podrido, estaba caliente como el núcleo del sol, pero todavía notaba los latidos de su corazón.

Los ruidos de la gente en Death Mountain tiraron de mis orejas y seguí el sonido, prácticamente arrastrándome por el denso bosque, hasta la loma verde que había a los pies del castillo.

La gente se me quedó mirando mientras me arrastraba, coja, desnuda y apenas con vida, hacia la carpa azul, y todo el mundo empezó a gritar.

—¡Las campeonas han llegado!

—¡Dénle agua!

—¡Un médico! —gritó una mujer al darse cuenta de mi estado. Y se acercó corriendo a nosotras.

No pude aguantar más; al ver que había llegado a un lugar seguro, toda mi fuerza se desvaneció. La multitud se abrió y Axil llegó corriendo con los ojos llenos de pánico; me miraba de arriba abajo. Yo me tambaleé sobre mi pie bueno.

La mujer que había pedido ayuda me quitó a Eliza de los hombros y yo intenté mantenerme de pie, pero de repente parecía que tenía las piernas hechas de líquido y sin sustancia para sostenerme.

Estaba observando la mirada aterrorizada de Axil y, de pronto, me desplomé. Sus brazos me agarraron y me vi envuelta en su aroma.

«Creador, cuánto había añorado ese olor». Echaba de menos estar apretada contra su pecho musculado.

—¡Ha traído a otra loba! —comentó alguien.

—¿Por qué lo ha hecho? ¡La podría haber abandonado! —dijo otra persona mientras atendían a Eliza, y entonces se me empezó a nublar la vista.

Axil me acarició la cara como había hecho cientos de veces mientras me sostenía la mirada.

—Porque así es Zara. Leal.

Lo dijo como si conociera mi alma como la palma de su mano, y, al oír aquello, una parte de mí volvió a la vida. Una parte que pensaba que había muerto.

Entonces todo se volvió negro y perdí la batalla contra la consciencia.

6

Me desperté con el ruido de unas voces que discutían.

—¡Eliza dice que es de su manada! —gritaba un hombre mayor.

—Eso va contra las normas. Solo se permite una loba por manada en las Pruebas de la Reina —dijo otro hombre.

Parecía que los asesores más ancianos estaban discutiendo. Todavía me dolía todo el cuerpo y quería oír lo que decían, así que seguí allí tumbada en silencio con los ojos cerrados.

—Yo soy el rey —gruñó Axil—. Y digo que no lo es. Las dos llegaron a las pruebas de manadas diferentes. Les pedimos que sobrevivieran e hicieron lo necesario para conseguirlo.

—Pero... —Uno respondió, pero se calló, seguramente porque Axil lo fulminó con la mirada.

—Tendrán una ventaja extrema en la siguiente prueba, mi lord —añadió la voz más razonable.

—Pues que así sea. Quieren que me case con el miembro más fuerte de nuestra especie. Bien, pues creo que una mujer que ni siquiera es un alfa y ha sido capaz de forjar un vínculo de manada es bastante fuerte —afirmó Axil. Yo sentí un calor en el estómago.

Estaba hablando de mí.

Escuché unos pies moverse cuando los hombres empezaron a salir de la habitación, y abrí los ojos. Estaba en una cama curativa élfica, envuelta en sábanas blancas. Entonces me di cuenta de que no se habían ido todos y busqué a Axil. Estaba mirándome fijamente.

—¿Cómo...? —empecé a decir, pero me interrumpió.

—Está bien. Le salvaste la vida —anunció con palabras entrecortadas.

¿Por qué parecía que estaba molesto? Me levanté apoyándome en los codos.

—¿Y estás enojado por eso? —gruñí—. No has cambiado nada. Sigues siendo ese chico egoísta que solo se preocupa por su reputación real.

Me daba igual que ahora fuera el rey, Axil Luna necesitaba relajarse un poco. No tenía derecho a estar enojado conmigo por salvarle la vida a alguien.

Al escuchar mis palabras, retrocedió como si le hubiera dado una bofetada.

—¿Eso es lo que piensas?

Todo el dolor que creía que había superado de adolescente volvió a la superficie.

—Sí, Axil. ¿Acaso te perdiste nuestra ruptura? Tu hermano te informó de que yo era escoria de Mud Flat, tú estuviste de acuerdo y te marchaste. Ni siquiera volviste al año siguiente. Jamás me escribiste una carta. Nada.

Le ardían las mejillas de vergüenza y se le puso el cuello rojo.

—No estuve de acuerdo —afirmó con un hilo de voz. Parecía horrorizado, tenía los ojos muy abiertos y movía nervioso las manos.

Me reí con una risa mordaz.

—Tu silencio y la visión de tu espalda mientras te ibas decían lo contrario.

Él frunció el ceño.

—Me odias. Me he pasado todos estos años amándote, ¿y tú me odias? —Parecía sorprendido.

Sus palabras eran como una flecha directo al corazón. Me incorporé del todo, contenta al notar que no me dolían las costillas, solo el alma por lo que me acababa de decir. Estaba vestida, aunque solo con una bata curativa blanca, así que salí de la cama y me tambaleé hacia él, probando a dejar todo el peso sobre el tobillo lesionado. Estaba débil, pero nada en comparación con cómo había estado. Eso me hizo preguntarme cuánto tiempo llevaba inconsciente, aunque lo cierto es que en ese momento era algo que no me importaba.

—¿Amándome? —Debería alegrarme, pero nunca había estado tan enojada—. ¿Crees que desaparecer después de esos meses en el campamento...?

—No...

—¡NO ME INTERRUMPAS! —grité como una loca maníaca mostrando toda mi fuerza dominante en la voz. Él se quedó sorprendido—. He esperado cinco años para decirte esto, Axil Luna, así que vas a dejar que te cuente mi realidad.

Axil parecía asustado y, en el fondo, eso me encantaba. Quería que sufriera. Me acerqué más a él para poder mirarlo directamente a los ojos mientras le contaba lo que me había hecho. Parecía que le dolía incluso antes de que yo dijera algo.

Le sostuve la mirada con la respiración temblorosa.

—Estoy muerta por dentro por tu culpa, Axil.

La agonía le cambió las facciones de la cara y retrocedió tambaleante hasta que chocó con la pared. Yo avancé otra vez, acercándome lo suficiente como para poder arrancarle el corazón con la mano. Apoyé mi palma en su pecho, en el lado donde estaba el corazón, como tantas veces hice aquel verano. Notar sus latidos frenéticos y caóticos me hacía sentir bien.

—Te quise con cada centímetro de mi alma. Toda ella era tuya —le confesé—. Hiciste promesas sabiendo lo rota que estaba después de haber perdido a mis padres tan joven. Me dijiste que tú serías mi familia —le recordé.

La vergüenza le tintó las mejillas, pero no dijo nada y me permitió continuar contando mi realidad.

—Y luego me dejaste. ¡Me tiraste como si fuera basura! —le grité en la cara mientras apartaba la mano—. Y a los hombres que han venido después solo he podido darles una sombra de mí, ¡porque no queda nada! —Me golpeé con fuerza en el pecho. Mi loba comenzó a salir a la superficie, y Axil hizo algo que no me esperaba.

Se cubrió la cara con las manos y empezó a llorar.

Su emoción tan cruda y sentida sacudió todo mi cuerpo y no sabía qué hacer. Axil Luna, el rey lobo, no lloraba. No era débil. No se rompía en sollozos por una mujer.

¿O sí? Y ¿era realmente una debilidad?

Me quedé mirándolo conmovida mientras se rompía y una parte de mí quería tomarlo entre mis brazos y darle un abrazo fuerte hasta que parara, pero la mayor parte quería que sufriera. Así que me di la vuelta y salí de la habitación dando un portazo y dejando mi pasado atrás.

«Hazme daño una vez y aprenderé la lección. Hazme daño dos veces... Eso jamás pasará, porque no soy tan estúpida».

Axil Luna estaba muerto para mí.

Salí corriendo por aquel laberinto de pasillos en busca de mi hermano.

Me empezó a echar una buena reprimenda por haber hecho a Eliza de la manada, pero paró en cuanto me vio la cara. Me dio un buen trozo de pan con mantequilla y sin levadura y se me hizo la boca agua. Se lo quité y lo engullí sin decir ni una sola palabra más. Quería estar a solas con el delicioso pan y mis sentimientos estúpidos. Un rato después me dormí y me desperté muy pronto a la mañana siguiente. La hoguera se estaba apagando y el sol apenas había salido.

Salí de la tienda y me di cuenta de que el tobillo ya podía soportar todo mi peso.

Cyrus no me miró mientras echaba otro tronco al fuego.

—Ivanna y la otra llegaron anoche. Parecían hambrientas, pero no estaban heridas de gravedad.

Yo asentí y le di otro tronco más sin decir nada. Sabía que Ivanna sobreviviría, pero en ese momento me daba igual. Había pasado toda la noche dándole vueltas a las palabras de Axil.

«Me he pasado todos estos años amándote, ¿y tú me odias?».

¿De verdad creía que me había querido todos estos años? El sonido de su llanto me atormentaba el alma. A lo mejor sí.

Nunca había visto a un hombre desmoronarse así. Hades, ninguna de las mujeres que conocía lloraban de esa forma. A no ser que fueran sumisas o acabaran de perder a algún familiar en un combate. Lloraba como si yo me hubiera muerto. ¿Quizá yo me había pasado todos esos años llorándole y, por algún motivo, él aún tenía esperanzas? Pero me había perdido la noche anterior.

No tenía sentido.

No entendía que se hubiera hecho esas ilusiones, ¡pobrecito! Los hombres podían llegar a ser muy estúpidos.

Mi hermano habló por fin.

—¿La hiciste de la manada? Zara, ¿te has vuelto loca?

«Eliza». Tenía que ver cómo estaba.

—Puede —le dije, y al final me miró con un poco de compasión.

—¿Estás bien? ¿Fue muy duro?

Suspiré.

—¿Me preguntas si matar a dos lobas mientras te quitas de encima otras dos, para que luego te ataque un osorino y tener que cargar con Eliza con un tobillo roto fue duro? Pues sí, lo fue.

Se puso de pie, se giró sobre sus talones y me dio un abrazo rígido e incómodo.

Mi hermano no abrazaba. Era evidente. Se le daba fatal. Me estaba haciendo daño, de hecho, me estaba apretando demasiado la espalda, pero no dije nada. Tal vez pasarían otros diez años hasta que volviera a abrazarme otra vez, así que lo rodeé con los brazos y se lo devolví.

—Me sentí increíblemente orgulloso cuando te vi salir del bosque, Zara —dijo, apartándose—. Mamá y papá también lo habrían estado.

¿Tenía los ojos húmedos?

—¿Estás llorando? —bromeé. Algo raro pasaba. Estaba haciendo llorar a muchos hombres.

—¡No! —gritó, secándose los ojos y dándome un puñetazo en el hombro, por si acaso.

Sonreí.

—Tuve ayuda. Eliza me protegió. Tenemos una alianza.

Se le descompuso la cara.

—Solo funcionará hasta la última ronda. Luego, si ella sigue con vida, tendrás que matarla.

Mi cuerpo se estremeció visiblemente solo de pensarlo.

—Cyrus, es de la manada. La reclamé.

Cerró los puños con fuerza.

—Ya lo sé. Puedo sentirla —aseguró—. Todos la sentimos. —Señaló al resto de los compañeros de manada que iban saliendo de la carpa, bostezando soñolientos.

Todos asintieron.

Claro que la sentían, ya era de nuestra familia. De la manada de Mud Flat.

Me encogí de hombros.

—Le debo la vida. Me defendió y me protegió cuando estaba inconsciente e Ivanna vino por mí con una roca afilada.

Cyrus parecía decepcionado.

—Zara, no puede haber dos vencedoras.

—¡Ya lo sé! —solté. No quería hablar del tema, no quería pensar en matar a mi nueva amiga y compañera de manada. No podía seguir escuchando aquello—. Vamos a centrarnos en acabar con Ivanna. La muy zorra viene por mí y quiero quitármela de en medio.

Cyrus asintió. Le dije que iba a tomar un poco de aire y por algo de comida. El trozo de pan que me había comido la noche anterior no había sido suficiente.

Sabía que Eliza no estaba durmiendo afuera en las carpas, así que fui al castillo. Cuando el guardia de la puerta me vio, hizo una reverencia profunda.

—Zara Agualigera, es todo un honor —afirmó.

Me quedé inmóvil. ¿Sabía mi nombre?

—Eeeh, gracias.

Pareció leer mi expresión.

—Eliza es de la manada de Death Mountain. No tenías por qué traerla a casa sobre los hombros como hiciste. Tienes nuestro más profundo respeto.

Sonreí.

—Claro que tenía que hacerlo. Me salvó la vida. Por cierto, ¿sabes en qué habitación está?

Me señaló un largo pasillo.

—Gira a la izquierda y la encontrarás en la última habitación de la derecha.

Entré en el castillo de piedra y recorrí todo el pasillo, giré a la izquierda y llegué hasta el final. Levanté el brazo y golpeé con los nudillos la puerta que me había indicado. La sentí. Estaba dentro, llena de energía nerviosa. Se abrió la puerta y apareció delante de mí con las costillas vendadas y una camiseta corta. Tenía círculos negros debajo de los ojos y olía a carne cruda, pero estaba viva. Las dos nos miramos y luego corrimos hacia los brazos de la otra. La sujeté con cuidado, sabiendo que seguía herida, y ella hizo lo mismo.

—Gracias —dijo con la voz densa por la emoción—. Me salvaste la vida.

Me aparté de ella.

—Tú me la salvaste a mí primero. Ivanna me habría abierto la cabeza con esa roca.

Ella sonrió y me indicó que entrara en la habitación.

Entré y observé los lujosos aposentos.

—Oye, ¿por qué no me negué a dormir en las carpas? —pregunté.

Ella se rio.

—No lo sé.

No era una habitación, ¡era una casa! O igual de grande, al menos. Había una habitación enorme con una pequeña cocina y lo que parecían dos dormitorios. El suelo era de madera oscura y las paredes estaban pintadas de amarillo claro.

Mi broma había aligerado el ambiente, pero, por su mirada, estaba a punto de decir algo que me sentaría como un golpe en el estómago.

—Serías una reina increíble —afirmó. Yo me quedé inmóvil.

—Vamos —dije.

Ella sacudió la cabeza.

—Zara, ¿cómo crees que va a terminar esto? Acabo de enterarme de que la próxima prueba son combates por parejas. Tú y yo contra Ivanna y Charlize. El equipo ganador se enfrentará luego entre sí.

Ahogué un grito. No tenía ni idea. ¿Cyrus lo sabía? A lo mejor es lo que intentaba decirme en la hoguera.

—No... puedo matarte, Eliza. Soy muchas cosas, pero no soy capaz de eso. —Me sorprendió descubrir que era verdad. Pensaba que era más fuerte, sobre todo teniendo en cuenta que solo hacía unos días que la conocía, pero tenía algo. Un vínculo sororal que no podía explicar.

Ella se encogió de hombros.

—O me matas o yo me rindo y mi manada me destroza. Tú eliges.

—¡Para! —grité—. No quiero ni hablar de eso. Podríamos morir en el siguiente reto.

Eliza sacudió la cabeza y los rizos rubios se derramaron por su cara.

—Sabes que no lo haremos. Tenemos ventaja, somos manada. Tú mandas, yo te sigo.

Se me encogió el corazón ante su lealtad hacia mí.

—No deberíamos habernos hecho amigas —señalé, y me sentí mal en cuanto las palabras salieron de mi boca. No lo decía en serio, pero un poco sí. Habría sido más fácil así. En algún momento de las tres experiencias cercanas a la muerte que había vivido con esta mujer, habíamos forjado un vínculo irrompible—. No quería decir eso —añadí.

Ella se acercó a mí y tomó mi la mano.

—Sé lo que quieres decir.

—Axil me ha dicho que aún me quiere —solté cambiando de tema. No estaba acostumbrada a tener una amiga con la que hablar, pues había crecido con dos hermanos.

Ella ahogó un grito y se acercó más a mí con una sonrisa de oreja a oreja.

—¿Y?

—Lo rechacé. Y se puso a llorar.

Subió las cejas casi hasta el nacimiento del pelo.

—¿El rey Axil lloró?

Asentí.

—Cielos, ¿qué le dijiste? —Parecía preocupada y ahora temía haberme pasado con algunas de las cosas que le había dicho.

—Pues lo típico de las rupturas. Que estaba muerta por dentro, que me había destrozado el corazón y que no era más que la sombra de quien solía ser —probé.

Ella estalló en una carcajada y se sujetó el costado vendado con una mueca.

—¿Estás bien? —pregunté con la esperanza de que estuviera lo bastante recuperada para el combate por parejas.

Ella asintió.

—Todavía me estoy curando. ¿Has comido?

En cuanto lo dijo, mi estómago cobró vida. El pan no había sido suficiente y ni siquiera estaba consciente del todo cuando me lo comí. En aquel momento estaba oliendo la carne en la cocina y el estómago me rugía con fuerza.

—Aliméntame de inmediato —ordené con una seriedad fingida.

Se fue con cuidado hasta la cocina luciendo una sonrisa en la cara y sacó un plato de varios tipos de carnes ahumadas, panecillos y quesos. Me lancé sin que ni siquiera me lo ofreciera. Engullí carne y queso como una lunática enloquecida, tragándolo todo a medio masticar. Estaba picante y salado, y delicioso.

Eliza me miró horrorizada.

—Lo retiro. Serías una reina horrible. ¡No tienes modales!

Le enseñé el dedo medio y ella sonrió.

Con ella era todo muy fácil, era como tener la mejor amiga que nunca había tenido en Mud Flat. Allí todas las hembras o bien competían para ser la más dominante y, por lo tanto, se evitaban, o bien eran tan sumisas que ni siquiera me hablaban. Con Eliza era fácil tener una amistad, sabía que su lugar en la manada estaba por debajo de mí, pero era lo bastante dominante como para criticarme y ser clara conmigo, cosa que agradecía.

—¿Podrías retirarte? —le pregunté—. Estás herida.

Ella se rio.

—¿Crees que les importan mis heridas? Retirarse es lo mismo que rendirse. Me matarán y avergonzaré a toda la manada. La manada del rey.

Se me acabó el hambre y se me revolvió el estómago ante la posibilidad de tener que enfrentarme a Eliza en algún momento.

—Gracias por la comida. Creo que debería irme. —Se me quitaron de repente las ganas de estar allí, estrechando el vínculo con ella cuando al final nos iban a enfrentar.

Ella se entristeció, pero asintió mientras me ofrecía un vaso de agua para bajar toda la comida. Me lo bebí, le di las gracias y salí de su apartamento.

7

Mientras recorría los pasillos del castillo, no podía dejar de pensar en Eliza. «Qué estúpida eres, Zara. Debí decirle que se largara en cuanto la conocí». No debí ayudarla a ganar sus combates ni darle ningún consejo. Y jamás debí hacerla de mi manada. Ahora tenía que cargar con ella. Lo mejor de las Pruebas de la Reina era que solo participaba una persona por manada y no conocías al resto. Era más fácil matar a gente que no conocías. Como a Ivanna.

Estaba tan perdida en mis pensamientos que me acababa de dar cuenta de que me había perdido. Me había equivocado de camino y me di la vuelta para desandar mis pasos cuando me choqué con un pecho.

«Axil».

Se me heló el cuerpo.

Me miró y, después del intercambio emocional del día anterior, no estaba preparada para ver la máscara de rabia que mostraba.

Tomé aire al ver su mandíbula apretada y se apartó para esquivarme. Me moví hacia el mismo lado que él para impedirle el paso. Aleteó la nariz y le hirvió la sangre de rabia. Lo noté.

Cómo se atrevía.

—No tienes ningún derecho a estar enojado conmigo —afirmé molesta, sosteniéndole la mirada dominante.

—Ni siquiera me dejaste hablar —consiguió decir con los dientes apretados.

Resoplé.

—¿Y qué rayos ibas a decir para explicar cómo te alejaste de mí sin mirar atrás? Después de todo lo que me prometiste.

Tenía la mirada perdida en algún punto que había detrás de mí, al fondo del pasillo, donde se escuchaban unos pasos, y luego me agarró por los hombros y me empujó hacia una puerta abierta.

Gruñí, pero dejé que me metiera en la habitación y cerrara la puerta. Miré alrededor y vi que estábamos en una especie de biblioteca. Había un montón de libros ordenados en libreros de madera oscura que llegaban hasta el techo.

Acercó mucho su cara a la mía con la misma rabia que yo tuve en nuestra última conversación. Unos círculos oscuros le estropeaban la piel y me pregunté si habría dormido algo.

—No dices en serio eso de que me fui, ¿verdad? Seguro que sabías que fue en contra de mi voluntad.

Resoplé y lo miré como si le hubiera crecido una segunda cabeza.

—¿En contra de tu voluntad? En cuanto apareció tu hermano y empezó a llamarme escoria, te callaste la boca y te marchaste sin rechistar.

Al decirlo en voz alta me di cuenta. ¿Por qué, en nombre de Hades, no lo había pensado antes? Su hermano era el rey en aquel momento, por lo tanto, tenía el don que tienen todos los reyes lobo.

—Te controló —susurré completamente impactada. Me sentía fatal por cómo lo había tratado al pensar todos aquellos años que se había ido voluntariamente.

—Sí —aseguró con los dientes apretados—, y nunca me dejó volver al campamento de verano. No puedo creer que pensaras que te había dejado así.

Se me aceleró el corazón al escuchar sus palabras, y una parte de mí, en el fondo, se curó. No me dejó. Me lo arrebataron. No era lo mismo.

Axil apoyó su frente contra la mía, como hacía cuando éramos adolescentes.

—¿Cómo has podido pensar que había elegido voluntariamente pasar aunque fuera un día lejos de ti?

Gimoteé al sentir que me empezaba a desmoronar justo por debajo de la piel.

—¡Mi lord! —gritó alguien en el pasillo. La voz llegó hasta nosotros amortiguada por la puerta.

Axil gruñó y se apartó de mí. Yo giré y le di la espalda justo cuando se abrió la puerta. Tuve que morderme el labio para evitar ponerme a llorar allí mismo.

—Hay un tema urgente que necesita su atención, señor —aseguró una voz masculina desde afuera.

Axil dudó, puede que mientras me miraba y esperaba mi reacción.

—Enseguida salgo —aseguró.

—Mi lord, es extremadamente urgente —insistió el guardia—. Nos han llegado noticias de una guerra.

Mi loba se estremeció al escuchar aquello.

«¿Una guerra?».

Axil se acercó a mí y me agarró por los hombros.

—Luego hablamos. No he acabado contigo.

«No he acabado contigo». Había más. Claro que había más. Tenía que explicar cinco años de ausencia.

Escuché que sus pasos se alejaban y la puerta se cerró. No podía aguantar más. Me derrumbé en el suelo y estallé en un llanto parecido al de la noche en la que Axil me dejó. Unas lágrimas gruesas y cálidas recorrían mis mejillas a medida que revivía todo lo que le había dicho la noche anterior. Cómo lo culpé de todo sin dudarlo ni un segundo.

Se lo llevaron. Lo obligaron a marcharse. Tenía sentido que se hubiera quedado callado en cuanto su hermano nos encontró besándonos, acostados bajo las estrellas. Había mostrado tan poca emoción que pensé que se sentía avergonzado porque lo hubieran encontrado conmigo, pero había descubierto que estaba bajo el control del rey. Un poder que ahora portaba Axil en sus venas: rendir a cualquiera de los lobos a su control total, como una marioneta.

Eso es lo que le hizo Ansel.

Era demasiado para procesarlo tan rápido. ¿Axil me había echado de menos todo aquel tiempo y lo habían obligado a no volver a mí?

Era una locura. ¿En serio, en esos cinco años?

Lloré como hacía mucho que no lloraba. Lloré por todos los años que lo había culpado, por todos los besos que nos habían robado. La conmoción que me había provocado la nueva información se filtró hasta lo más profundo de mi ser.

«No se fue». Pero ¿por qué no había dado señales de vida en cinco años? Llevaba dos siendo rey. ¿Por qué no vino por mí entonces? Tenía muchas preguntas, pero estaba demasiado abrumada para lidiar con ellas. Me tragué las lágrimas, me sequé los ojos, me puse de pie y me obligué a recomponerme.

Pronto serían los combates por parejas. Tenía que estar fuerte.

Daba igual lo que había pasado con Axil y conmigo cuando éramos unos niños, no cambiaba el hecho de que ahora éramos personas diferentes. Yo no era la misma loba joven embriagada de amor de la que se enamoró. La vida me había endurecido, y también lo hizo nuestra ruptura, fuera intencionada o no.

Respiré hondo, salí de la biblioteca y me encaminé hacia las carpas. Cyrus me estaba esperando. Repasamos algunos ejercicios y me puse a entrenar, empujando toda la reciente información a lo más profundo de mi interior.

No podía lidiar con aquello en ese momento, me pondría sensible y eso me debilitaría. Me enteré de que los asesores habían aceptado emparejar a Eliza conmigo y enfrentarnos a Ivanna y Charlize, y que el combate sería al día siguiente por la mañana, por lo que Eliza vino con su entrenador y trabajamos juntas, primero en forma de lobas, luego como humanas.

—Hacen buen equipo. —Escuché que le decía Cyrus al entrenador de Eliza.

—Será el vínculo de la manada —comentó Jonas, su entrador, con un ligero desdén en la voz.

Suponía que a nadie de la manada de Death Mountain le habría hecho gracia que hubiera alterado los vínculos y hubiera robado a Eliza, básicamente.

—Mmm. —Cyrus solo hizo un ruido gutural, igual de entusiasmado que Jonas porque Eliza y yo compartiéramos un vínculo de manada.

Me preguntaba si Axil nos dejaría que mantuviéramos el vínculo para el combate en parejas y si recuperaría a Eliza para la manada de Death Mountain una vez que ganáramos.

Porque íbamos a ganar. No pensaba aceptar otro resultado.

Cuanto más se acercaba la noche, más pensaba en Axil. ¿Qué era eso de las noticias de una guerra por lo que tenían que hablar con él? Hacía años que no entrábamos en guerra, pero sabía que los otros reinos se enfrentaban a menudo con la reina de Nightfall. ¿Iba a venir por fin por nosotros?

«¿Cómo has podido pensar que había elegido voluntariamente pasar aunque fuera un día lejos de ti?».

«No he acabado contigo».

Las palabras de Axil me atormentaron toda la noche cuando intentaba dormir, incluso anhelaba volver a verlo, terminar lo que habíamos empezado esa mañana. Necesitaba respuestas. Necesitaba cerrar el capítulo. Miré de reojo a mi lado y vi a Cyrus profundamente dormido, con la pierna colgando por fuera de su hamaca.

Me levanté con cuidado de la mía y caminé de puntitas descalza hasta salir de la carpa. Dos de mis compañeros de manada estaban junto a la fogata. Cuando me miraron pensé rápidamente en una mentira.

—Voy a hablar con Eliza sobre la estrategia para mañana —les anuncié.

Tampoco es que les importara adónde iba o fueran a intentar detenerme, pero no quería que nadie supiera que Axil y yo teníamos un pasado romántico. Hasta donde yo sabía, solo Cyrus y Dorian lo sabían porque fueron los que recogieron los pedazos cuando me desmoroné después de que Axil me desechara como si fuera basura.

«Pero no fue eso lo que hizo», me recordé. Lo hizo el imbécil de su hermano, pero, aun así, necesitaba más respuestas para creérmelo del todo.

Serpenteé entre las carpas, llegué al jardín y subí hasta la puerta del palacio. Era tarde y había albergado la esperanza de que Axil viniera a verme, pero luego caí en la cuenta de que, o estaba ocupado haciendo cosas reales, o no quería hablar conmigo de todo aquello. Sin embargo, me había dicho que luego hablaríamos y no iba a poder dormir hasta que no supiera por qué ni siquiera me había enviado una nota en esos cinco años.

Me acerqué al guardia mientras preparaba un discurso, porque estaba prohibido tener cualquier tipo de relación durante las pruebas. No quería que supiera que iba a ver a

Axil. Era el mismo guardia de antes, así que sabía que no iba a tener que presentarme.

Abrí la boca para hablar, pero él se me acercó.

—¿Has venido a ver al rey? —me susurró con discreción. Todavía había algunos lobos merodeando por el patio. Había habido fiestas todas las noches de las Pruebas de la Reina, y sabía que, si la gente se enteraba de que Axil y yo fuimos algo..., podría tener problemas.

Me ardieron las mejillas, pero asentí una vez.

Sin más preguntas, dejó su puesto y entró en el castillo por un pasillo diferente al que había usado antes aquel mismo día.

Lo seguí por las esquinas hasta que llegamos a otra puerta en la que había otro guardia.

El nuevo guardia me miró y abrió la puerta de una habitación mientras con un gesto me indicó que entrara.

—El rey ordenó que si venía a buscarlo, esperara dentro —dijo el nuevo guardia—. Está terminando una reunión.

¿Ah, sí? Se me hundió el estómago cuando pensé en lo detallista que era eso. Y era evidente que sus hombres no les dirían a los asesores que yo estaba allí.

—Gracias. —Agaché la cabeza y entré en la habitación, dejando a los dos guardias detrás de mí. Cerraron la puerta, y en ese momento me di cuenta de que estaba en los aposentos privados de Axil. Se trataba de una enorme sala de estar con un sofá de terciopelo rojo y una chimenea encendida. Inhalé y suprimí un gemido. Olía a él. «A pino y a musgo, a hombre». Me adentré más en la habitación y miré hacia la derecha por una puerta doble que se encontraba abierta, y me fijé en una cama gigante con sábanas de seda rojas y una manta de pelo color crema.

El color favorito de Axil siempre había sido el rojo.

Entonces empecé a pensar en cuántas mujeres habrían

visto aquella cama. Según la hermana de Eliza, no demasiadas. Tuve que reprimir la necesidad de mirar en todos los cajones y en todas las cajitas. No conocía al rey Axil adulto. Solo conocía al chico, al joven príncipe que ni siquiera sabía que pertenecía a la realeza.

El joven Axil era un experto tirador. Era un futuro alfa, el hombre más dominante que he conocido nunca. Le gustaba cazar ciervino y cantar canciones junto a la fogata con sus amigos. Me pasaba los dedos por las pecas de la clavícula y me decía que le recordaban a las constelaciones. Me llevé la mano a ese punto.

El Axil mayor era rey. Seguía siendo dominante. Seguía enamorado del color rojo. Pero no sabía nada de ese hombre.

Al ver un libro abierto en el sofá, me acerqué y lo agarré. Examiné el tomo de cuero y pasé los dedos sobre el nombre del autor. A. Grey.

El Axil adulto leía.

Justo cuando iba a darle la vuelta al libro para saber de qué trataba, la puerta se abrió a mi espalda. Me asusté un poco, me llevé el libro al pecho y me dio un vuelco el corazón.

Axil entró en la habitación, me miró y sonrió.

—Verte después del día que he tenido es lo mejor que me podía pasar.

Eso era bonito, pero todavía no lo había perdonado del todo, así que ignoré su comentario.

—¿De qué trata este libro? ¿Es un manual de guerra?

Eso era lo único que leían los reyes, ¿no?

Él se rio.

—No. Es una fantasía sobre una chica que tiene tanto magia blanca como magia negra. Me recuerda a ti.

El corazón me dejó de latir y solté el libro sobre el sofá antes de erguirme de nuevo.

—¿Ah? ¿Qué oscuridad tengo yo? —pregunté mientras cruzaba los brazos sobre mi pecho en un gesto protector.

Pareció arrepentirse de haber dicho eso, pero se acercó hasta quedar a tan solo unos centímetros de mí. Él y yo delante de la chimenea. En su habitación. Adultos. Solos.

—Bueno, cuando teníamos quince años era la pérdida de tus padres. —Me acarició la mejilla y sentí un chispazo de energía por la espalda, lo que me hizo tragar con fuerza—. Y ahora... es... —Se le descompuso la cara—. Mi abandono.

Tenía razón. Cargaba con esa oscuridad, incluso hasta ese momento.

—Axil, puedo creer que tu hermano te obligara con magia a alejarte de mí aquel día. Pero ¿y el día siguiente? ¿Y el siguiente? Lo siento, pero no soy idiota. No puedo creer algo así.

Él asintió y se agarró el dobladillo de la túnica. Se me cortó la respiración cuando vi que se la empezaba a quitar por la cabeza.

En nombre de Hades, ¿qué estaba...?

Se me atascó un gemido en la garganta al ver la cantidad de cicatrices que tenía en el abdomen. Tuve que obligarme a parpadear rápidamente o si no me iba a convertir en un mar de lágrimas. Estiré el brazo y acaricié algunas de las densas líneas de su pecho.

—Antes no tenías esto. —No pude evitar decirlo. Había acariciado muchas veces ese pecho desnudo bajo la luz de la luna. Aquel verano en el que nos transformábamos de lobos a humanos y nos cubríamos con lo más básico. Se pasó casi todo el verano con el pecho descubierto.

—Me encarcelaron durante dos años después de dejarte aquel día —respondió con una voz grave y ronca.

La conmoción me desgarró. ¿Esto lo sabía todo el mundo? Porque yo no me había enterado. ¿Dos años?

—¿Por qué?

—Mi hermano acababa de ascender al trono y mis instructores del campamento le dijeron que era perfecto en todo y que, si no tenía cuidado, podría derrocarlo.

Me llevé la mano a la boca anticipándome a lo que iba a contar después.

Parecía que le dolía, que no quería volver a aquel lugar de sus recuerdos y yo quería decirle que no tenía que darme explicaciones, pero sería mentira. Tenía que saberlo. Si iba a volver a confiar en él, tenía que saberlo todo.

—Me daba palizas todos los días para que fuera sumiso, hasta que se aseguró de que jamás lo retaría. Apenas comía, me obligaba a estar flacucho y débil —añadió, y mi loba salió a la superficie.

Quería perseguir a Ansel y despellejarlo vivo. Di un paso adelante por instinto. Sin pensar, entrelacé los dedos con los suyos y él relajó la cara.

—Cuando, por fin, me liberó, tuve que ir sobre seguro. No gané mucho músculo al principio, no lideraba ninguna caza. Me comportaba como un dominante de rango medio.

Asentí. Es lo que yo habría hecho. Sobrevivir.

—Unos meses después de que me soltara, te escribí una carta.

Yo fruncí el ceño y sacudí la cabeza.

—Nunca recibí ninguna carta.

Él suspiró.

—Dorian la leyó primero. Me la devolvió.

Sentí que un escalofrío enorme me recorría todo el cuerpo. No. No sería capaz. No después de escuchar durante meses cómo me quedaba dormida llorando. Era un buen alfa, no haría algo así.

—No. No te creo. —Le solté la mano.

Axil asintió y entró al dormitorio. Yo lo observé horrorizada acercarse a una mesita de noche y abrir un cajón.

No. Por mucho que quisiera que Axil sacara una nota de allí, también quería que no lo hiciera. Saber que Axil intentó contactarme curaría algo en mi interior, pero saber que Dorian me había traicionado me volvería a romper.

Sacó una nota doblada y sentí náuseas. Se acercó a mí. Yo no era capaz de apartar la mirada de las cicatrices de su pecho.

—Es un buen alfa. Un buen alfa sabe qué es lo mejor para sus lobos, y lo respeté —señaló Axil antes de darme la nota—. Yo también quería lo mejor para ti, para nosotros —susurró cuando mis dedos rozaron los suyos al agarrar la nota.

Gruñí. Un buen alfa no me habría dejado llorar hasta dormirme y pensar que no era más que basura inútil. Me dio la sensación de que necesitaría sentarme para asumir aquello. Me dejé caer en el sofá, abrí rápidamente la nota y me puse a escanear la letra caótica de Axil.

> *Zara:*
>
> *¿Por dónde empiezo?*
>
> *Antes que nada, espero que sepas que no sería capaz de alejarme de ti de esa forma. Pero, por los sollozos que escuché cuando mi hermano me obligó a irme con él a casa, creíste que sí.*
>
> *Mi hermano usó sus poderes de rey sobre mí, obligándome a cerrar la boca y a agachar la cabeza. Cuando llegamos a Death Mountain, me encarceló durante dos años.*
>
> *Durante setecientos treinta días, solo soñé contigo.*

Tuve que dejar de leer y taparme la boca cuando se me escapó un sollozo de la garganta. Leer aquella carta de Axil era gratificante y torturador al mismo tiempo.

El sofá se hundió y noté la mano firme de Axil en la espalda, dibujando círculos con suavidad. Seguí leyendo las pocas líneas que me quedaban.

Puede que aún no quieras volver conmigo, pero no pasa nada, porque todavía no estoy preparado para darte la vida que te prometí. Necesito un poco de tiempo. Pero quería que supieras que estoy trabajando en ello y te prometo que un día te mandaré buscar.

Mi pareja.

Mi futura esposa.

Te quiero, Zara.

Ahora. Para siempre. Eternamente.

Axil

Gimoteé y me mordí el interior de las mejillas para aguantarme el llanto. Luego le di la vuelta a la nota y reconocí la letra de Dorian de inmediato.

Axil:

Casi le rompes el corazón la última vez. Han pasado dos años y, por fin, lo ha superado. No vuelvas a escribir a no ser que sea para convertirla en tu esposa. No aparezcas por aquí a no ser que sea para ofrecer un cortejo. Te desgarraré si te veo en mi territorio sin una promesa eterna para esa chica. Es demasiado buena para ti ahora mismo.

Dorian

Sonreí ante la nota de Dorian y toda la rabia que pensé que sentiría hacia mi alfa desapareció. Cuando pasaron dos años, por fin estaba bien. Había empezado a quedar con chicos y había dejado de ser hosca y de odiar mi vida. Dorian tenía razón, leer esa carta para saber que Axil no podía hacer nada por estar conmigo solo me habría vuelto a llevar al límite.

—¿Puedes creer que me dijera eso? ¿Que me desgarraría? ¡A un príncipe heredero al trono! —Axil se rio a mi lado.

Se me había olvidado que estaba allí. Solté la nota en mi regazo, la doblé y me la guardé en el bolsillo.

—Me la voy a quedar. Es mía —declaré.

Él no dijo nada, simplemente asintió.

—¿Por qué no me dijiste que eras príncipe?

Él suspiró.

—Porque no tenía ninguna intención de convertirme en rey. No quería que me vieras como alguien que no era. No quería tener nada que ver con este título. Te quería a ti, una casita pequeña en un pueblo y una docena de hijos.

Se me encogió el corazón cuando dijo eso, pero necesitaba más información.

—¿Y por qué retaste a Ansel por el reinado si no querías esta vida?

Volvió a suspirar y se pasó las manos por el pelo.

—Dos años encarcelado me dieron mucho tiempo para pensar. Nunca imaginé que mi hermano sería capaz de una crueldad así. Pero, al saber que podía encerrarme y controlarme durante tanto tiempo..., me di cuenta de que no podía permitir que siguiera siendo el rey. Tú y yo nunca estaríamos a salvo.

Fruncí el ceño.

—Bien, pero, entonces, ¿por qué no mataste a tu hermano? Te estuvo controlando en contra de tu voluntad, te enfrentaste a él y ganaste... ¿por qué no lo mataste? —pregunté. Yo lo habría matado.

Entonces emergió el lobo de Axil y los ojos le brillaron amarillos.

—La ley de los lobos establece que siempre debe de haber vivos dos herederos del linaje real. La mujer de Ansel no pudo darle un cachorro, así que tuve que dejarle vivir hasta que yo pudiera casarme y tener hijos.

Todo lo que decía tenía sentido, pero el corazón aún me dolía por cómo se habían desarrollado los acontecimientos.

—Hace dos años que eres rey... pudiste haberme mandado buscar el día de tu coronación. —Estaba buscando motivos para no perdonarlo.

—¿Pude? —preguntó—. Cuando ascendí al trono fui consciente del error que había cometido. Un rey solo puede aceptar a una mujer a través de las Pruebas de la Reina. Me había atrapado a mí mismo. Una parte de mí quería que participaras para ser mía, y la otra parte quería que te quedaras en Mud Flat, donde nadie podía hacerte daño.

Los pulmones se me quedaron sin aire cuando me agarró por la barbilla.

—Eres mi pareja, Zara. Lo sé desde que tenías quince años. ¿Tú no?

Esas malditas lágrimas que rara vez aparecían volvieron a empañarme la vista y parpadeé rápido para evitar que cayeran.

—Tenía la esperanza —afirmé con delicadeza.

Entonces me miró a la cara, esperando mi veredicto.

¿Lo había perdonado?

El corazón me latía con fuerza contra el pecho mientras sopesaba las palabras de la nota, junto con la respuesta de Dorian y la invitación de Axil para que participara en las Pruebas de la Reina. La primera noche que me vio en la cena de bienvenida me dijo que se había arrepentido de invitarme. Era porque le daba miedo que me mataran y tener que casarse con otra. Hizo todo lo que había dicho que haría cuando teníamos quince años. Simplemente, había tardado más de lo que pensaba.

Por fin lo miré.

—Has tardado demasiado —le dije.

Se le descompuso la cara, me soltó las manos y asintió afligido.

No quería decirlo así, como que era demasiado tarde.

Me acerqué, le agarré la barbilla y le acaricié la barba con los pulgares.

—Me refiero a que he vivido demasiado tiempo sin tus labios.

Fue como si algo dentro de él rugiera y cobrara vida. Me agarró ansioso por las caderas y me levantó hasta colocarme a horcajadas sobre él. Se me escapó una carcajada. Siempre hacía eso, moverme de un lado para otro como si no pesara nada.

Me encantaba. Todavía me encantaba.

Lo miré y el pelo me cubrió la cara como una cortina cuando mis labios planearon sobre los suyos.

—Te he anhelado desde el día que mi hermano me obligó a marcharme —confesó, y se me encogió el corazón.

Todos esos años me había autoconvencido de que no era mi pareja, mi futuro marido. Él no era el definitivo. Olvídalo. Ódialo.

—Yo también —susurré sin aliento. Y nuestros labios se estrellaron con una pasión ciega. No era un beso de amor adolescente. No había un deseo templado. Eran cinco años de deseo reprimido. Abrí los labios cuando nuestras lenguas se entrelazaron con ansia y se puso de pie rápidamente, agarrándose a mi cintura mientras caminaba sin separarse de mí.

No tuve que preguntar adónde íbamos. A la cama. Al día siguiente podría morir en el combate contra Ivanna, así que esa noche sería únicamente para nosotros, para compensar todas las noches que dormimos solos. Deslizó los dedos por la parte de atrás de mi túnica para explorar mi cuerpo, y yo lo agarré por la nuca, apretando mis labios con fuerza sobre los suyos.

No había nada como el primer amor. El corazón caía más rápido y con más fuerza, sin resistencia, y cualquier amor después de eso era mediocre en comparación. Axil era el hombre con el que comparaba a todos los chicos. El modelo imposible para cualquier pretendiente. Y ahora, por fin, tenía al auténtico.

Se golpeó las piernas con algo y dejé de besarlo un momento para ver que ya habíamos llegado a la cama. Sin dudarlo, me quité la camiseta y liberé mis pechos. Se le cayeron los párpados mientras me absorbía por completo.

Luego besó el reguero de pecas que cubría mi clavícula y que siempre me acariciaba, el punto que llevaba años atormentándome cada vez que lo veía en un reflejo.

Había un pequeño montón de pecas que le gustaba particularmente.

—Siento haber tardado tanto —me susurró—. Pero te prometo que te lo compensaré para siempre. —Entonces me acostó en la cama, me quité los pantalones y él hizo lo mismo. Todo lo que estábamos haciendo estaba prohibido y me daba igual.

Nuestro para siempre puede que solo fuera para aquella noche, ya que al día siguiente podría reunirme con el Creador. Pero incluso una noche con Axil Luna era mejor que cinco años sin él.

8

Acostarme con Axil y luego dormir junto a él toda la noche me pareció algo sacado de un sueño. Me lo había imaginado muchas veces siendo adolescente, e incluso después. Era mucho más tierno que en mis fantasías, pero también muy pasional. Intenté salir de la cama sin hacer ruido y marcharme, pero gruñó y me sacó una sonrisa.

—Ni se te ocurra acostarte conmigo y marcharte sin desayunar —me regañó.

Me reí por haber vuelto a caer en mi comportamiento habitual con los hombres. Solo había estado con otros dos, pero fue casual y no hubo ningún desayuno.

—Pues más te vale darte prisa, tengo un combate que ganar —le dije.

Él se arrastró por la cama, agarró mi mano y me jaló para colocarme sobre él, todo ello sin contener la risa.

Me acarició la frente, mirándome a los ojos con una ternura que no recordaba que tuviera a los quince años. Quizá esa faceta suya surgió durante los dos años de encarcelamiento. Era como si diera las gracias por las cosas más sencillas.

—Puedes estar segura de ello.

Eso me hizo sonreír.

—Entonces... ¿crees que voy a ganar? —No pude retener la sonrisa que me cruzó la cara.

—Te he visto combatir, Zara. Incluso cuando éramos pequeños, eras la mujer más fuerte que había conocido. Eres una superviviente. No me cabe duda de que eres la licántropa más fuerte y de que te convertirás en mi mujer.

Quería que ese cumplido me alegrara, pero se me acumuló la bilis en la garganta. Se me coló en la cabeza la imagen de la pobre Eliza en el suelo, muerta a mis pies. Sabía que mi fuerza física no era comparable con la suya... pero, en lo que respectaba a esa chica, dentro de mí había una debilidad emocional. Era mi compañera de manada. Mi hermana. No podía ni arrancarle un pelo.

—Tengo que ir a entrenar —anuncié de pronto.

Él debió de darse cuenta de mi cambio de humor y me soltó mientras asentía.

Apareció un sirviente con el desayuno y nos lo comimos rápido, luego me despedí de Axil con un beso. Tenía que estar concentrada para el combate, y estar con él no me iba a ayudar. No quería pasar demasiado tiempo con el premio antes de ganarlo, eso me haría perder agudeza.

—Podemos hacerlo —le aseguré a Eliza, y ella asintió, aunque parecía que iba a vomitar.

El público se había reunido de nuevo para nuestro combate en parejas. Habían llegado otras dos chicas de las afueras justo antes de la hora límite: todos las daban por muertas. Quien ganara el combate entre Ivanna y Charlize y nosotras se enfrentaría a las chicas que acababan de llegar. Estaban deshidratadas y heridas, así que no eran unas rivales muy difíciles.

Axil se sentó en el trono, muy por encima del *ring*, y yo miré a mi hermano a los ojos. Confiaba en él para ayudarme a superar aquello y siempre me daba buenos consejos, así que me preparé para absorber lo que me fuera a decir.

—Hueles a él —afirmó mi hermano y miró al rey.

Me quedé rígida al oír sus palabras, sonrojada, y luego me quise morir por no haberme dado un baño después de acostarme con Axil.

No era lo que esperaba que dijera Cyrus.

Mi hermano se inclinó hacia mí y me susurró:

—Úsalo. Métete en la cabeza de Ivanna, que sepa que ya te has ganado al rey.

Luego se apartó y tragué con fuerza, asintiendo con cortesía. Juegos mentales. Su especialidad. En lugar de mofarme de ella por acostarse con su entrenador, presumiría de con quién me estaba acostando yo. ¿Qué podría salir mal?

El entrenador de Eliza nos puso una mano en el hombro a ella y a mí, acercándonos.

—Utilicen el vínculo de la manada y aprovechen que Eliza es la loba más grande.

Las dos asentimos: utilizar el gran tamaño de la loba de Eliza siempre había sido nuestra estrategia. Era nuestra gran ventaja.

Miré a Eliza.

—¿Bebes aguamiel?

Ella frunció el ceño, confundida.

—No mucho. Me gusta más el vino... siempre que sea apropiado, claro.

Sonreí. Era adorable y muy correcta.

—Esta noche, cuando ganemos, nos vamos a emborrachar hasta que se nos olviden nuestros nombres —le anuncié.

Su entrenador chasqueó la lengua con desagrado ante mis palabras.

Eso hizo que Eliza sonriera y vi cómo se desvanecía su ansiedad.

—Trato hecho.

Estábamos preparadas.

Entré en el *ring* y sujeté la espada que me ofreció el asesor. Esta vez no iba a ser tan estúpida como para rechazar el arma. Contra Ivanna, no. Le ofreció otra al equipo contrario, Ivanna la tomó. Parecía que teníamos una estrategia parecida. Mantendríamos la forma humana y protegeríamos a nuestra compañera mientras se transformaba en loba.

La campana aún no había sonado, pero levanté el peso de la espada entre mis manos sin atreverme a mirar a Axil por miedo a perder la concentración. No iba a permitir que mi mente titubeara, tenía que ser implacable y despiadada hasta que estas dos mujeres estuvieran o bien muertas a mis pies, o bien de rodillas llorando por retirarse.

El asesor levantó la mano para callar al público.

—Este combate debe empezar entre humanas, solo una de las dos puede transformarse en loba. Esto incluye la transformación parcial. —Nos miró a Ivanna y a mí.

Las dos asentimos e Ivanna se acercó a mí, aleteando la nariz mientras intentaba encontrar mi olor. Se le desvió la mirada a Axil y volvió a mirarme mientras gruñía.

Yo fingí un bostezo.

—Estoy agotada. He tenido una noche bastante salvaje. —Elegí ese momento para mirar a Axil y guiñarle un ojo. Y sonó la campana.

Apenas me dio tiempo de volver a mirar a Ivanna, que ya venía hacia mí con su grito de guerra. Entonces hice una locura, algo que me ponía en riesgo a mí, pero que me aseguraba la victoria. Giré el brazo y lancé la espada contra la compañera de Ivanna, Charlize, mientras intentaba transformarse en loba. La espada se deslizó de mis dedos para clavarse en el pecho de la chica, tirándola hacia atrás contra el suelo.

Se desangró instantáneamente con la espada sobresaliéndole del pecho. Un golpe mortal.

Ya casi ganábamos.

Todos los lobos allí congregados enloquecieron ante mi movimiento audaz.

Pero no había tiempo para celebrar. Yo estaba desarmada; Eliza, medio transformada detrás de mí, e Ivanna, decidida a clavarme la hoja de acero en el cuello. Esquivé por poco la espada que esta balanceó sobre mi cabeza. Me lancé contra el abdomen de Ivanna, tirándola al suelo y rezando para que se le cayera la espada en el proceso.

No ocurrió. Nos golpeamos con fuerza contra el suelo y ella agarró la empuñadura del arma y me golpeó con ella repetidas veces en la espalda. Sentí una agonía insoportable mientras intentaba agarrarle los brazos, pero parecía una bestia salvaje dándome golpes desde todos los ángulos.

«¡Rápido, Eliza!».

Eché la cabeza hacia atrás para tomar impulso y estampé la frente contra la de Ivanna. Gritó de dolor mientras el público rugía emocionado. De pronto, Ivanna impulsó las caderas hacia delante con tanta fuerza que me quitó de encima de ella y caí a un lado.

Golpeé el suelo y luego Ivanna intentó clavar la espada entre las dos. Agarré un puñado de arena fina y se lo lancé a la cara. Tosió y escupió mientras yo me revolvía intentando levantarme.

Eliza corrió a mi lado en su forma de loba gigante y casi suspiro de alivio.

Ivanna se puso de pie delante de nosotras, con la espada levantada y parpadeando rápido para limpiarse el polvo de los ojos.

Eliza ladró para advertirme, pero yo ya había visto a Ivanna moverse y giré en esa dirección.

Venía directo hacia mí con la espada levantada, y supe que tendría que lesionarme al menos de forma leve para que Eliza pudiera acabar con ella. Repasé mentalmente los cientos de posibles situaciones de combate que me había enseñado mi hermano en todos esos años. Hacíamos simulacros desde que yo era una cachorra. Nací para ello. Pero aquella situación, sin poder transformarme en loba y teniendo a alguien que venía hacia mí con una espada mientras yo me encontraba desarmada, era la peor de todas.

«Controla dónde te hiere el oponente». El consejo de mi hermano llegó a mí como si flotara en una nube de recuerdos.

Esto iba a doler, pero no tenía otra opción. Estiré las manos, agarré la hoja de la espada con los dedos y apreté todo lo que pude para evitar que el arma me perforara el estómago.

Le sostuve a Ivanna la mirada asesina mientras me gritaba en la cara y empujaba la empuñadura de la espada con todas sus fuerzas. Entonces la sombra de Eliza pasó por encima de la cabeza de Ivanna, a esta se le descompuso la cara y yo aparté la mirada cuando Eliza le agarró la cabeza con su mandíbula gigante y se la arrancó del cuerpo.

El cráneo de Ivanna golpeó el suelo con un golpe sordo y el cuerpo se quedó durante un momento de pie, algo que me horrorizó.

Solté la espada con las manos ensangrentadas y temblando mientras sus piernas por fin cedieron y el cuerpo cayó al suelo.

Así se hacían las cosas en nuestra raza desde hacía siglos. Era brutal, bestial e instintivo, siempre había sido así, pero eso no lo hacía menos traumático.

Miré a Eliza. La sangre goteaba por su boca y tenía una expresión de horror en la cara. Habíamos sobrevivido, pero no volveríamos a ser las mismas.

Ni todo el aguamiel del reino borraría esa imagen de nuestras mentes, pero yo estaba dispuesta, por Hades, a intentarlo. El público cantaba nuestros nombres, y apareció Cyrus con telas limpias para mis manos mientras Eliza volvía a transformarse en humana. Me estremecí cuando Cyrus me cubrió las manos, apretando los trozos sueltos de piel que me había cortado en las palmas. Luego desvié la mirada hacia Axil. Tenía orgullo en los ojos, pero estaba mezclado con otra cosa.

Miedo.

¿Qué le asustaba? Nuestro siguiente combate iba a ser complicado por mis heridas, pero había oído que las chicas estaban medio muertas, así que no sería para tanto.

Axil carraspeó para hacer un anuncio, y los lobos se quedaron en silencio.

—El tercer quipo que consiguió llegar de las tierras inertes y que debía combatir con las ganadoras ha huido a Cinder Mountain, por lo que han renunciado...

El recinto se llenó de abucheos y la conmoción me arrolló desde dentro.

—Se han convertido en unas parias y serán desgarradas si se atreven a volver. Eso convierte a Eliza y a Zara en las dos últimas competidoras.

Ya sabía a qué venía ese miedo en sus ojos.

Las náuseas me invadieron al darme cuenta de que mi siguiente combate iba a ser contra ella. Mi hermana de manada.

No.

Ella también pareció darse cuenta en el mismo momento.

—No lo pienso hacer —dijo en voz baja junto a mí, y mi hermano se tensó.

Yo asentí.

—Yo tampoco. Ahora no lo pienses. De momento, vamos a celebrar.

Ella hundió la barbilla, pero las náuseas no abandonaron mi estómago.

El aguamiel empezó a fluir, manadas de todo el reino me lo servían directamente en la garganta porque yo no podía usar las manos.

Cada hora, a Eliza y a mí nos lanzaban al aire y nos llevaban cargando por el campo lleno de carpas mientras todos coreaban: «Campeonas».

Al cuarto tarro de aguamiel, Eliza y yo nos partíamos de risa con cualquier tontería. Incluso Axil se había unido a la fiesta que se había montado alrededor de la hoguera que había frente a mi carpa. A los licántropos nos cuesta mucho emborracharnos, quemamos el alcohol demasiado rápido, pero yo ya estaba bastante mareada.

—¡Lo de tirarle arena a los ojos fue una pasada! —me dijo una pequeña lobezna—. Pienso usar esa jugada cuando me elijan algún día como competidora.

Le sonreí.

—Tendremos que asegurarnos de que tengas un buen entrenador. —Intenté que no me bailaran las palabras y la niña asintió.

Su madre me miró con una sonrisa cómplice y le dijo a la lobezna que ya era hora de irse a dormir.

Al cabo de otras dos horas, ya era tarde y casi todo el mundo se había acostado. Eliza, Cyrus, Axil y yo estábamos saltando en círculos alrededor del fuego, cantando canciones antiguas mientras agitábamos medio borrachos los tarros de aguamiel. Tenía todo el cuerpo atontado, me encontraba bien y las gasas empapadas en sangre que cubrían mis manos no eran más que un recuerdo lejano. Unos cuantos lobos de mi manada tocaban canciones con los timbales, y Axil me sacó a bailar.

Eliza sabía que mi corazón le pertenecía y yo sabía que, precisamente por eso, no le importaría que bailáramos. Aunque las relaciones con el rey estaban prohibidas, un baile no le iba a revelar nada a nadie.

Le envolví el cuello con mis brazos, con cuidado de no hacerme daño en las manos; él me agarró por la cintura y nos balanceamos al ritmo de la música. Con el aguamiel fluyéndome por todo el cuerpo, no me quedaba ningún filtro para cubrir mis palabras.

—Nunca dejé de quererte —le susurré al oído, y él me agarró más fuerte—. Incluso cuando te odiaba, te quería.

Había tenido un agujero en el corazón del tamaño de Axil que nadie nunca iba a poder curar, excepto él.

Me rozó la oreja con los labios.

—Yo te quise desde el primer día de campamento, Zara —aseguró, y me dio un vuelco el estómago—. Y por eso tendrás que matar a Eliza mañana.

Mi cuerpo se quedó rígido y me aparté de él sin dejar de mirarlo con los ojos muy abiertos. Sacudí con fuerza la cabeza y él apoyó su frente contra la mía.

—Solo la última superviviente puede ser mi esposa, Zara —dijo. El aguamiel se evaporó de pronto. La sobriedad, mezclada con el horror, me arrolló.

¿Podría matarla con tal de estar con el amor de mi vida?

Miré al otro lado de la hoguera, donde Eliza se reía con mi hermano mayor. Estaba tan tranquila, con una sonrisa genuina y la risa completamente inocente. No estaba hecha para aquella competencia y, aun así, había luchado para llegar al final.

¿Una hermana por un marido?

Solté a Axil y di un paso atrás.

—Estoy agotada, quiero irme a dormir —advertí.

Tenía una expresión confusa, pero asintió.

—¿Quieres venir a mi...?

Sacudí la cabeza.

—Dormiré con mi manada. La última noche —dije.

Al día siguiente estaría muerta o sería su mujer.

Él asintió, tragando con fuerza, y la risa de Eliza murió en cuanto me miró.

—¿Te vas a dormir?

Asentí con la cabeza.

—Estoy agotada —mentí. Seguramente no dormiría ni un poco. No estaba segura de ser capaz de matar a alguien a quien le había agarrado tanto cariño.

Ella frunció el ceño.

La tensión de nuestra realidad se quedó colgada en el aire como algo tangible. Axil dio dos pasos hacia Eliza.

—Ven a verme a primera hora de la mañana, Eliza. Romperé el vínculo de tu manada temporal y te devolveré a la manada de Death Mountain.

¿Temporal? Eso me dolió, aunque sabía que era lo que había que hacer. No podía luchar a muerte con una compañera de mi manada. Era una locura.

Se le quedó la cara completamente vacía de emociones y se limitó a asentir.

Los tambores habían dejado de sonar y mi hermano pareció darse cuenta de lo incómoda que era toda aquella situación.

—Deberíamos irnos a dormir. Buenas noches a todos —advirtió a los que todavía estaban junto a la hoguera. Luego se acercó a mí y me empujó dentro de la carpa.

Miré a mi hermano mayor con lágrimas en los ojos y me sorprendió ver que él también estaba emocionado.

—Cyrus, no puedo —gimoteé.

Él soltó una respiración temblorosa.

—Tienes que hacerlo, Zara.

¡Yo no había aceptado matar a una persona que me importaba!

Crucé llorando la carpa, me tiré en mi hamaca y me cubrí la cara con la manta para esconderme del mundo.

Tenía miedo y no creía poder hacerlo. Escuché el siseo del fuego cuando mi hermano lo apagó con un cubo de agua y a mis compañeros de manada susurrar mientras se daban las buenas noches. Se acostaron todos en sus hamacas y yo me quedé despierta, con el mareo del aguamiel completamente superado gracias a mi rápida capacidad de curación. Las manos apenas me dolían, ya casi curadas, pero mi mente era un auténtico desastre. Me invadían los recuerdos de Axil y de nuestra historia de amor. ¿Quién conoce a su pareja a los quince años? Pero luego aparecían recuerdos de Eliza. Lo único que había hecho había sido protegerme y cuidarme desde que llegué. Me necesitaba.

Como había dicho Axil, yo era muy leal. Pero ¿a quién le debía mi lealtad? ¿A mi amor por Axil? ¿O a Eliza? Estuve horas dando vueltas, mucho después de que Cyrus y los demás se quedaran profundamente dormidos y empezaran a roncar.

Me quedé allí tumbada, con la mente sin parar de dar vueltas mientras miraba a la luna por la apertura de la carpa.

«Creador, ayúdame». Recé por primera vez en mucho tiempo. Esto era demasiado.

9

Sabía que no iba a poder dormir y lo había asumido. Me quedé allí acostada viendo pasar las horas. Escuché unos pasos fuera y me incorporé al ver una sombra cruzar la tela de la carpa. De pronto, apareció Eliza en la puerta y, durante un segundo, pensé que quería asesinarme antes del combate, y me pareció bien.

«Toma la decisión por mí y acaba con todo esto», supliqué.

Pero ella no llevaba ningún arma y tenía cara de haber estado llorando. Se acercó hasta mi hamaca y me miró fijamente.

—¿No puedes dormir? —me susurró.

Sacudí la cabeza y ella asintió. Me hizo un gesto para que la acompañara afuera. Me bajé de la hamaca y la seguí hasta el aire fresco de la noche. Hacía un poco de frío, así que me puse la capa de pelo para calentarme.

—¿Qué pasa? —pregunté rezando para que no me pidiera que le perdonara la vida.

Giró la cara hacia mí con una tranquilidad inquietante.

—Me despedí de mi familia hace unas horas y he intentado huir a Cinder Mountain —dijo como si nada. Yo ahogué un grito.

—¿Qué...? ¿Qué ha pasado? —La miré más detenidamente y me fijé en que tenía cortes y tierra en los brazos.

Ella suspiró.

—Los asesores han rodeado toda la montaña con guardias reales. Después de que las otras dos chicas huyeran, no puede salir nadie. Quieren celebrar el último combate, quieren a su reina.

Se me rompió el corazón. Había intentado escapar, darme la oportunidad de ganar sin necesidad de matar a nadie. Y había fracasado.

—Eliza, no puedo...

Ella levantó una mano y por fin me miró a los ojos.

—Jamás habría imaginado llegar tan lejos —reconoció con una sonrisa—. Mi familia entiende la situación y mañana voy a renunciar.

Abrí mucho los ojos.

—No puedes, ¡te desgarrarán viva!

Ella miró dentro de la carpa y luego me llevó un poco más lejos para no despertar a nadie.

—Renunciaré yo —afirmé.

Ella sacudió la cabeza.

—Entonces te desgarrarán a ti y yo me casaré con Axil. ¿De verdad quieres que duerma con él el resto de mi vida?

Emití un gruñido gutural y ella se rio.

—Ya decía yo. Son pareja. Y tú eres la más fuerte de nosotras dos. Te mereces ser la reina.

Un sollozo inesperado me sacudió el cuerpo, y ella me agarró y me dio un fuerte abrazo. Lloré la que me pareció que era la décima vez desde que había llegado a aquella maldita montaña, y ella me sostuvo, manteniendo la compostura todo el tiempo.

—Estás muy tranquila —le dije cuando nos separamos.

Ella asintió.

—He asumido la situación, Zara. Vamos. Quiero enseñarte mi lugar favorito de la ciudad. Cuando seas reina, puedes ir allí a ver el amanecer y a recordarme.

Enganchando su codo en el mío, me jaló para que la siguiera, pero mi mente todavía estaba intentando asumirlo todo.

«Recordarme».

¿Quería que la recordara porque iba a morir? Caminé en un silencio entumecido a su lado mientras rodeábamos el castillo y subíamos la montaña que se elevaba detrás de él. ¿Ella ya había asumido que su manada la iba a descuartizar? ¿Y yo tenía que observar sin hacer nada?

—Eliza...

—Sssh, quiero que mi última noche sea feliz —me interrumpió y se me acumuló otro sollozo en la garganta. Caminamos brazo con brazo por delante de varios guardias reales durante unos veinte minutos, hasta que llegamos a un banco de piedra. Nos sentamos y miramos la luz de la luna que iluminaba la vasta explanada de tierra.

Estaba oscuro, la única iluminación era la luz de la luna y, aun así, había unas vistas preciosas. Desde ese punto se veían docenas de guardias patrullando por todo el perímetro de la montaña. Estábamos atrapadas allí. Nuestro destino estaba sellado.

—Me alegro de que seas tú —dijo Eliza mirándome fijamente. Llevábamos ya un buen rato sentadas en silencio.

La miré y vi que estaba contemplando el castillo a nuestros pies y la ciudad que se expandía debajo.

—Me alegro de que vayas a ser la reina de nuestro pueblo.

No sabía qué decir a eso. Todavía no estaba segura de que me pareciera bien lo que estaba haciendo. ¿Renunciar en mi favor y permitir que la desgarraran viva? Tenía que haber otra forma.

—A lo mejor, si encontraran a las chicas que han huido...

Eliza me agarró la mano para callarme, luego se inclinó hacia atrás en la roca y yo la imité. Nos acostamos bocarriba y observamos las estrellas.

—Cuando era pequeña me costaba mucho hacer amigos. Ya sabes lo que es ser una hembra dominante —dijo.

Yo asentí porque lo sabía. Las otras chicas dominantes te veían como competencia y las sumisas tenían demasiado miedo de pasar mucho tiempo en tu compañía. Terminabas saliendo con los chicos la mayor parte del tiempo, pero sintiéndote muy sola.

—Nunca sentí que este fuera mi lugar. Pero, cuando me hiciste de la manada Mud Flat..., no sé cómo describirlo. —La miré. Estaba sonriendo melancólica a las estrellas—. Sentí por primera vez que tenía una auténtica manada y una hermandad. —Me apretó la mano.

Yo odiaba todo aquello. Odiaba que se estuviera despidiendo.

—Encontraré la forma —le aseguré, pero sabía que mis palabras eran una mentira. ¿Qué podía hacer? ¿Acabar con una tradición de miles de años? Nos desgarrarían a las dos. El pueblo licántropo necesitaba una reina fuerte y esta era la forma de elegirla. Yo era tan víctima de las circunstancias como Eliza.

Seguimos agarradas de las manos mientras la noche nos arrastraba y el sueño jaló mis extremidades. Solo debían de quedar unas horas para el amanecer, pero sentí el peso del agotamiento sobre mi cuerpo. La respiración de Eliza se reguló, yo cerré los ojos un segundo y me dormí.

—¡Despierta! ¡Mira! —La voz de Eliza se infiltró en mi mente y abrí de golpe los párpados. Estuve desorientada durante un instante, preguntándome dónde estaba y por qué me estaba despertando. Podría dormir fácilmente diez horas más. El adormecimiento profundo me pesaba, pero entonces recordé que me había dormido en la roca con Eliza y que era el día de nuestro combate.

Me senté rápidamente y ahogué un grito cuando vi lo que había frente a mí. El reino, que antes estaba sumido en una profunda oscuridad, ahora estaba bañado de naranjas y rosas por todo el horizonte. La luz del sol besaba la tierra hasta donde llegaba la vista y me impactó lo lejos que se alcanzaba a ver desde allí. Casi se divisaba la frontera de Mud Flat, borrosa en la distancia.

Miré a Eliza y vi una lágrima solitaria deslizarse por su mejilla. Estaba llena de vida y de inocencia, no podía permitir que acabaran con eso. En ese momento me di cuenta de que ella sería una reina increíble. El amor que sentía por su pueblo y por aquella tierra era justo lo que una reina debería tener. Apreté su mano, asumiendo mi destino igual que había hecho ella.

—¿Verdad que es precioso?

Asentí.

—Asombroso.

Seguimos sentadas en silencio un poco más y luego la gente se puso en movimiento abajo, encendiendo fuegos y calentando desayunos.

—Axil quería verme —comentó.

Yo asentí.

—Iré contigo.

Nos pusimos de pie y volvimos por el mismo camino, pasando delante de los guardias que nos miraban detenidamente con una mano preparada sobre la parte de atrás de su cadera.

Cuando llegamos a las puertas del castillo, el guardia se apartó sin preguntar y nos dejó pasar. Nos dijeron que fuéramos al comedor, donde encontramos a Axil sentado ante un plato de comida sin tocar.

Parecía que nosotras no éramos las únicas preocupadas por el futuro combate. Eliza era su loba, había crecido con ella. Saber que yo tendría que matarla para estar con él no debía de ser agradable.

—Eliza, Zara, gracias por venir. —Puso una sonrisa falsa mientras nos acercábamos.

Eliza se quedó de pie delante de él y le ofreció la muñeca.

—Creo que esto será más fácil para todos si vuelvo a la manada de Death Mountain antes del combate.

La sonrisa falsa de Axil desapareció, pero asintió.

—Estoy de acuerdo.

Luego me miró, como preguntándome si me parecía bien. Era difícil de explicar, pero me sentí como el alfa de Eliza. No sabía muy bien cómo funcionaba eso porque mi alfa era Dorian, sin embargo... tenía la sensación de que era mía.

Me mordí el interior de la mejilla y asentí. No sé por qué estaba triste. No quería sentir el hueco que me iba a dejar, el mismo hueco que dejaba cualquier miembro de la manada cuando se casaba y pasaba a pertenecer a otra manada. Pero ella... ella era mía. La reclamé y trabajamos juntas para mantenernos con vida en las tierras inertes.

Los dedos de Axil se transformaron en garras y las arrastró por todo el brazo de Eliza, provocando que la sangre saliera a la superficie. Luego hizo lo mismo en su brazo y mezcló la sangre.

El corazón me latía salvaje en el pecho y percibía la duda de Eliza. Ella tampoco quería eso. Ahora era de la manada de Mud Flat y parecía lo correcto. Pero yo la había tomado como hermana de mi manada sin pedir permiso a mi alfa, ni al suyo, así que sabía que esto era lo que había que hacer.

Axil masculló algo entre dientes y sentí de pronto un dolor punzante en el pecho, Eliza ahogó un grito y supe que ella también lo había sentido. Miré a Axil y tenía las cejas arrugadas en el centro de la frente. Farfulló unas palabras en voz baja otra vez y volví a sentir el dolor en el corazón, pero Eliza seguía ahí. Sentía su fuerza y su inocencia.

Axil soltó una respiración temblorosa y luego me miró.

—Su vínculo es demasiado fuerte. No puedo recuperarla.

Eliza tenía una mirada de resignación, pero yo estaba horrorizada por toda la situación. Era la prueba definitiva de que ahora éramos familia.

—¿Nos dejas un momento a solas? —le pregunté a ella.

Asintió y me apretó el hombro al pasar por mi lado.

—Voy a ver a mis padres y a mi hermana por última vez; nos vemos luego en el *ring*.

La bilis subió por mi garganta al escuchar esas palabras, pero se fue. En cuanto cerró la puerta, corrí hacia a Axil.

—No puedo, Axil. No lo haré. Te quiero, pero no puedo matarla.

Él tragó con fuerza y asintió.

—Va a renunciar.

Me quedé paralizada.

—¿Cómo lo sabes?

—Vino a verme anoche y me lo anunció. —Él también parecía tener náuseas—. Y no he podido dormir. Nunca imaginé que llegaría hasta aquí, sinceramente. La has hecho más fuerte, la has convertido en una digna contrincante.

Sí. Había prolongado lo inevitable. Qué estúpida.

—¿Puedes...? No sé, ¿puedes hablar con los asesores? Axil, es mi compañera de manada, en las pruebas debe competir una mujer de cada manada.

No era capaz de mirarme a los ojos, no apartaba la vista del plato de comida.

—Lo he intentado. Hace una hora. Me han dicho que la reina debe de ser la más fuerte, y que por eso las pruebas se diseñaron de esta forma. El pueblo no va a aceptar otra cosa.

Me pasé la mano por la nuca.

—¿Y si cancelas las pruebas? ¿Y si no te casas? —dije de pronto—. No necesito ser la reina, puedo ser tu amante, en secreto...

Él me agarró entre sus brazos y se me cerró la garganta.

—No permitirán que siga siendo rey sin una reina y un heredero.

Claro. El linaje debe continuar.

Dejé que me sujetara y liberé toda la tensión que había acumulado desde que Eliza y yo matamos a Ivanna y a Charlize. De cualquier manera, daba igual cómo se mirara, Eliza o yo íbamos a morir hoy.

—¿No puedes hacer una ley por la que alguien pueda renunciar y seguir con vida?

Axil me miró como si fuera una niña.

—La ley dice eso. Es la gente la que se ha tomado la libertad de linchar a quien renuncia.

Me sentía atrapada.

Me aparté de él y lo obligué por fin a que me mirara a los ojos.

—Dime qué tengo que hacer —le rogué.

¿Dejar que renunciara? ¿Debería renunciar yo? ¿Intentar huir y que me mataran los guardias? Necesitaba que otra persona tomara la decisión por mí, que me quitara ese peso de encima.

Él frunció el ceño.

—La quieres mucho, ¿no? ¿Como a una hermana?

Asentí.

—No debí hacerme su amiga. Pero ya es tarde. Y me salvó la vida en las tierras inertes. Es muy leal e inocente...

Él levantó el brazo y me rozó el labio inferior. Mis palabras quedaron interrumpidas.

—Soy un egoísta. Quiero que seas mi mujer y mi reina, así que no me preguntes a mí qué deberías hacer, porque te decepcionaría.

Fruncí el ceño, pero agradecí su sinceridad.

Esta vez me acarició la barbilla con un dedo.

—Haz algo con lo que seas capaz de vivir, y yo me encargaré de que estemos juntos.

Me mordí el labio. ¿Cómo iba a asegurarse de que estuviéramos juntos si yo renunciaba y mi manada me descuartizaba? Estaba imaginando un escenario que no existía.

Sabía que tenía que salir de allí, pero no estaba preparada para despedirme de Axil. Deseé que hubiéramos tenido más tiempo, más besos, más todo.

Porque, por mucho que quisiera a Axil y deseara estar con él, no iba a permitir que Eliza muriera por mí. Renunciaría, el público me desgarraría y Eliza sería reina. ¿Sería Axil capaz de amarla como me amaba a mí? No. Al principio no, pero esperaba que consiguieran quererse a su manera y hacerse compañía.

No había palabras para aquella situación, así que dejé que mi cuerpo lo dijera todo. Agarré a Axil por la barbilla y tiré de su boca hacia la mía. Su cuerpo respondió de inmediato y me clavó los dedos en la cadera, apretándome con fuerza contra él. Se me abrió la boca cuando deslizó la lengua entre mis labios y sentí un profundo dolor en el corazón. Besar a Axil era como respirar, no sabía cómo había conseguido vivir tanto tiempo sin hacerlo, sin él. La adolescente enamorada de quince años que vivía dentro de mí había estado rezando en secreto para que llegara ese momento. Para que llegara nuestro reencuentro, y ahora... se había acabado.

Una lágrima solitaria se deslizó por mi mejilla y aterrizó en nuestros labios entrelazados, recorriendo nuestro beso y sellándolo para siempre.

Entonces él se puso rígido.

Lo sabía.

Sabía cuál iba a ser mi elección.

Me aparté y le di un beso en la nariz con una sonrisa apagada.

—Te quiero, Axil Luna. Ahora. Para siempre. Eternamente —dije, y di un paso atrás, soltándome de sus manos mientras se le quedaba la cara inerte. No podía seguir mirándolo, así que me di la vuelta y salí de la habitación, alejándome de él como él se había alejado de mí a los quince años.

10

Quería llorar, pero eso era un signo de debilidad y no podía permitírmelo en ese momento. Tenía que salir ante el público con un aspecto lo más fuerte posible. Así que me tragué todas mis emociones tormentosas y atravesé los pasillos hasta llegar afuera.

En cuanto llegué a la carpa de mi manada, sentí que me temblaban las rodillas.

—¡Zara! —Oslo corrió hacia mí, se estampó contra mi abdomen y me rodeó la cintura con los brazos.

No. Él no. Busqué con la mirada entre la multitud frente a mi carpa y vi que también habían venido Dorian, Amara y casi toda la manada.

No.

Oslo se apartó y me miró.

—¿Te hemos dado una sorpresa? —me preguntó con una sonrisa de oreja a oreja.

Estaba conmocionada y me daba vuelcos el corazón al imaginarme a mi hermano pequeño viendo cómo Dorian me desgarraba el cuello.

No podía hablar.

Dorian me vio y sonrió.

—Me enteré de que eras una de las finalistas y quería estar aquí para ti.

Me abrazó con fuerza levantando mis pies del suelo. Normalmente sonreiría o diría algo gracioso, pero no tenía palabras.

Dorian sintió esa sensación inquieta en mi alma. Me soltó sin dejar de fruncir el ceño.

—¿Todo bien, lobezno?

Tragué con fuerza, mirando nerviosa a mi manada.

—Dejémoslos un momento a solas —dijo Amara, y la manada abandonó la zona de la hoguera, dándome palmaditas en la espalda al pasar.

Cuando nos quedamos solos Cyrus, Dorian y yo, miré a mi alfa a los ojos y le sostuve la mirada.

—¿Te has enterado de que introduje en la manada a una de las competidoras en Mud Flat para sobrevivir? —le pregunté.

Él asintió.

—Lo sentí. Todavía la siento. —Se dio un golpecito en el pecho.

Lo sospechaba.

—Axil ha intentado romper el vínculo esta mañana y recuperarla. Pero no ha podido. Es demasiado fuerte.

A mi hermano se le escapó una palabrota y se frotó la nuca con ansiedad, pero Dorian simplemente asintió.

—Entiendo.

¿Lo entendía? ¿Sabía lo que estaba a punto de hacer?

Abrió la boca para decir algo cuando escuché que alguien gritaba mi nombre y me di la vuelta. Uno de los asesores más ancianos estaba detrás de mí junto a dos guardias.

Había llegado la hora y Dorian descubriría pronto mi plan. Lo mejor era no preocuparlo.

Volví a mirar a Dorian y lo envolví en un fuerte abrazo.

—Eres un buen hombre, Dorian, y has sido un alfa magnífico —le susurré al oído mientras apretaba más fuerte los brazos a su alrededor.

Cuando me separé de él, parecía confundido, sorprendido por lo que acababa de oír, sus cejas estaban arrugadas en el centro de su frente.

Me acerqué a mi entrenador, mi hermano mayor, y le di a él también un abrazo.

—No dejes que Oslo lo vea. Quédate con él en la carpa —le pedí, y él asintió contra mi hombro. Cyrus tampoco tenía ni idea de mi plan, pero sabía que era muy protectora con mi hermano pequeño y seguramente solo pensó que no quería que me viera hacerle daño o matar a Eliza.

Le di la espalda a mi manada y seguí a los guardias hasta el *ring* del combate. Apenas había dormido, no había comido y sentí unas náuseas muy intensas en el estómago al escuchar al público corear mi nombre. Miré hacia arriba y vi a Axil sentado en su trono: hoy llevaba la corona de hojas afiladas del rey de los lobos. Su hermano, Ansel, estaba de pie a su lado y junto a su mujer, Jade. Me lanzó una mirada asesina.

Ver que no íbamos a terminar juntos lo entusiasmaría. Su hermano pequeño y rey no se casaría con una escoria de Mud Flat al fin y al cabo.

Desvié la atención al centro del *ring* de arena y vi a Eliza de pie sonriéndome.

—¡Para este combate no hay reglas! ¡Todo vale! —gritó el asesor anciano que se encontraba a mi espalda.

Me acerqué a Eliza y le coloqué las manos en los hombros.

—Sé buena con él —le rogué. Ella frunció el ceño confundida ante mis palabras.

Sonó la campana y giré, dándole la espalda a mi contrincante.

Levanté la barbilla y alcé la voz para que todo el mundo me escuchara.

—No me cabe la menor duda de que soy la loba más fuerte de este *ring*. ¡Pero Eliza Green es mi compañera de manada! Forjamos un vínculo tan fuerte que ni siquiera el rey ha podido romperlo.

Hubo gritos ahogados entre los espectadores, incluso algún aullido de alguien que se dio cuenta de lo que estaba a punto de hacer.

—Y, aunque quiero a ese hombre desde que tenía quince años —continué mientras señalaba a Axil—, no puedo hacerle daño a mi compañera de manada. —Eliza se estrelló contra mí y me envolvió con los brazos desde atrás, llorando desconsolada.

—No —dijo, pero la ignoré.

—Yo, Zara Agualigera, de la manada Mud Flat, por la...

—¡Abdico al trono! —gritó Axil interrumpiendo mis palabras. Se me entumeció todo el cuerpo. Apenas era capaz de sostenerme en pie, arrollada por la conmoción. El público estaba igual que yo, de pie, ahogando gritos, abucheando y gritando.

Dorian se había quedado tan impresionado por el comentario del rey que apartó la mirada de mí y los nos giramos para mirar a Axil.

—La ley establece que las Pruebas de la Reina deben finalizar si un rey abdica y entrega la corona —continuó Axil. Luego bajó del trono y se acercó a su hermano y a su esposa. Ansel estaba tan inmóvil como una serpiente justo antes de atacar. Axil lo miró y tomó aire—. Te devuelvo el título de rey alfa si permites que Zara y yo huyamos juntos. No volverás a verme —le aseguró.

Sabía que había planeado esto hacía tiempo, que lo había preparado por si en algún momento parecía que yo iba perdiendo el combate. No le tembló la voz, estaba muy tranquilo, como si lo hubiera planeado durante meses.

Los abucheos del público aumentaron y yo no sabía si era porque nunca les gustó Ansel y no querían que volviera a ser rey o porque odiaban el acto de debilidad de Axil por abdicar. Como lobos, luchábamos por la dominación, no la regalábamos. Pero, como un rey de estirpe y sin herederos, los dos debían permanecer con vida hasta que Ansel tuviera un hijo.

—Te doy mi palabra —dijo Ansel, mirando a los asesores uno a uno. Sentí un alivio inmenso.

Los dos hermanos cerraron el trato con un apretón de manos y Axil se quitó la corona de hojas afiladas y se hizo un corte en el brazo con ella.

Ansel hizo lo mismo y compartieron la sangre en la cuchilla. Yo sabía que, en aquel momento, el poder de control sobre todos los demás lobos acababa de pasar a Ansel. Ahora él era el rey.

Ansel sonrió al tomar la corona y colocársela en la cabeza. Axil asintió y se alejó de su hermano como si no acabara de entregarle todo un reino y el derecho natural.

Miré a Dorian con los ojos como platos, preguntándome si me permitiría huir de allí. Seguro que sabía lo que había estado a punto de hacer: renunciar como una cobarde. Y huir con Axil significaba que abandonaría su manada. Necesitaba su permiso para hacerlo.

Noté algo delicado en la mirada de Dorian, algo que no solía estar ahí. Con un asentimiento cortés de su parte, salí corriendo a los brazos de Axil, que me levantó del suelo y me giró en el aire.

Los abucheos se volvieron más fuertes y el público se acercó cada vez más. Querían su combate, no una renuncia ni perder a su rey más fuerte.

Ansel era un rey decente, pero cojeaba, lo que se tomaba como una debilidad, y, en mi opinión, era un poco cruel.

—Tenemos que irnos de aquí —me susurró Axil—. Podemos ir a Thorngate. Lucien nos dará asilo.

¿Lucien Espino? ¿El rey fae?

Asentí. Intentaba procesarlo todo mientras nos abríamos paso entre el público con Eliza, Cyrus, Dorian y el resto de mis compañeros de la manada protegiéndonos.

—¡No queremos que Ansel sea nuestro rey! —gritó alguien.

—¡Cobardes! —soltó otro.

—¡Rey cobarde!

—¡Reina cobarde!

«Reina cobarde», me había ganado ese mote incluso antes de convertirme en reina. Debía de ser un récord.

Pero el público parecía dividido porque, aunque mucha gente intentó acercarse a nosotros y atacarnos, otra gran cantidad de gente los detuvo.

—¡Dejen que se vayan!

—¡Han demostrado honor!

—¡Le ha guardado lealtad a su hermana de manada!

—¡Son pareja!

Absorbí todo lo que estaba pasando mientras nos acercábamos al inicio del bosque y a la incertidumbre que nos aguardaba al otro lado. ¿Huir a Thorngate? ¿Dejar a nuestra raza y las tierras de Fallenmoore para siempre? No me parecía bien, pero, en cuanto Axil entrelazó sus dedos con los míos, no pude imaginar mejor opción.

Realmente no había renunciado. A Eliza no le harían daño. Axil ya no era rey, pero estaríamos juntos. Entonces, ¿por qué parecía que algo no andaba bien? Como si estuviera olvidando algo.

Justo cuando pensé en él, Oslo gritó mi nombre.

Giré y solté a Axil cuando mi hermano pequeño se estampó contra mí. Lo envolví entre mis brazos.

—Llévame contigo, por favor. Te lo suplico —me rogó con lágrimas en los ojos.

Miré a Axil sin saber muy bien qué le parecería todo aquello. Él sabía que mi hermano era casi como un hijo para mí, y que lo había criado después de la muerte de mis padres.

Axil simplemente asintió una vez y sentí un gran alivio que me relajó el cuerpo. Miré a Cyrus y a Dorian, que nos habían escoltado manteniendo a la multitud a raya, y los dos hicieron un gesto de aprobación con la cabeza.

—De acuerdo, puedes venir —le dije a Oslo. Él se separó para mirarme con una sonrisa de oreja a oreja y secándose las lágrimas de los ojos.

Quería muchísimo a ese niño. Axil iba a tener que curtirlo, porque mi corazón era demasiado débil en lo que a él respectaba. Me recordaba mucho a nuestra madre.

Eliza me dio un último abrazo.

—Adiós, hermana —me susurró con la garganta cerrada por la emoción. Entonces, a través de nuestro vínculo, sentí todo el amor y el respeto que me profesaba.

—¿Qué vas a hacer?

Se encogió de hombros.

—¿Irme a vivir a Mud Flat y casarme con alguno de tus compañeros guapos?

Me reí y todo me pareció un poco más positivo. Tendría que encontrar la forma de hablar con ella. Nunca pensé que esto podía ser una posibilidad, que Axil abdicaría y que huiría conmigo.

Sentía la urgencia de Axil; la multitud no iba a parar y teníamos que irnos antes de que hubiera algún altercado.

Y, sin más, Axil me agarró de la mano una vez más y yo

agarré a Oslo con la otra. Nos introdujimos en el bosque hacia nuestro desconocido futuro juntos.

Habíamos dado unos diez pasos en el denso bosque cuando se me agarrotaron los músculos de pronto y sentí como si me hubiera golpeado contra una pared. Me detuve de repente, ahogando un grito como si una fuerza desconocida se hubiera apoderado de mis extremidades. Sabía, por la respiración conmocionada que percibía a mi lado, que le acababa de pasar lo mismo a Axil.

—No —susurró a la vez que estiraba lentamente el cuello y me miraba con los ojos muy abiertos.

Mi hermano pequeño nos observaba sin entender lo que estaba pasando, y tragué con fuerza.

—Corre —le dije a Oslo, y le solté la mano.

«¿En serio creían que los iba a dejar marchar?». La voz de Ansel sonó dentro de nuestras cabezas. Giré y lo encontré ante mí.

Como loba dominante, que otra persona te controlara era la peor de las pesadillas. Gruñí, apreté con fuerza los puños y rugí, pero no sirvió de nada. Tenía el control total sobre mí.

La multitud apareció de pronto detrás de Ansel, incluido mi hermano Cyrus, y busqué frenética a Eliza y a Dorian.

¿Por qué no estaban allí? ¿Habían intentado enfrentarse al rey y...?

Pero me tranquilicé cuando los vi hacerle señas a Oslo para que fuera con ellos mientras miraban preocupados al nuevo rey. Oslo salió corriendo hacia ellos y el rey Ansel lo dejó marchar. Una pequeña indulgencia.

—Te he dado lo que querías —gruñó Axil a mi lado—. Déjanos marchar.

Ansel recrudeció la mirada.

—¿Crees que quería que me entregaras mi corona? —dijo entre dientes.

El corazón se me aceleró y luché en vano contra la fuerza invisible que me tenía cautiva.

—Debiste matarme cuanto tuviste la oportunidad, hermano —susurró Ansel, y gruñí.

Ansel giró la cabeza en mi dirección y sonrió, lo que me provocó un escalofrío por toda la espalda. Lo que más me asustaba era que en sus ojos no había ni una pizca de humanidad.

—¡Me diste tu palabra! —rugió Axil y le empezaron a salir mechones de pelaje por el cuello, aunque lo estaban obligando a mantenerse erguido.

Ansel inclinó la cabeza hacia atrás y se rio con un sonido hueco y vacío.

—Hiciste mal en creerme.

El nuevo rey lobo giró entonces hacia una fila de guardias reales y les hizo un gesto con la cabeza.

—Lleven a mi hermano y a su amante a la mazmorra.

Axil y yo nos miramos. Axil parecía vacío de cualquier emoción, seguramente estaba rememorando sus dos años de encarcelamiento.

Esto era horrible. ¿Ansel podía hacer esto? Le había dado su palabra delante de los asesores licántropos. Pero ahí estaban, detrás de él con las cabezas agachadas. ¿También los estaba controlando a ellos? Si era así, estaba prohibido. Los asesores evitaban que el rey tomara malas decisiones, no se los podía controlar.

Eliza, Cyrus y Dorian le lanzaron miradas asesinas a Ansel cuando pasó por su lado, y yo sentí que algo jalaba mis pies hacia delante. Me había convertido en una marioneta y colocaba un pie delante del otro siguiendo al rey. Eliza emitió un gruñido grave cuando Ansel pasó junto a ella y este se paró para mirarla.

—Arrodíllate —la provocó, y Eliza agachó la cabeza y cayó de rodillas a la fuerza.

Estaba abusando de su poder. La magia del rey no debía utilizarse para eso. Era para impedir peleas y mandar a las tropas en tiempos de guerra, para poder combatir como si fuéramos uno. No para esto.

Quería gritar, quería decirle a Ansel la clase de monstruo que era, pero sabía que la vida de Axil estaba en sus manos, y la mía también, así que mantuve la boca cerrada.

No era así como esperaba que terminara aquel día.

11

Nos habían colgado como caza fresca, con grilletes en las muñecas y los pies apenas rozando el suelo. Me habían puesto un collar al cuello que se encontraba atado a una correa metálica y atornillado al techo de piedra para que no nos transformáramos. Me dolían los brazos, me ardían las muñecas y en mi vida había estado tan furiosa. Nos habían dejado expuestos en el comedor privado del castillo, nunca nos llevaron a las mazmorras.

Ansel estaba sentado en un extremo de la mesa con su mujer, disfrutando de una copiosa comida mientras Axil y yo nos moríamos de hambre.

Estaba llevando la guerra psicológica al extremo. Su mujer era de la manada de Ivanna, una dominante despiadada que ganó sus Pruebas de la Reina ahogando a su contrincante con sus propias manos. Pero ¿aún no habían tenido descendencia después de cuatro años de matrimonio? Eso significaba que los rumores de que era estéril eran ciertos.

—Suéltala —gruñó Axil a su hermano—. Deja que Zara se vaya, ella no tiene nada que ver con esto.

Ansel soltó el tenedor y se puso de pie. Se acercó a donde estaba colgado Axil, en la pared del fondo, a mi lado.

—Claro que tiene que ver con esto, hermano. —Miró hacia atrás a su mujer—. A Jade le pasa algo. No puede darme descendencia. Así que me divorciaré de ella y tomaré a Zara como esposa. En cuanto se quede embarazada de mi hijo, te mataré.

Se me encogió el estómago al escuchar sus palabras y el miedo se apoderó de mí. Su mujer agachó la cabeza avergonzada y Axil perdió el control completamente.

Se retorció contra las cadenas, gritó y gruñó. El techo se agrietó cuando el tornillo que sujetaba las cadenas se torció, y a Axil empezó a salirle pelaje por los brazos. Me rompía el corazón verlo tan indefenso.

Ansel inclinó la cabeza hacia atrás y se rio, volviendo a la mesa mientras Axil se volvía loco intentando liberarse.

—Axil —susurré, y él se quedó quieto, jadeando. Me miró con los ojos azules llenos de manchas amarillas. Estaba hablando con un hombre y con una bestia—. Pase lo que pase, yo estaré bien —le dije mientras intentaba no mostrar emoción. Sabía que se sentiría responsable. Haberle devuelto el control de la manada y todo el poder que conllevaba ser rey a Ansel podía parecerle una estupidez ahora mismo, pero no podíamos saber que su hermano haría algo así. Dio su palabra delante de todos los lobos presentes, incluidos los asesores. Un rey no era otra cosa que un hombre de palabra. Ansel era un cobarde en todos los sentidos. No era lo bastante fuerte como para derrotar a Axil en un combate, así que utilizaba su poder de rey para controlarlo y conseguir salirse con la suya.

Axil apretó la mandíbula y se le marcaron las venas del cuello.

—No te va a tocar. Lo mataré si se casa o se acuesta contigo.

No susurró. Y Ansel lo escuchó. Y estalló en otra carcajada.

«Está loco». Me había quedado más que claro. Y su mujer, nuestra reina, se comportaba como la hembra dominante más sumisa que jamás había visto. Estaba allí sentada sin decir nada, como una muñeca de trapo.

«También la está controlando». El horror al darme cuenta de aquello me golpeó como un puñetazo en el estómago.

No.

Podía hacer que una persona perdiera su autocontrol, y eso era lo que estaba haciéndole a ella en ese momento. Era un abuso de poder descabellado y, aun así, no podía hacer nada.

La cena continuó y yo dejé de sentir las manos. También tenía los hombros entumecidos. Cada vez que me cedían las piernas, el collar me ahogaba y me obligaba a ponerme recta. Recé para que no me obligara a dormir así. ¿Esto fue lo que le hizo a Axil cuando era joven? No. Nadie podría vivir así durante dos años. Esto solo era para presumir. Era para demostrar que tenía todo el poder.

Justo cuando el rey se estaba limpiando la boca y se había comido hasta el último bocado, se abrieron las puertas del comedor.

Levanté la mirada, con la vista borrosa y dolorida.

Entró un guardia y carraspeó.

—Mi lord, afuera hay tres personas que afirman ser las reinas de Thorngate, Archmere y Embergate.

Ansel agarró el tarro de aguamiel y lo balanceó mientras dejaba que el silencio se extendiera por la habitación.

—Que entren —dijo por fin.

¿Para qué habían venido las reinas de otros reinos a Fallenmoore? Si tenían un mensaje, habría sido suficiente con enviar a un mensajero. Si habían venido personalmente quería decir que pasaba algo grave. A lo mejor tenía que ver con aquella reunión sobre una posible guerra que había tenido Axil. No llegué a preguntarle por eso, había estado demasiado concentrada en ganar las pruebas.

Al cabo de un instante, tres mujeres preciosas entraron en la sala, una de ellas con una pequeña caja en las manos. Tenían los ojos brillantes y sonrieron hasta que nos vieron. Las tres borraron la sonrisa de la cara ante nuestra imagen. En aquel momento, la que tenía aspecto humano y el cabello castaño se guardó la caja metálica en la capa y le hizo una profunda reverencia a Ansel.

—¿Su alteza Axil Luna? —le preguntó a Ansel—. Es un honor conocer...

—Soy el rey Ansel. Mi hermano Axil ya no reina. —Inclinó la cabeza en nuestra dirección.

Las mujeres se quedaron sin habla, con sonrisas forzadas, mostrando únicamente señales de ansiedad.

La fae pelirroja dio un paso adelante, sin reverencias, y le sostuvo la mirada al rey.

—Soy Madelynn de Thorngate, la reina fae. Traemos graves noticias y necesitamos su ayuda, rey Ansel.

Graves noticias.

Axil se tensó a mi lado mientras veíamos cómo se desarrollaba la escena. Me fijé en la rubia, que di por hecho que era dragontina, allí de pie, tranquila, como preparada para atacar y sin apartar la vista de Ansel.

—¿Qué graves noticias? —preguntó Ansel a la vez que se apartaba de la mesa. Su mujer seguía con la cabeza agachada y me mataba pensar que él le estuviera haciendo eso. ¿Cuánto poder tenía? ¿Podría controlarnos a todos si lo atacáramos a la vez?

La pelirroja, la reina Madelynn, carraspeó.

—La reina de Nightfall ha estado secuestrando a sus lobos y ha usado un dispositivo mágico para extraer su poder y dárselo a beber a su raza en forma de elixir. Luego utiliza este poder para atacar nuestras fronteras.

¡Hades bendito! ¡¿Qué?!

Ansel parecía impávido.

—Qué mala suerte.

La reina rubia entrecerró los ojos y la castaña apretó los puños.

Se levantó una ligera brisa en la habitación y, de pronto, la reina Madelynn parecía estar un paso más cerca del rey.

—Si no derrotamos a la reina de Nightfall, se dirigirá hacia el norte, a Fallenmoore, y acabará con su pueblo —declaró—. Imploramos su ayuda en esta guerra.

El rey Ansel sonrió y yo sentí escalofríos por toda la piel.

—Dejen que lo intente. Haré que se arrodille y se degüelle a sí misma. Exactamente igual que puedo hacer contigo.

Apenas me dio tiempo a asimilar la conmoción de su amenaza cuando se rompió una ventana de la pared del fondo y la habitación se llenó de viento, creando un remolino. La reina dragontina levantó la mano como para atacar al rey Ansel, pero, justo cuando entró el viento y las reinas intentaron su ataque, todas se agarraron la cabeza a la vez mientras caían de rodillas al suelo.

«También las está controlando a ellas». Aquello me impactó muchísimo. Miré a Axil, incrédula porque hubiera tenido tal cantidad de poder todo ese tiempo.

Nadie debería ser tan poderoso. Era aterrador.

Ansel miró hacia atrás, en dirección a su hermano, con una sonrisa.

—¿Las mato?

¡No! Quise gritar, pero, de pronto, se me cerró la garganta. Estaba impidiéndome hablar.

—Si lo haces, los reyes de Avalier vendrán por ti y te encontrarás sumido en una guerra con múltiples enemigos —aseguró Axil tranquilo.

Ansel asintió.

—Igual pueden pasar aquí la noche mientras decido si las mato o las mando de vuelta a casa mañana. —Se dio golpecitos en la barbilla como si estuviera pensando.

Miró a los guardias desperdigados por toda la sala.

—Preparen la mazmorra.

Esas tres palabras eran aterradoras, pero, si me iban a liberar de ese dispositivo de tortura, me daba igual dónde me llevaran.

Las tres reinas sisearon y gruñeron, aún de rodillas, mientras Ansel continuaba con el tormento que estuviera provocándoles y se me rompió el corazón por ellas. Habían venido hasta aquí para pedir ayuda y se habían encontrado con semejante recibimiento. Era horrible, y Ansel estaba jugando con fuego al atacarlas, aunque yo estaba bastante segura de que la reina fae había atacado antes con ese viento. Había escuchado que los faes podían controlar ciertos elementos, y lo acababa de ver con mis propios ojos. Había roto aquella ventana de alguna forma y había introducido el viento. Me hizo preguntarme de lo que serían capaces las otras mujeres. Me sentía protegida en el sentido de que nunca había salido de Fallenmoore, pero había oído muchas historias sobre los poderes de las otras razas.

—Vamos a dar un paseo y a llevar a todos nuestros invitados a descansar, ¿te parece, querida? —le dijo Ansel a su mujer, que se puso de pie, con la cabeza agachada, y se dio la vuelta con el cuerpo rígido, sin demasiado ánimo.

Dos de los guardias salieron, pero los otros dos vinieron hacia Axil y hacia mí. Cuando uno de ellos levantó los brazos para desabrochar la cadena del tornillo del techo, grité de dolor por el movimiento repentino, aunque al mismo tiempo sentí un enorme alivio en las extremidades. Luego me quitaron también la cadena del cuello y gimoteé al dejar de estar colgada. Tenía los brazos entumecidos y, de pronto, sentí todo mi peso en los pies. Las piernas ya no podían sostenerme después de horas de fatiga y sentí que me caía. Pero no lo hice. Como si me impulsara una fuerza invisible, saqué una pierna para estabilizarme y me puse a caminar. La cadena del cuello arrastraba detrás de mí mientras seguía al rey Ansel, a su mujer y a las tres reinas. Todos marchamos en una perfecta línea recta, con pasos regulares. Todos en contra de nuestra voluntad.

Quería mirar hacia atrás para ver si Axil también venía, pero no podía mover la cabeza. Ansel controlaba todos los músculos de mi cuerpo y eso me aterrorizaba. Si hubiera sabido que era capaz de semejante atrocidad, jamás habría permitido que Axil abdicara y le concediera a su hermano un poder así. Creo que Axil tampoco lo habría permitido. Parecía que Ansel se había vuelto loco y que nunca había usado su poder hasta aquel punto.

Caminamos por el pasillo hasta una gran escalinata de piedra que llevaba a una mazmorra húmeda con muros de piedra gris y una oscuridad total. De vez en cuando el viento me rozaba ligeramente para morir un poco después y Ansel se reía. Supuse que la reina fae estaba intentando usar su poder. A mí me había arrebatado la voz, estaba completamente indefensa y eso me sacaba de quicio.

La mujer de Ansel iba a su lado, con la cabeza agachada y el pelo cubriéndole la cara. Me pregunté por qué ella no lo había matado en estos últimos dos años, cuando todavía no tenía tanto poder y Axil era el rey. Quizá nunca le había hecho esto antes y era un comportamiento nuevo. Yo tenía clarísimo que no le perdonaría la vida a un hombre después de ese tipo de trato.

Nos quedamos de pie en una celda amplia, en fila, mientras Ansel entró despacio y se acercó a la reina Madelynn. Le sonrió mientras la miraba de arriba abajo, y otra ráfaga de viento pasó por nuestro lado y desapareció.

—Su rebeldía me resulta extremadamente atractiva —le dijo. Me esforcé para conseguir que un gruñido me subiera por la garganta, abriéndose paso entre su poder. ¿Cómo se atrevía a coquetear con una reina casada? Esa falta de respeto dejaba en muy mal lugar a los lobos. Estaba avergonzando a toda nuestra cultura con el trato que estaba dando a las monarcas.

Ansel giró de pronto la cabeza para mirarme y se me hundió el estómago. Caminó tranquilo hasta mí y se inclinó hacia delante, reposando su nariz en mi cuello. Inhaló con fuerza.

—La zorra de mi hermano —susurró, y Axil gruñó a mi lado. El ruido quedó interrumpido por un quejido justo antes de que cayera al suelo agarrándose la cabeza y gritando de dolor.

Se me derramaron las lágrimas al darme cuenta de que no éramos más que las marionetas de un hombre retorcido.

—Vamos, tenemos que concebir un heredero —me dijo Ansel, y el miedo se apoderó de mí.

El viento volvió a tomar fuerza, más violento esta vez, y Axil se volvió loco gritando. La reina rubia que iba a mi lado empezó a soplar una columna de humo por la nariz. Ansel se limitó a reírse mientras salía de la celda y me obligaba a seguirlo.

Axil

El dolor de cabeza, como si alguien me hubiera clavado un hacha en el cráneo, no era nada comparado con la agonía de mi corazón. Ansel se acababa de marchar de la mazmorra con el amor de mi vida.

Para acostarse con ella.

Cuanto más se alejaban sus pasos, menos podía controlarnos mi hermano a mí y a las demás.

Las demás.

Estaba encerrado en una celda con las mujeres de mis mejores amigos de la infancia. Era surrealista. Cuando noté que por fin el dolor de cabeza se disipaba y volvía a tener el control de las piernas y los músculos, giré hacia las tres mujeres que estaban moviendo los brazos y los dedos.

—¡Fae bendita, ¿qué ha sido eso?! —exclamó Madelynn, la pelirroja. Evalué a la nueva esposa de mi mejor amigo, Lucien. Tenía una especie de magia ventisca y era lo bastante poderosa como para poder usarla, aunque fuera mínimamente, incluso bajo el control de Ansel. Era impresionante.

—¡Qué horror! —expresó la castaña, que olía a una mezcla de elfa y humana—. ¡Quiero despellejarlo vivo!

La rubia, que todavía estaba un poco ida, inclinó ligeramente la cabeza y me miró.

—¿Era tu pareja? —Le salía humo de la nariz y el corazón se me encogió al escuchar la palabra *pareja*.

Un gruñido profundo me desgarró la garganta y cerré con fuerza los puños para obligar a mi lobo a calmarse; tenía que hablar con esas mujeres.

—Sí. Y tengo que recuperarla antes de que... —Se murieron las palabras en mi garganta y me di la vuelta. Agarré los barrotes de la puerta y los sacudí. No servía de nada, lo sabía. Había vivido en aquella celda durante dos años. Allí era donde Ansel rompía a la gente, aunque nunca había mostrado tanta indiferencia por el libre albedrío ajeno como aquella noche. Debía de haber llegado al límite de su paciencia.

—Bueno. Pues no lo vamos a permitir. Vamos a salir de aquí —afirmó Madelynn, y empezó a levantarse el viento y a girar a mi alrededor. Giré hacia ella y me sorprendió verla tan enojada como lo estaba yo.

La rubia, que por el humo de la nariz supuse que era la reina dragona, se puso a mi lado.

—Yo soy Arwen, reina de los dragontinos. Vamos a ayudarte a recuperar a tu pareja, ¿de acuerdo?

Solo pude asentir, conmocionado por lo que estaba ocurriendo.

—Y yo soy Kailani —dijo la mujer de pelo castaño—, la reina elfa.

Arwen se acercó entonces a la reina fae, Madelynn, y la miró directamente a los ojos.

—¿Puedes encargarte tú del guardia?

Madelynn asintió y se paró a mi lado.

—Apártate, por favor. No tenemos mucho tiempo.

Me quité de la puerta un poco perplejo y ella levantó la mano delante de los barrotes.

—¿Estás herido? —La reina elfa estaba detrás de mí e inspeccionaba mis muñecas ensangrentadas.

—No es nada, se curarán —aseguré mientras me preguntaba cuándo se habría casado Raife con ella. No me pareció que tuviera demasiada intención de casarse la última vez que hablamos, aunque, a decir verdad, eso fue hace años. Me dolió un poco no haber recibido invitación para ninguna de estas bodas, pero, en el fondo, lo entendía. Perdimos el contacto cuando la reina de Nightfall asesinó a la familia de Raife.

Estaba observando a la reina fae con mucho interés. No parecía que estuviera haciendo nada, sin embargo, se escuchaban forcejeos al otro lado de la celda. Alguien estaba peleando por...

—¿Le estás sacando el aire de los pulmones? —pregunté impactado cuando me di cuenta.

Ella me miró, arqueó una ceja y asintió.

—Lo mismo que le haré a tu hermano ahora que sé de lo que es capaz —afirmó.

Caray, debía de ser una fae de Otoño si tenía magia ventisca. No tenía ni idea de la cantidad de poder que podía tener una fae de viento hasta ese momento. Nunca me había parado a pensarlo en realidad. Lucien podía congelar a la gente hasta la muerte y ella podía robar el aire de los pulmones: vaya pareja. Mientras estas mujeres me ayudaran a recuperar a Zara sana y salva, me daba igual lo que le hicieran a los demás.

La imagen de Zara tumbada bajo mi hermano mientras se acostaba con ella me sacaba de quicio.

—Date prisa, por favor —gruñí a la vez que el pelaje empezaba a aparecer por mi piel.

Acababa de recuperar a Zara después de cinco años pasando un infierno para que estuviéramos juntos. No podía perderla de nuevo.

Madelynn se apartó de la puerta cuando el cuerpo del guardia cayó al suelo frente a la celda con un ruido sordo. Tenía la cara morada y estaba... muerto.

—Listo. ¿Cómo salimos de aquí ahora?

Caray. Con qué facilidad le había arrebatado la vida. Sin ni siquiera tocarlo.

—¿Puedes matar a mi hermano desde aquí? —le pregunté.

Ella sacudió la cabeza.

—Podría derrumbar el edificio entero, pero eso nos mataría también a nosotros. Tengo que acercarme más a él para dirigir mi poder con esa precisión.

Asentí y luego me puse a pensar en cómo podría empujar la puerta de la celda con su poder ventisca. Yo había intentado muchas cosas muchas veces, pero sin ningún éxito. El hierro y la piedra podían contener a un hombre durante...

De las palmas de las manos de la reina dragón salieron unas llamaradas azules mientras nos miraba.

—¡Apártense!

Todos dimos varios pasos atrás hasta que chocamos con la pared del fondo. Entonces la reina dragón envió las llamas azules contra la cerradura de hierro forjado.

La esperanza cobró vida en mi pecho. Si conseguía derretir la cerradura y con el guardia muerto... podríamos salir de allí.

—En cuanto mi hermano nos escuche entrar en la habitación, usará su poder —les advertí.

Madelynn me miró.

—No necesito estar en la misma habitación que él para arrebatarle el aliento, con estar al otro lado y que haya una rendija bajo la puerta me sirve. Así podré sentir sus respiraciones.

Se me abrieron los ojos al escucharla decir eso. Era un poder increíble y aterrador.

—¿Cómo vas a saber de quién es cada respiración? —le pregunté. ¿Y si mataba por error a Zara?

—Lo sabré. En momentos así, yo soy el viento. Es complicado de explicar, vas a tener que confiar en mí.

¿Confiar en ella? Ni siquiera la conocía. Fruncí el ceño y las miré a todas con recelo. ¿Cómo habían llegado hasta allí? ¿Por qué habían venido ellas en lugar de Raife, Drae y Lucien?

La reina elfa pareció leerme la aprensión en la cara y se me acercó. Sacó una caja metálica de la capa. Ya la había visto cuando llegaron al comedor, y, ahora que la tenía más cerca, sentí como un golpe en el pecho. Esa caja oxidada era algo que pensaba que no volvería a ver jamás. Me recordaba una época más sencilla, cuando era amigo de los futuros reyes de Avalier.

Recordé la discusión que tuvieron mis padres con mi hermano mayor cuando eligieron enviarme a mí como representante de la familia a los retiros familiares con los demás. Entonces ya debían de haberse dado cuenta de que Ansel no sería un buen rey. Siempre le había faltado honor. Con los dedos temblorosos, extendí los brazos y le quité la caja.

—Nuestros maridos nos dijeron que si te traíamos esto verías que somos realmente sus esposas, y que necesitamos de verdad tu ayuda.

Asentí y miré a la reina dragona, tenía la espalda empapada en sudor mientras seguía intentando reventar la cerradura. Todas estaban esforzándose mucho por liberarnos, para ir a buscar a Zara, y estaban arriesgando sus vidas cuando realmente no tenían por qué hacerlo.

Levanté la tapadera de la caja con las uñas. Estaba muy apretada y me costó varios intentos conseguir que se soltara. Me empecé a reír.

La nota que había encima de todo estaba escrita con la letra de Raife.

Solo para los príncipes de Avalier. Cualquier otra persona que abra esto morirá de diarrea podrida.

Levanté la vista y vi a su mujer mirando por encima de mi hombro, sonriendo.

—Raife lo escribió para asustar a la gente —le comenté.

Su sonrisa aumentó. Estaba impaciente por ir por Zara, sobre todo, por llegar antes de que mi hermano pudiera hacerle daño, pero parecía que la reina dragona necesitaba más tiempo.

—¡Ya casi está! —anunció como si me acabara de leer la mente.

Aparté la nota y me la guardé en el bolsillo, luego me preparé para lo que iba a ver. Esto fue hace muchísimo tiempo. Éramos unos niños. Todavía no habíamos pasado ni una de las pruebas de la vida.

Creía que la idea de la caja había sido de Lucien, pero la verdad es que no me acordaba. Quería que enterráramos algo que nos hiciera felices, algo que pudiéramos recordar y que nos devolviera a la infancia cuando nos convirtiéramos en reyes viejos y gruñones.

«Como somos ahora».

Miré el contenido de la caja y sonreí al ver la pluma de águila de Drae, en recuerdo de su pasión por volar. Como licántropo, no podía imaginarme lo que era surcar los cielos, pero Drae no hablaba de otra cosa cuando era niño.

Lucien había metido un broche para el pelo de mujer. Era de oro, con una rosa pintada en rojo en la punta. Era de su madre, la única persona que lo quiso incondicionalmente. A Lucien le costaba controlar sus poderes y decía que su madre era la única que conseguía calmarlo. Ella era quien lo hacía feliz.

Entonces vi la punta de flecha dorada que había metido

Raife. Todavía recordaba el sonido de sus flechas golpeando en los troncos de los árboles durante los retiros anuales. Siempre iba cargando con el arco y estaba muy orgulloso de sus habilidades.

Tragué con fuerza al sacar la aparentemente inútil bola de cera. Era blanca y le había dado forma cuando aún estaba caliente. Aquella cera podía parecerle basura a cualquier persona, pero para mí era uno de los recuerdos más bonitos de mis mejores amigos. La vela de la que la saqué había estado encendida todas las noches durante el retiro anual aquel verano, ya que nos quedábamos despiertos hasta bien entrada la madrugada contando historias, asustándonos y peleando. Aquella noche entablamos un lazo irrompible que ni el tiempo ni la adversidad podían deshacer. Mi hermano siempre había sido distante y abusivo conmigo, así que forjé un vínculo fraternal con esos muchachos y envolví todos nuestros recuerdos en aquella bola de cera para acordarme de ellos.

Si alguno me necesitaba en aquel momento, haría todo lo que estuviera en mis manos para ayudarlo.

—¡Ya está! —gritó la reina dragona desviando mi atención de la caja metálica y de las emociones que me estaba provocando en el pecho.

Levanté la mirada y la vi darle una patada a la puerta con sus botas.

Solté la bola de cera en la caja y cerré la tapa sin apartar la mirada de las cuatro mujeres.

—Ayúdenme a salvar a mi pareja y les daré lo que me pidan —les prometí.

La reina elfa asintió.

—Lo que te pedimos es que envíes un ejército por el reino para luchar contra la reina de Nightfall y liberar a nuestros pueblos. ¿Puedes hacerlo?

Ir a la guerra. ¿Sacar a los míos de sus vidas tranquilas y luchar por un problema que no era una amenaza para nosotros? Sentí el peso de la caja en las manos y supe que, si Raife, Drae y Lucien habían enviado a sus esposas, significaba que ellos estaban luchando y no pensaba defraudarlos.

—Tienen mi palabra.

Parecieron contentas con mi respuesta y asintieron todas a la vez. Uno a uno fuimos saliendo de la celda y fuimos en busca de Zara. Era la mujer más fuerte que conocía, pero no me imaginaba que pudiera soportar a mi hermano forzándola a acostarse con él. Ese solo pensamiento sacaba a mi lobo a la superficie, me estaba transformando. Zara Agualigera era el amor de mi vida. Llevaba su risa marcada en mi alma desde que teníamos quince años.

«Aguanta, mi amor. Ya voy».

13

Zara

Ansel me empujaba por el pasillo en contra de mi voluntad. Yo intentaba gritar y forcejear, pero no servía de nada. Respiraba con dificultad, pero nada más. A mitad del pasillo, su mujer desapareció en otra habitación y yo me pregunté cuánto tiempo duraba el control que ejercía sobre ella. ¿Era por distancia? ¿O solo tenía que pensar en ella para controlarla? ¿Axil y las reinas de Avalier seguían bajo su merced? Seguramente requeriría muchísima energía usar su poder, pero, si era así, no lo demostraba. Una pierna se movía delante de la otra y dio igual cuánto intentara resistirme, entré con él en una habitación.

«No. No. No».

Cerró la puerta detrás de mí y me giró para que lo mirara a la cara.

—Dime, ¿has estado enamorada de mi hermano todos estos años que lo he tenido encerrado? —preguntó, y noté cómo se me soltó un poco la garganta. Me estaba dando permiso para hablar. Si conseguía que siguiera hablando en lugar de desabrocharse los pantalones, igual encontraba la forma de escapar.

—Sí. Desde los quince años.

Ansel sacudió la cabeza con decepción.

—El amor debilita. Intenté enseñárselo y, no sé cómo, al final consiguieron terminar juntos. —Se quitó la túnica y se me entrecortó la respiración. Estaba clavada en el sitio, sin poder mover ni un solo músculo, solo podía hablar.

—Es mi pareja —insistí—. El amor ha sido siempre el único camino para nosotros.

Ansel me miró fijamente con los ojos entrecerrados.

—Las Pruebas de la Reina no se tratan de amor, sino de fuerza. Son para casarse con la mujer más fuerte de nuestra raza.

«Haz que siga hablando —me dije—. Sigue hablando».

—¿No es posible tener ambos? —le pregunté mientras se quitaba los zapatos—. ¿El amor y a la mujer más fuerte?

Se le cayeron un poco los párpados y se me hizo un nudo en el estómago.

—No creo que yo sea capaz de amar, pero lo puedes intentar, desde luego.

Abrí la boca para hablar otra vez, pero me lo había vuelto a impedir y volvía a moverme en contra de mi voluntad hacia la cama.

«No».

Agarré el dobladillo de la túnica y la jalé hacia arriba. Me detuve a mitad de camino cuando los mechones de pelaje empezaron a aparecerme por los brazos.

Me estaba desvistiendo. No. Me estaba obligando a desvestirme. Se me formó en la garganta un gruñido grave que empezó a romper su control sobre mí, pero entonces sentí un dolor intenso y agudo en la cabeza y grité mientras levantaba las manos para agarrarme el cráneo.

Era como si me hubieran clavado en el oído un cuchillo ardiendo y lo estuvieran retorciendo. Jadeé con las oleadas de dolor que venían y se iban, y entonces, tan rápido como apareció, se alivió.

Tenía el pecho acelerado e intentaba recuperar el aliento.

Ansel estaba de pie delante de mí con tan solo un taparrabos, sonriendo.

—Me gustan las mujeres peleoneras —declaró, y me puse roja de ira.

Me abalancé hacia delante, rompiendo su control sobre mí durante varios segundos, el tiempo suficiente para darle una bofetada. Luego me quedé inmóvil y clavada en el sitio por sus poderes mientras me miraba furioso.

Tenía la piel de la mejilla enrojecida de mi bofetada y los ojos muy abiertos mientras aparecía en sus labios una risa engreída.

—Voy a disfrutar mucho poniendo un cachorro en tu vientre —gruñó y se acercó a mí. Me preparé para su ataque pero, de pronto, la cara le cambió a una expresión de pánico. Con los ojos muy abiertos, se llevó las manos a la garganta y me miraba conmocionado.

Estaba muy confundida. Era imposible que mi bofetada tuviera ese efecto, ¿verdad?

Se estaba poniendo morado.

«En el nombre de Hades».

Una ligera ráfaga de viento cruzó la habitación y me ondeó el pelo como una tarjeta de presentación.

«Madelynn estaba allí». Ese poder solo lo tenía la reina fae.

El poder de Ansel sobre mí se aflojaba y se desvanecía, y poco a poco empecé a recobrar el control de mis músculos.

Este bastardo iba a pagar por cómo me había tratado a mí y a los demás. Empecé a transformarme de inmediato y dejé que mi cabeza fuera lo primero que se convirtiera en bestia.

La puerta del dormitorio se abrió de golpe y ni siquiera esperé a estar transformada del todo para abalanzarme hacia delante. Quería ser yo la que acabara con él, y, con la reina fae arrebatándole el aliento, estaba demasiado débil como para defenderse. Agarré a Ansel por la nuca con las manos mientras estas se transformaban en zarpas y me llevé su cuello a mi boca de loba. Con un mordisco limpio, se lo desgarré. Axil había sido el primero en entrar en la habitación en forma de lobo y ahora estaba de pie con los ojos muy abiertos, delante de mí y su hermano, mientras observaba fijamente la escena. Escupí la carne de Ansel delante del lobo de Axil y el cuerpo de aquel cayó al suelo con un ruido sordo. Volví a mi forma humana sin haber completado la transformación. Luego me dejé caer al suelo delante de Axil y me llevé a su lobo a mi regazo.

Él gimoteó y frotó su hocico contra mi cuello.

—Estoy bien —le susurré.

Las tres reinas estaban en la puerta y nos miraban.

—¿Estás herida? —preguntó Madelynn.

Levanté la mirada y negué con la cabeza.

—Vamos a dejarles un poco de intimidad —dijo la reina dragona—. Los esperamos en el recibidor.

Luego se cerró la puerta y nos quedamos Axil y yo solos con el cadáver de su hermano. Tras sostenerlo durante un minuto entero, con mi corazón latiendo frenético contra su lobo, le di un golpecito y me levanté. Axil empezó a transformarse en humano y me acerqué a una cajonera que había en la pared del fondo para darle algo de ropa. Luego me metí en el baño a limpiarme la sangre de la cara y la boca, y a cepillarme los dientes.

No podía creer que acabara de asesinar al rey lobo. «Al hermano de Axil».

Cuando salí de nuevo a la habitación, Axil estaba de pie frente a mí con unos pantalones de tiro bajo de su hermano que le quedaban demasiado cortos, y una túnica demasiado apretada.

—Lo... Lo siento muchísimo —dijo.

Me acerqué despacio a él y me envolvió con los brazos, apretándome con fuerza mientras yo empezaba a ser consciente de todo lo que había pasado.

—¿Te ha tocado? Dime la verdad —gruñó.

Sacudí la cabeza y me aparté un poco para mirarlo.

—No, pero ¿te habría importado si lo hubiera hecho? Está muerto.

Los ojos azules de Axil empezaron a brillar con tonos amarillos.

—Claro que me habría importado. Me mearía sobre su cadáver y luego se lo daría a los osorinos para que se lo comieran.

Me reí un poco al sentir que el ambiente se había relajado, aunque fuera de forma un poco turbia.

—Bueno, eso lo podemos hacer igualmente. Era un loco sádico.

Nos dimos los dos la vuelta para mirar la cara morada y sin vida del rey Ansel, tirada en el suelo con el cuello desgarrado.

—¿Has recuperado tu poder? ¿Vuelves a ser rey? —Miré de pronto a Axil. No sabía cómo funcionaba. Antes los hermanos se lo transferían por la sangre. Pero ahora...

Axil asintió, pero parecía incómodo.

—¿Qué pasa? —pregunté—. ¿Estás enojado porque lo maté? Ya sé que era tu hermano, pero...

Él respiró hondo, se inclinó hacia mí y exhaló contra mi cuello. Eso me provocó un escalofrío por la espalda.

—Tiene que haber dos herederos vivos para continuar el linaje real, si no...

La puerta se abrió de golpe, y sus palabras quedaron interrumpidas. Axil se apartó y se puso delante de mí para protegerme.

En la puerta abierta había dos asesores reales con túnicas rojas. Ambos se quedaron mirando conmocionados el cuerpo del rey Ansel.

—¿Quién ha sido? —preguntó el mayor con una barba canosa.

—Yo —mintió Axil.

Se me desvió la mirada al pasillo y vi a las tres reinas esperando preparadas detrás de los hombres.

El asesor suspiró.

—Debió haberlo mantenido con vida y encarcelarlo. Ahora tendrá que enfrentarse al reto.

«¿El reto?».

Axil se encogió de hombros.

—Era demasiado peligroso, no podía permitir que siguiera vivo.

El asesor asintió.

—Bueno, iré a avisar a la manada. —Luego me miró a mí—. Su alfa y sus allegados han estado acosando al guardia de la puerta y preguntándole por su paradero. Les avisaré que está bien y que Axil vuelve al poder.

Caray estaba muy sorprendida por lo bien que se habían tomado la noticia de que acababan de asesinar a Ansel. Pero, si habían visto algo de lo que había sucedido en las últimas veinticuatro horas, sabían que Ansel era demasiado peligroso para estar vivo y estaban de acuerdo.

—¿Cuál es el reto? —pregunté al asesor que se había quedado allí mientras el otro se iba a avisar a la manada de lo sucedido. Estoy segura de que Eliza, Cyrus y mi hermano pequeño estaban preocupados, pero en aquel momento eso no me importaba.

El asesor carraspeó y levantó la cabeza.

—Axil tendrá que enfrentarse abiertamente a todos los miembros de la manada que reten su capacidad para liderar.

Si ya no hay dos herederos de sangre real, el más fuerte de la manada será quien nos lidere.

—Axil es el más fuerte —gruñí mientras sentía que mi loba salía a la superficie.

Axil entrelazó sus dedos con los míos.

—Está bien, amor.

Pero no lo estaba. Aún estaba débil y herido por haberse pasado todo el día colgado de un gancho. Miré el cuerpo de Ansel, horrorizada al darme cuenta de que, al matarlo, había obligado a Axil a luchar para mantener su derecho de nacimiento. Si hubiera sabido lo de los dos herederos..., pero no lo había pensado bien ni sabía las repercusiones que tendría la muerte de uno de ellos.

—Necesita una buena comida y dormir bien antes de pelear —advertí al asesor retándolo a que me desafiara.

Él asintió.

—Anunciaremos que los combates del reto comenzarán mañana por la mañana.

En ese momento el corazón se me hizo añicos. Estábamos muy muy cerca de nuestro felices para siempre. Igual que yo tuve que pelear para estar con él, ahora él tendría que pelear para mantener su posición de rey.

El asesor se marchó y las tres reinas entraron en la habitación angustiadas por las últimas noticias.

—Siento que se vaya a producir un retraso en nuestro acuerdo —les dijo Axil—. Mañana, una vez que vuelva a ganar mi posición de rey, prometo mantener mi palabra y luchar con ustedes en la guerra.

¿«La guerra»? ¿Para la que las reinas le habían pedido ayuda a Axil?

Me quedé mirando a Axil perpleja y él me acarició la mano con el pulgar. «La reina de Nightfall está atacando a los faes, los elfos y los dragontinos ahora mismo. Nosotros seremos los siguientes si no la detenemos. Te han salvado. Estoy en deuda con ellas». Nunca me cansaba de escuchar su voz en mi cabeza, y era la confirmación de que había recuperado sus poderes reales.

Asentí dando mi consentimiento y miré a las tres mujeres.

—Gracias por... —Contemplé el cuerpo sin vida de Ansel en el suelo, inmóvil en un charco de su propia sangre.

Madelynn dio un paso adelante.

—No hay de qué. No íbamos a permitir que te hiciera daño.

Se me hinchó el corazón. Estas mujeres ni siquiera me conocían, pero habían sacado a Axil de la mazmorra y le habían arrebatado hasta el último aliento de los pulmones a un rey para evitar que me ultrajara.

—¿Se pueden quedar a dormir? —les pregunté—. Mandaré preparar una buena cena para ustedes. Deben de estar hambrientas tras el viaje.

Axil y yo no habíamos comido, y ellas tampoco. Las habían encerrado en una celda en cuanto llegaron y esas no eran formas de recibir a la realeza. El gruñido grave de un estómago rugiendo llenó toda la habitación y la reina elfa se rio.

—Yo podría comer.

Nos reímos todas y las tres salieron al pasillo. Axil me jaló para que lo siguiera. Miré por encima del hombro una última vez al cuerpo inerte de Ansel Luna. Si no me hubieran salvado, la situación habría sido realmente horrible.

En ese momento tenía otras cosas de las que preocuparme. Como que podían matar a mi hombre al día siguiente por luchar para mantener su corona.

14

Enviamos a alguien a ver a la mujer de Ansel. Estaba traumatizada, pero contenta por haberse liberado de su control mental y deseando volver al territorio de la manada Crestline, donde se sentía más cómoda.

Ya casi habíamos terminado con la cena cuando se abrieron las puertas del comedor. Había enviado un mensaje para que trajeran a mis hermanos, a Eliza y a Dorian a verme.

En cuanto entraron, me levanté y salí corriendo hacia ellos. Eliza me dio un fuerte abrazo y Oslo se enganchó a mi espalda.

—¡Estábamos muy preocupados! —dijo Eliza.

Me aparté y le acaricié el pelo a Oslo. Estaba llorando y no podía hablar.

Cyrus me apoyó una mano en el hombro.

—Me alegro de que estés bien.

Yo asentí.

Dorian fue el último. No hizo más que mirarme inquisitivamente.

—Me has hecho envejecer diez años de un tirón, muchacha.

Le sonreí y le di un abrazo. Él me olfateó durante un segundo, pero luego me dio tres golpecitos en la espalda y me aparté.

—¿Se han enterado de que...? —empecé a decir, pero Eliza me interrumpió.

—¿Ansel está muerto y mañana por la mañana Axil tendrá que combatir para mantener su estatus de alfa?

—Algo hemos oído —afirmó Dorian, y luego miró a las demás personas que había en el comedor.

«Claro. Seguramente se haya corrido la voz muy rápido».

—Chicos, ellas son Kailani, la reina elfa; Madelynn, la reina fae, y Arwen, la reina dragona. —Presenté a mis amigos y familiares a las reinas con las que habíamos tenido el gusto de pasar la última hora cenando y conociéndonos.

Se sentaron todos con nosotros alrededor de la mesa del comedor y Dorian carraspeó mirando a Axil.

—Mi lord, ¿puedo hablar con libertad sobre el desafío de mañana?

Yo me puse rígida. No quería que hablaran de eso. No quería que Axil participara en algo así. Pero no veía otra opción.

Axil asintió.

—Por supuesto, Dorian. Sé que me darás buenos consejos.

Dorian llevaba mucho tiempo siendo alfa, desde que yo era pequeña, y me pareció muy bien que Axil reconociera su experiencia y antigüedad.

—Por lo que he escuchado por el campamento, tendrás cinco competidores, puede que seis.

—¡Seis! —chillé.

Axil dio un sorbo de agua y no dijo nada.

—Pero por el único que debes preocuparte es por Brutus —continuó Dorian.

—¿Ese no es el alfa de Ivanna? —pregunté.

—Así es. Es más bestia que hombre y peor que el rey Ansel en lo que respecta a la justicia —le advirtió Dorian a Axil.

Axil inclinó la cabeza.

—He oído que come corazón de osorino crudo para desayunar, en forma humana, solo para que su manada le tenga miedo.

¿Osorino crudo siendo humano?

«Qué asco». Me gustaba la carne más que a nadie, pero comer un corazón crudo siendo humano era un acto ofensivo.

—Deberías enfrentarlo a él el primero, fresco —añadió Cyrus, pero Dorian lo interrumpió.

—De eso quería advertirte. Sus asesores lo han sorteado: Brutus será su último contrincante del desafío.

Se me cayó el corazón a los pies, como si fuera una piedra, y miré a mi alrededor para encontrarme con las caras de mis amigos, tanto de los nuevos como de los más antiguos.

No pintaba bien. Todos tenían la misma mirada de pena que se pone cuando alguien se está muriendo.

—¿Puede usar sus poderes de rey? —Sabía la respuesta incluso antes de preguntar.

—No —dijo Dorian.

Axil observó la mesa y luego dirigió la mirada a mi alfa.

—Gracias por avisarme. Reservaré mi energía para el último combate.

«No».

¿Seis combates con seis alfas en un día? Tenía que haber alguna regla sobre eso. Se me escapó una lágrima que cayó a la mesa. La sequé rápidamente, pero la reina Kailani ya se había dado cuenta.

Fingió bostezar mientras estiraba muchos los brazos por encima de su cabeza.

—Cielos, estoy agotada. Deberíamos irnos a descansar. Madelynn entendió la indirecta.

—Sí, ha sido un día largo. —Se levantó, y la siguió la reina dragona.

La reina Arwen miró a Axil.

—Nos quedaremos para los combates; luego nos marcharemos para transmitirles a nuestros maridos el resultado.

Sí, se iban a quedar porque no sabían si iban a contar con la ayuda de un rey y su ejército para su guerra. Si Axil moría, dudaba mucho que Brutus estuviera dispuesto a enviar a los nuestros a una empresa tan incierta.

El comedor se quedó vacío. Mis hermanos y Eliza me dieron un último abrazo rápido antes de marcharse, y me quedé sola con Axil por primera vez desde que abdicó del trono para estar conmigo.

¿Cuánto tendría que quererme para haber hecho algo así? De pronto se me hinchó el corazón con adoración. Me levanté, crucé el comedor y me puse frente a él. Él apartó la silla y le pasé una pierna por encima para quedar a horcajadas sobre su regazo. Metió las manos por debajo de mi túnica y me acarició la espalda. Yo le susurré al oído:

—No puedo perderte.

Dejó las manos quietas y me aparté para mirarlo. Había tanta pasión en su mirada que sentí que me consumía.

—Zara, he esperado años para tenerte. No pienso permitir que nada nos separe. Ni la muerte.

¿Así funcionaba? ¿La muerte no me lo arrebataría porque le dábamos pena? Soñar era gratis. Lo que necesitaba Axil era alguien que lo animara, una mujer que lo apoyara y creyera en él.

—Mejor —le dije a la vez que me inclinaba hacia delante y arrastraba la lengua por sus labios—. Porque aún no te he besado lo suficiente como para que te mueras.

Él gruñó, me agarró del trasero y se levantó conmigo en brazos. Caminó hasta el extremo de la mesa y me acostó encima. Encajó sus labios en los míos y me consumió. Me besó cada centímetro del cuerpo encima de esa mesa. Tiró al suelo los platos sucios, sin preocuparse por el desastre que estaba haciendo. En ese momento, permitimos que el amor nos devorara a los dos la mente, el cuerpo y el alma.

Yo era de Axil y él era mío. Si moría al día siguiente, no volvería a enamorarme de nadie. No tenía sentido comparar a ningún hombre con el que me tenía en ese momento entre sus brazos. Nadie lo igualaba, se desvanecían a su lado.

15

Ver cómo un lobo se abalanza sobre el hombre al que amas mientras tú no puedes hacer nada era lo más desgarrador que había tenido que hacer. Ahora sabía cómo debió de sentirse Axil cuando me vio hacer lo mismo la semana anterior. Ya iba por el quinto combate y, aunque iba ganando, estaba herido. No entendía por qué no podía enfrentarse a un contrincante al día o algo más llevadero, pero suponía que si querían que nos liderara el alfa más fuerte, esa era la forma de demostrarlo.

Pelear con seis alfas en un día y vivir para contarlo.

Cuando el final del combate se acercaba, la Guardia Real estaba de pie formando un semicírculo y preguntándose, sin duda, a quién tendrían que jurar lealtad al final del día.

Yo estaba de pie prácticamente en el mismo sitio en el que Axil me había visto participar en las Pruebas de la Reina, justo al lado de su trono vacío. Las reinas de Avalier estaban a mi lado y yo le daba la mano asustada a Eliza mientras Axil desgarraba el cuello de su oponente.

«Solo queda un combate», me dije, y miré al hombre gigantesco que iba a ser el último contrincante de Axil. Brutus era más ancho que él y, seguramente, también más alto. Tenía los brazos llenos de pequeñas cicatrices que parecían provocadas por un cuchillo y no tenía ni un pelo en la cabeza. Brutus se puso muy recto mientras observaba cómo Axil acababa con la vida del alfa de Copper Canyon.

Me quedé paralizada cuando Axil se llevó el cuello del lobo a la boca y una gran sombra se instaló sobre todos nosotros. Todas las personas del público levantaron la cabeza hacia el cielo. Señalaban algo y luego una sombra tapó el sol.

Giré y vi un enorme dragón negro descendiendo de entre las nubes. Los miembros de la Guardia Real hicieron el intento de agarrar los arcos, pero la reina dragona lo impidió.

—Viene conmigo —los tranquilizó.

Me quedé mirando con asombro cómo el gran dragón negro aterrizaba en el césped con un hombre a horcajadas sobre su lomo.

Había venido el rey dragón.

El quejido de Axil me hizo volver a prestar atención al combate y giré la cabeza justo a tiempo para ver como el lobo al que tenía agarrado por el cuello movía la zarpa y golpeaba a Axil en un ojo, casi sacándoselo.

¡No!

Axil se abalanzó hacia delante y acabó con el lobo, desgarrándole el cuello de un mordisco limpio, pero se me puso el corazón en un puño cuando me miró con un ojo cerrado.

Había perdido la visión en un ojo.

«No».

«No».

«No».

Eso era una sentencia de muerte. Sobre todo teniendo que luchar a continuación con Brutus. Miré al alfa de Ivanna y tenía una sonrisa de oreja a oreja.

—Muy bien, último combate del día. ¡Vamos! —Brutus entró en el *ring*, y yo también, con un gruñido cada vez más grande en la garganta. Estaba ignorando por completo que acababa de aterrizar un dragón y que Axil tenía un ojo herido. Era una jugada sucia y tenía que proteger a mi hombre de ella.

—¡El rey necesita agua y planear una estrategia con sus entrenadores! —grité intentando robar tiempo.

¿Entrenadores? Técnicamente no tenía ninguno. Pero Dorian y Cyrus podían fingir darle algún consejo táctico para que pudiéramos ver cómo tenía el ojo y darle la oportunidad de recuperar un poco el aliento. Si nos demorábamos lo suficiente, puede que su ojo se curara solo de forma natural. A lo mejor no era tan grave. A lo mejor...

—¿Qué está pasando aquí? —dijo una voz detrás de mí. Me había olvidado del rey dragón. Había venido en el momento menos oportuno si pretendía que nos anduviéramos con cortesías.

Dorian y Cyrus fueron al centro del *ring* para ver cómo estaba Axil. Yo giré y miré al marido de Arwen.

Era un hombre enorme, con un cuerpo mucho más parecido al nuestro que al de los faes o los elfos. Miraba con los ojos muy abiertos al lobo ensangrentado de Axil, que se encontraba en el centro del *ring*, claramente conmocionado al ver a su viejo amigo, el rey, en tal estado.

Uno de los asesores de túnica roja se acercó al rey dragón y le extendió una mano.

—¿El rey Drae Valdren? Llega en un momento un tanto inoportuno...

—¿Qué es todo esto? —volvió a preguntar el rey dragón sosteniéndole la mirada al asesor como lo haría un alfa. Yo estaba encantada de que estuviera formando un numerito porque nos estaba dando tiempo para que Cyrus y Dorian atendieran a Axil, así que no intervine.

El asesor carraspeó.

—Debe haber dos herederos de sangre real o el rey ha de enfrentarse al desafío de combatir con quien se atreva a retarlo —explicó—. Anoche asesinaron a Ansel Luna, por lo tanto, el rey Axil debe combatir para mantener su puesto como nuestro líder.

Drae pareció molesto ante la noticia de que su viejo amigo tuviera que luchar para mantener su derecho de nacimiento; yo me sentí culpable por haberlo puesto en una posición así al matar a Ansel. A lo mejor tan solo tendríamos que haberlo encerrado...

Un elfo alto y esbelto se colocó junto al rey dragón y se frotó la barbilla mientras me miraba fijamente. Era el hombre que iba sobre el lomo del rey dragón. Kailani se acercó a él y le dio un beso en la mejilla.

Aaaah, el rey elfo.

—Hay dos herederos —declaró este.

El asesor puso los ojos en blanco.

—¿Y tú qué vas a saber, elfo? Acabas de llegar. Como ya he dicho, anoche asesinaron a Ansel, por lo tanto, el único licántropo que contiene el linaje de los Luna...

El rey elfo dio un paso adelante hacia el asesor y levantó la barbilla. Su poder cargó el ambiente y me acarició la piel como algo tangible.

—Ya hay dos herederos si tenemos en cuenta el que se está gestando en su vientre. —Me señaló y me quedé sin respiración.

—¡Imposible! —dijo el asesor—. Está prohibido que el rey tenga cualquier tipo de relación con una candidata de las Pruebas de la Reina.

Ups. Iba a tener que decir la verdad.

¿Era todo esto una estratagema? Era imposible que supiera que estaba embarazada tan pronto. ¿Estaba embarazada? Todavía quedaba más de una semana para mi sangrado mensual y solo nos habíamos acostado un par de veces. Se me aceleró el corazón como si fuera un alcino asustado, pero también sentí una gran esperanza. Aunque fuera mentira, era una buena mentira. El amigo de Axil era muy astuto y esto podía evitar que siguiera luchando.

—Nos hemos acostado desde que llegué la semana pasada —confesé, y todo el mundo a mi alrededor ahogó un grito. No era un comportamiento demasiado real, pero me daba igual con tal de mantener la estratagema.

Lo que fuera si evitaba que Axil combatiera con Brutus sin ver por un ojo.

—¡Falacias! —gritó alguien de la manada Crestline—. ¡Solo quiere librarse de luchar contra Brutus!

El rey elfo miró al hombre que había gritado.

—Soy Raife Piedralucera, rey de los elfos y el mayor curandero que se ha conocido jamás. Puedo detectar la vida en el vientre de una mujer antes incluso de que ella lo sepa. —Su voz sonaba fuerte, pero amenazante.

Sentí entonces escalofríos por todo el cuerpo. ¿Estaba diciendo la verdad? ¿Era posible que estuviera embarazada? Se me llenaron los ojos de lágrimas porque deseaba con todas mis fuerzas que fuera cierto.

Los licántropos que estaban a nuestro alrededor soltaron aspavientos y algunos aplaudieron emocionados. Axil era muy querido entre los suyos y sabía que todos deseaban que él siguiera en el trono si era posible.

—¡Demuestra que eres el rey elfo! Nunca te habíamos visto. ¡Esto podría ser una argucia! —gritó alguien.

Justo cuando me pregunté cómo, en el nombre del Creador, iba a demostrarlo, Raife asintió y se acercó al lobo de Axil.

Este estaba tumbado en un charco de sangre; Cyrus y Dorian se encontraban sobre él y evaluaban su estado. Mi amado estaba cubierto de heridas y era evidente que le habían perforado el párpado y el ojo.

El rey elfo se arrodilló junto a Axil, Cyrus y Dorian se apartaron para dejarle espacio.

Raife miró a Axil con una sonrisa.

—Hola, amigo.

El rey elfo colocó una mano sobre el ojo de Axil y una luz morada salió de ella. Todo el público, yo incluida, ahogó un grito. El rey Raife arrugó la cara, entrecerrando los ojos, y me pregunté si aquel proceso le dolía de alguna forma.

Nos quedamos mirando maravillados. Un par de minutos después, el rey elfo apartó la mano y el ojo de Axil estaba curado. Parpadeó mirando a Raife con una sonrisa voraz en la cara. Raife salió entonces del *ring* y se colocó junto a su mujer mientras Dorian silbaba para llamar la atención del público.

—Ya tenemos la prueba. ¡Hay dos herederos! ¡Eso significa que Axil sigue siendo el rey legítimo! —gritó Dorian.

—¡No! —gritó Brutus, que se lanzó por el lobo de Axil, transformándose durante el salto. Fue la transformación más rápida que había visto en mi vida.

Miré a la Guardia Real, que estaba de pie en los bordes del *ring* y eran quienes más cerca estaban de Axil.

—¡Protejan a su rey! —grité mientras corría hacia mi pareja, pero estaba demasiado lejos para detenerlo.

Tenía el corazón en la garganta cuando vi a Axil enseñar los dientes y recibir de frente el golpe de Brutus. Chocaron y gruñeron, y entonces saltó la Guardia Real. Nadie había visto un combate hasta que no veía a la despiadada Guardia Real licántropa de Death Mountain. Compartían un mismo pensamiento y avanzaron hacia Brutus en formación de manada. Se levantó el polvo y me obstaculizó la visión, pero se podía escuchar perfectamente el ruido de la carne desgarrándose. Mechones de pelo y trozos de carne salieron volando del revuelo de la pelea y no pude soportarlo más. Me acerqué para introducirme más en la nube de polvo cuando alguien me agarró por detrás.

—Yo me encargo —escuché la voz de Madelynn. Entonces un fuerte viento pasó por mi lado y apartó la nube de polvo.

Suspiré aliviada cuando vi que Axil no se había movido de donde estaba hacía un momento. La Guardia Real había descuartizado a Brutus delante de él.

Se había acabado y sentí un inmenso alivio porque Axil siguiera vivo y siguiera siendo el rey lobo.

En ese momento, Axil empezó a transformarse en humano. Cyrus dio un paso adelante y le dio unos pantalones, luego Axil se acercó a mí. Cuando nos miramos a los ojos, me explotó el corazón porque mi amado me miró el vientre y sonrió.

«Un hijo».

Miré al rey elfo y él asintió, como confirmándome que era real, no una farsa para evitarle a su amigo el último combate del desafío.

Corrí hacia Axil saltando por encima de la carnicería del *ring*. No iba a permitir que nada nos estropeara ese momento. Habíamos creado una vida juntos, una vida que nacería fruto del amor, que había acabado con nuestros problemas y que había permitido que, por fin, estuviéramos juntos.

Me estrellé contra él y me envolvió con sus brazos. Me levantó en el aire y me sonrió.

—Ha valido la pena esperarte, mi amor —susurró pegado a mis labios.

El público nos animó y yo sonreí contra su boca, encantada de que nuestro pueblo estuviera con nosotros.

Alguien carraspeó detrás de mí y Axil me soltó. Los dos nos dimos la vuelta para mirar al rey dragón.

—Siento interrumpir este momento, Axil, pero nuestro querido amigo Lucien está sosteniendo él solo a todo un ejército y la verdad es que nos vendría muy bien tu ayuda. —El rey dragón se dio unos golpecitos en la sien para indicar que Axil tenía el poder de controlar a la gente. Sabía que era un activo muy valioso en tiempos de guerra, pero justo acabábamos de terminar una, no era muy partidaria de que Axil usara sus poderes contra otros tan pronto.

Axil se apartó de mi lado y le dio un abrazo al rey dragón con un par de golpecitos en la espalda.

—Me alegro de verte, hermano.

Luego apareció Raife, dándole también un abrazo, todos muy pendientes de mi pareja. ¿Mantendría su parte del trato, enviaría a los nuestros a la guerra para ayudar a sus amigos?

Esperaba que sí. Estábamos en deuda con ellos, y Axil era un hombre de palabra.

Axil miró al líder de la Guardia Real.

—Prepara las tropas para la guerra. La mitad de cada familia mayor de dieciséis años debe participar, hombres o mujeres, me da igual.

Sentí un escalofrío por los brazos. Esto era real. Jamás había vivido una guerra, pero había oído hablar de los malvados métodos de la reina de Nightfall. Y les había agarrado cariño a Kailani, Madelynn y Arwen. Les debíamos la vida y, si no luchábamos en la guerra entonces, en cualquier momento llegaría hasta nosotros.

—¡La reina de Nightfall les ha declarado la guerra a todas las criaturas mágicas! —aulló Axil a la multitud—. ¡Demostrémosle que nadie puede domar a un lobo!

Se escucharon gruñidos y rugidos, y, a continuación, el público se dispersó para preparar sus cosas.

Cuando el alfa daba una orden, no se discutía. Así funcionábamos los lobos.

Entonces, una mujer se acercó, negándose a marcharse a preparar sus cosas. Sabía que la conocía de algo.

Ah, sí. La mujer de Brutus.

—Zara iba a renunciar, no puede ser la reina —afirmó la mujer.

Todo el mundo dejó lo que estaba haciendo y giró hacia la mujer. Tuve que reprimir un gruñido, pero di un paso hacia ella.

—Hice lo que tenía que hacer para salvar a una hermana de mi manada —aseguré con los dientes apretados. Luego miré a los allí presentes y levanté los brazos—. ¡Si hay alguna otra mujer que crea que es más fuerte que yo, la reto aquí y ahora! —grité cerrando los puños. Desgarraría a todas las hembras que hiciera falta para seguir con Axil.

Un silencio pesado cayó sobre el recinto, y permití que mi rabia hacia aquella mujer recorriera todo mi cuerpo, pero obligué a mi loba a mantenerse a raya. Debía parecer que yo tenía el control.

Para mi sorpresa, Eliza dio un paso adelante y se me hundió el corazón hasta los pies. Varias personas ahogaron un grito.

Que fuera ella la que me desafiara me dolió más de lo que me enojó. ¿Por qué?

—Liza... —empecé a decir, pero entonces ella se arrodilló ante mí y agachó la cabeza.

Ahora lo entendía. Ella, como la campeona superviviente de las Pruebas de la Reina, estaba enviando un mensaje a las demás mujeres, y provocó que se me formara un nudo en la garganta. Amara, de mi manada, entró en el círculo a continuación y se arrodilló también. Luego otra, y otra, hasta que dos docenas de mujeres se encontraban de rodillas frente a mí. La emoción me apretó la garganta, pero tragué con fuerza y levanté la cabeza bien alta.

Axil se puso a mi lado y miró a los asesores reales. Había cinco observando la muestra de sumisión de unas licántropas que eran de todo menos sumisas.

—¿Qué opinan mis asesores? —les preguntó Axil, y yo me quedé paralizada.

Se miraron los unos a los otros y, uno a uno, asintieron.

—Axil Luna continúa siendo el rey, y Zara Agualigera es la reina que ha elegido el pueblo —declaró uno de los asesores.

Las mujeres se pusieron de pie y Eliza corrió hacia mí. La envolví entre mis brazos y deseé que pudiéramos celebrarlo. En ese momento solo sentía alivio y emoción a partes iguales, pero también tenía un mal presentimiento.

«La guerra».

Eliza se apartó de mí y giré para mirar al rey y a la reina dragón, que ya se habían transformado y portaban unas cestas sobre la espalda. Nos estaban esperando.

El tiempo era esencial y las celebraciones tendrían que esperar.

Ya está.

Se iban a poner a prueba mis capacidades como reina.

16

No había tiempo para una boda. Tampoco necesitaba una. Axil me pertenecía y yo le pertenecía a él. El consejo me había declarado reina, no había necesidad de vestidos elegantes ni baile. Nunca quise nada de eso, solo lo quería a él. Nuestro pueblo nos había aceptado como pareja y como monarcas, y eso era lo único que me importaba.

Dejamos al líder de la Guardia Real de Axil al mando de nuestro ejército. Las tropas licántropas estaban listas para acudir en nuestra ayuda de inmediato, pero no podíamos esperar e ir con ellas a pie. El rey fae nos necesitaba ya. Axil me había hablado de Lucien, de su adorada amistad y de la firme alianza que estableció con los reyes de Avalier aquel verano en el campamento cuando teníamos quince años. Me contó que se iban una vez al año de retiro para pasar tiempo juntos y reforzar el vínculo. Aunque parecía que se habían distanciado un poco, era como si no hubiera pasado el tiempo.

Observé feliz cómo Raife y Axil se ponían al día de todo lo que se habían perdido mientras íbamos montados sobre el rey dragón. A nuestro lado, Kailani y Madelynn volaban a lomos de Arwen.

—Casado. Jamás me imaginé que vería algo así —le dijo Axil a Raife por encima del rugido del viento.

Raife sonrió.

—Una mujer como Kailani no se deja escapar. —Miró a través de las nubes a su esposa y no pude evitar igualar su sonrisa. Raife me cayó bien de inmediato: cualquier hombre que hablara así de su mujer me parecía bueno.

—Y qué... —empezó a decir Axil cuando un frío gélido nos golpeó. De pronto, estábamos en el ojo de una tormenta de nieve que había aparecido de la nada.

Sabía que el rey invernal era conocido por tener una gran cantidad de poder que no podía controlar del todo, y ahora lo estaba experimentando de primera mano.

Por mis cálculos, seguíamos en Archmere, territorio élfico, donde no nevaba en esta época del año, difícilmente ocurría. Raife parecía preocupado y tenía el ceño muy fruncido.

—La guerra debe de haber empeorado desde que nos fuimos hace tan solo unas horas —afirmó.

El rey dragón bajó en picado por las densas nubes. Entonces apareció una visión horripilante. Miles de soldados, un ejército que llegaba hasta donde alcanzaba nuestra vista, intentaban infiltrarse en Archmere.

Había un muro de hielo cada vez más grande a lo largo de la frontera que impedía que los hombres avanzaran más.

Los soldados élficos corrían para enfrentarse a ellos, disparando flechas por encima del muro que atravesaban a los soldados de Nightfall.

—¡Baja más! —gritó Madelynn a nuestro lado, y Arwen cayó sobre el ejército en el lado de Nightfall.

Drae siguió a su esposa, y, de pronto, nos encontramos en el centro de la guerra.

—¡Son muchos! —murmuré. Axil se acercó y entrelazó los dedos con los míos mientras observábamos de primera mano la carnicería que estaba teniendo lugar en tierra firme. Los cuerpos sin vida se amontonaban en ambos lados de la frontera. Los soldados de Nightfall llevaban unos aparatos metálicos brillantes en las muñecas y algunos disparaban viento y fuego como los faes.

Madelynn nos había contado que la reina de Nightfall estaba robando poderes mágicos, pero hasta ese momento no lo había visto con mis propios ojos.

—No —Axil gruñó y sentí escalofríos por los brazos. Seguí su mirada y el corazón se me subió a la garganta.

«Un lobo».

Era más pequeño que un licántropo de verdad, y con menos músculo, pero corría por el lado de Nightfall.

—Han robado nuestro poderes, pero no son demasiado efectivos con ellos —nos explicó Raife.

La rabia me quemaba por dentro y entonces pude ver hasta dónde llegaba el asombroso poder de Madelynn.

Primero emitió su grito de guerra y, a continuación, un muro de viento golpeó en la ofensiva de Nightfall. Los cuerpos salieron volando como hojas, cientos de metros sobre el suelo. Los árboles se partieron por la mitad y hasta el césped se arrancó de la tierra. Despejó unos cien metros de frontera sin dañar el muro de hielo ni a un solo soldado élfico.

—¡Toma eso, Zaphira! —gritó desde el lomo de Arwen. Yo la miré incrédula.

Estas mujeres, estas reinas con quienes ahora compartía estatus, eran muy inspiradoras.

—¡Qué alucine! —exclamé.

Raife sonrió.

—Seguramente sea más poderosa que Lucien, pero no le digas a él que lo he dicho.

Sobrevolamos más campos de batalla y carnicerías de camino a Thorngate mientras Madelynn ayudaba a equilibrar la guerra desde el aire. Pero, cuanto más nos acercábamos a la frontera con el castillo de Nightfall City, más desoladoras pintaban las cosas para nuestro bando. Raife se puso pálido al ver los cuerpos de los elfos y faes caídos. Parecía que el enemigo había conseguido pasar de alguna forma por encima del muro de hielo de seis metros.

—¿Cómo lo han hecho? —pregunté mirando por un lateral del dragón para ver mejor lo que pasaba abajo.

—Algunos pueden volar y... —Raife se quedó sin habla. Una criatura de Nightfall estaba saltando el muro sin ningún tipo de dificultad y acabó aterrizando en Archmere.

Sentí escalofríos.

«No». No era posible. Casi no quedaba ninguno.

La criatura corrió hacia la soldado élfica más cercana a tal velocidad que apenas fui capaz de verlo. La agarró por la cabeza y se llevó su cuello a la boca. Cerré los puños con fuerza al ver que bebía de ella.

«Necros».

—¡Creador, ayúdanos! —imploró Raife en un aliento—. Los necrómeros se han puesto de parte de Nightfall. —Su voz sonaba demacrada, conmocionada.

—No —dijo Axil con asombro—. Son neutrales. Hace eones que no luchan en una guerra.

Era cierto que eran unos marginados solitarios entre los avalerianos, pero, al ver cada vez más saltando el muro, resultaba más que evidente que habían abandonado su neutralidad.

Los necros eran criaturas chupasangre que caminaban erguidos como las personas, pero eran capaces de dar saltos de decenas de metros y romperte la espalda por la mitad de un golpe. Odio admitir que, en ese momento, el miedo me consumió.

Nunca me había enfrentado a un necro ni había visto uno

hasta entonces. Había escuchado muchas historias sobre ellos: pensaba que no les podía dar la luz del sol, pero evidentemente solo eran rumores. Una mujer necro con el pelo largo y negro miró hacia arriba, vio a Drae y se agachó. En cuestión de segundos, saltó en dirección al cielo como si estuviera volando. Aterrizó justo a nuestro lado cuando Drae le lanzó una llamarada de fuego y cayó al suelo con un ruido sordo.

Se me aceleró el corazón mientras asimilaba la escena. Miré a Axil con los ojos muy abiertos y le agarré la mano.

—Tenemos que ayudarlos.

Estaban masacrando a élficos inocentes.

Axil asintió y se asomó por el borde de la cesta. Sabía lo que estaba a punto de hacer. Nunca lo había visto usar sus poderes reales y, tras ser testigo del mal uso que les había dado Ansel, estaba un poco nerviosa. Pero, si él podía evitar que los chupasangre siguieran matando a los élficos, estaba totalmente a favor.

Drae bajó aún más hacia el suelo y me tensé porque no sabía si Axil iba a levantar las manos o a gritar una orden, pero no. Se limitó a mirar fijamente a las docenas de necrómeros que había en el campo de batalla. Uno a uno cada uno de ellos se fueron deteniendo en seco y se pusieron rígidos. Entonces supe que los estaba controlando. Caminaban sin alma hacia el arma o el objeto punzante más cercano y se fueron autoempalando con ellos. Me estremecí al verlo, pero estaba completamente de acuerdo.

Esto era la guerra, y en la guerra todo vale.

Raife le dio una palmada a Axil en la espalda como agradecimiento, y este asintió. Aquella era una de las cosas más perturbadoras que había visto. Hacer que alguien acabe con su propia vida..., pero ellos habían elegido su bando y nosotros teníamos que actuar. Hasta el final.

Tras acabar con los necrómeros, Drae voló más alto hasta

llegar a Thorngate, donde descendió la temperatura. Empezaron a caer densos copos de nieve del cielo y me arropé mejor con las pieles.

En cuestión de minutos, aterrizamos delante de un enorme castillo blanco cubierto de nieve.

La famosa corte de Invierno.

Madelynn saltó de Arwen y entró corriendo en el castillo, seguramente para buscar a su marido. Yo seguí a Raife, que nos llevó a Axil y a mí por las escaleras frontales repletas de soldados hasta el interior.

En cuanto cruzamos la puerta me golpeó el calor del fuego y lo agradecí. Madelynn estaba allí dándole un abrazo a un fae muy alto y muy guapo con el pelo muy oscuro. Se separaron al vernos y Lucien Espino nos miró a Axil y a mí. Entonces sonrió.

—Has venido.

No sabía si me lo estaba imaginando, pero las pupilas de Lucien parecían estar cubiertas de nubes. De alguna forma, desde allí podía controlar la tormenta que estaba ocurriendo fuera.

Axil dio un paso adelante y abrazó a su amigo.

—Claro que he venido. Enviaste la caja, no me quedaba otra.

Lucien se rio. Arwen, Drae y Kailani ya estaban con nosotros.

—¿Los necrómeros también se han unido a la guerra? —preguntó Raife a nuestro lado.

Lucien parecía estresado y se frotó la sien.

—Justo en cuanto se fueron llegó la primera oleada. Durante un segundo no entendí lo que estaba pasando.

El rey dragón silbó.

—Me pregunto cómo habrá conseguido Zaphira que los necros luchen contra nosotros.

—Qué más da. ¿Cómo los derrotamos? —planteó Arwen, y se puso de pie junto a su marido.

Todo el mundo miró a Axil, incluida yo.

—¿Los puedes controlar a todos? —quiso saber Lucien.

Axil sacudió la cabeza.

—¿A un ejército entero? No sé si podré hacer algo así solo con mi mente.

—Entiendo —afirmó Lucien, pero parecía disgustado.

—¿Solo con tu mente? —lo interrogué al darme cuenta de que había usado esas palabras exactas.

Él se me quedó mirando con recelo, casi como si no quisiera que me hubiera dado cuenta de eso.

—Podría, durante un corto periodo de tiempo, compartir el poder real con otro lobo dominante.

«Otro lobo dominante. Yo».

—Hagámoslo —afirmé de inmediato.

Él negó con la cabeza.

—¿Y si te hacen daño o...? —Me miró al vientre. Quería haber hablado a solas con Raife y preguntarle si era verdad, si realmente estaba embarazada, pero no había tenido la ocasión. A lo mejor había sido todo una triquiñuela.

—Soy fuerte, tú mismo lo dijiste, y los hijos que concibamos también lo serán —le aseguré.

Él suspiró y luego inclinó la cabeza.

—¿Estás segura de que puedes con esto?

—Completamente segura.

Raife se frotó las manos emocionado.

—Si pueden compartir la carga de controlar a los necros, podríamos salvar miles de vidas. Solo el tiempo suficiente para que nosotros matemos a la reina. —Miró esperanzado a Axil.

Axil me volvió a mirar a mí como si necesitara más confirmación de que realmente quería hacerlo. Le apreté la mano mientras se me empezaba a ocurrir una idea.

—Seguro que podemos modificar algunas sillas de caballos para colocárnoslas sobre nuestros lomos de lobos. —Éramos más pequeños que un caballo, pero tampoco demasiado.

A Lucien se le iluminaron los ojos.

—¿Qué estás sugiriendo?

Sonreí a todos los presentes en nuestra pequeña reunión.

—Axil y yo podemos transformarnos en lobos y llevar a alguno de ustedes encima. Usaremos nuestro poder para controlar cualquier ataque y los llevaremos directamente hasta el campamento de la reina.

Drae ahogó un grito.

—Es magnífico. ¡Sí! Y Arwen y yo podemos volar en círculo para evitar cualquier ataque desde arriba.

—Yo lo haré —dijo Raife. Y todo el mundo lo miró.

—¿Qué? —preguntó Lucien.

El curandero, normalmente tranquilo, cerró los puños con fuerza.

—Quiero ser yo quien la degüelle mientras le susurro los nombres de mi familia antes de que arda en Hades.

«Vamos». Se rumoreaba que la reina de Nightfall había acabado con toda su familia, pero hasta ese momento no me lo había creído.

Axil apretó el hombro de su amigo.

—Puedes venir conmigo.

—Yo me encargaré de las tropas en el frente con Madelynn. Congelaré a cualquiera que intente cruzar —apuntó Lucien.

Madelynn asintió y dio un paso al lado de su marido.

—Y yo subiré sobre Zara —dijo Kailani mirándome—. Si te parece bien. Soy la que mejor se conoce el reino de Nightfall, me crie allí —añadió con un poco de vergüenza.

La miré con una sonrisa calmada.

—Perfecto. —Había llevado alguna a vez a Oslo y a mis

amigos sobre el lomo, a veces incluso a tres a la vez. Mi loba era diez veces más fuerte que yo. Correría más despacio de lo normal, pero no pasaba nada, porque era mi agudeza mental lo que iba a necesitar para controlar a las personas en contra de su voluntad.

De pronto, apareció una niñera cargada con dos niñas, una en cada brazo, y ahogué un grito.

«Eran perfectas y diminutas».

Con una sonrisa de oreja a oreja, Drae y Arwen cargaron una cada uno y se las llevaron al pecho mientras les comían la cara a besos.

—Son adorables —le dije a Arwen, y ella me miró con una gran sonrisa. Los gemelos también eran muy normales en los partos de licántropas. A veces, incluso trillizos.

Me recordó la vida que estaba creciendo en mi interior y volví a preguntarme si era verdad.

—Raife, ¿puedo hablar contigo un momento? —Hice un gesto con la cabeza para que me acompañara al margen del grupo.

Él asintió y me siguió.

Cuando llegó frente a mí, me llevé las manos al vientre.

—¿De verdad estoy embarazada? No me enojaré si era una argucia porque le ha salvado la vida a Axil.

Él me sonrió.

—Sí que lo estás. Es muy pronto, pero veo un pequeño parpadeo de luz dorada en tu vientre. —Me miró la barriga. Me parecía asombroso que su don de curación fuera tan increíble como para detectar vida incluso antes que una madre—. Y no creo que utilizar tu poder de control mental le afecte en absoluto en esta etapa.

Se me llenaron los ojos de lágrimas, pero parpadeé.

—Gracias —le dije, y volvimos con los demás. Sabía que, con el buen oído que tenía Axil y con lo poco que nos habíamos apartado, lo había escuchado todo. Cuando volví a su lado, me pasó la mano por el abdomen y me sonrió.

—Bueno, necesito un poco de tiempo para entrenar a Zara.

Lucien parecía que no estaba del todo allí, como si una parte de él se hubiera ido a la tormenta que se estaba produciendo fuera.

—¿Cuándo llegará su ejército? —preguntó.

—Puede que tarden dos días o más, son un contingente muy grande, pero puedo hacer llegar en cuestión de horas a una pequeña fuerza de élite si Arwen y Drae están dispuestos a traerlos volando —respondió Axil mientras dirigía su mirada hacia el rey y la reina dragones.

El matrimonio se miró y luego asintieron.

—Podemos hacer viajes toda la noche, trayendo entre dos y cuatro personas cada uno hasta que tengamos suficientes.

Qué alivio. Si podían traer a la Guardia Real, los necrómeros no podrían con ellos.

Raife carraspeó.

—Te agradezco que hayas enviado a todo tu ejército para ayudarnos, Axil; pero, si tu poder es lo bastante fuerte, es posible que no lo necesitemos. Podemos acabar con esto mañana por la mañana.

—Sin presión. —Axil se rio nervioso.

Raife le dio una palmada en la espalda a su amigo.

—He visto lo que has hecho antes con los necros. Ha sido increíble. Solo necesitamos eso a una escala mayor.

Axil me miró.

—Entonces, si nos disculpan, Zara tiene que entrenar.

Salimos del salón y entramos en una pequeña biblioteca. Me resultaba adorable que Axil pareciera saber adónde iba, porque eso significaba que había estado allí antes. Seguramente cuando era niño.

Axil miró a su alrededor, perdido en sus recuerdos, y luego me miró a mí.

—¿Sabes lo que se siente al tirar de tu poder dominante y sostenerle la mirada a otro dominante?

Asentí. Como hembra en una manada de machos dominantes, era algo que tenía que hacer a menudo.

—Pues controlar a una persona en contra de su voluntad es muy parecido. Pero, en lugar de mantener el contacto visual, tienes que... —Apretó los labios mirando las hileras de libros a lo lejos, como si se hubiera quedado sin palabras—. Tienes que imaginar lo que quieres que haga y aguantar la imagen en tu cabeza hasta que se vea obligada a hacerlo —terminó de decir, y luego negó con la cabeza—. Lo siento, nunca había tenido que explicarle esto a nadie. Mi padre nos enseñó a Ansel y a mí cuando éramos pequeños.

Yo asentí.

—No pasa nada. Creo que sé a lo que te refieres. Es como imaginarte a una persona arrodillándose y sostener esa imagen hasta que se arrodille, ¿no?

—Más o menos, sí. ¿Quieres probarlo conmigo primero?

Se me abrieron mucho los ojos. ¿Controlar a Axil? ¿En contra de su voluntad? La idea no me parecía adecuada, pero sabía que era la mejor persona con la que podía practicar.

—Eh, sí, claro —admití con dudas.

—No me vas a hacer daño —dijo, y puso su brazo sobre el mío—. Sostenme la mirada.

Tenía amigas sumisas y decían que era incómodo sostenerle la mirada a un dominante, que cuando miraban a los ojos a un alfa demasiado tiempo, se les revolvían las tripas.

A mí no. A mí me emocionaba. El corazón se me aceleraba ante la expectación de cuánto tiempo aguantaría.

—Tendré que llevarte a la manada de Death Mountain —declaró.

Aunque yo sabía que eso era inevitable, el corazón se me encogió un poco ante la idea de dejar a Dorian, Amara, a mis hermanos..., a Eliza. Ya no serían miembros de mi manada. Pero Axil se había convertido en mi familia, al igual que el bebé que llevaba dentro, y tendría la oportunidad de unirme a la manada de Death Mountain para convertirme, de verdad, en la reina de los lobos.

—Bien. —Le ofrecí la muñeca hacia arriba.

Miré fijamente a Axil a los ojos con la mandíbula apretada mientras él me pasaba una garra por el brazo hasta que brotó sangre. No sabía cómo explicarle a alguien de fuera la dominación del rey alfa. Al ver a Axil ahora, sabía que podía ganarme en una pelea, que podía controlar mi libre albedrío, pero también que me protegería costara lo que costara, que podía contar con él para todo. Eso era la auténtica dominación en una manada de lobos. Mi líder, mi protector, mi pareja.

Ahogué un grito cuando apretó mi muñeca ensangrentada contra la suya.

—Zara Luna... —me entregó su apellido y tuve que reprimir un quejido de sorpresa. Me sentaba muy bien—, te declaro miembro de la manada de Death Mountain y comparto contigo esta carga. La magia de mis antepasados.

Hice un aspaviento al notar, literalmente, cómo me separaba de mi hermano, de Dorian, de Eliza, de todos los miembros de la manada de Mud Flat. Era como si ellos hubieran estado siempre presentes en el fondo de mi mente y, de pronto, hubieran desaparecido. Se reemplazaron por otras personas, Axil y el resto de los licántropos de Death Mountain. Luego sentí su magia, y no estaba preparada para la sensación ardiente que me recorría las venas hasta el pecho. Me estremecí cuando la magia terminó de entrar en mi cuerpo y se estableció a flor de piel.

—¿Lo sientes?

Tragué con fuerza y asentí. Era algo inquietante, como compartir el cuerpo con otra persona. Mi loba estaba allí, con alguien más. Con esta magia.

Entonces me di cuenta de que había estado sosteniéndole la mirada todo ese tiempo sin ningún problema.

—Serás más dominante mientras tengas el poder —me explicó, y dio cinco pasos hacia atrás con las manos a los lados—. Ahora, haz que me arrodille.

Tragué con fuerza e intenté concentrarme.

—¡Arrodíllate! —grité con firmeza. Pero no pasó nada.

Axil sacudió la cabeza.

—No tienes que decirlo. Ansel lo hacía solo por el drama. Concéntrate en la imagen de mí arrodillándome, envuélvela en la magia y... arrójamela.

«Bien».

Cerré los ojos y me imaginé al rey lobo doblegando la cabeza y agachándose sobre una rodilla delante de mí. Sentí la magia cobrar vida en mi interior. Abrí los ojos y empujé la imagen hacia él, como si le estuviera lanzando una red de pescar para capturarlo.

Él se estremeció durante un segundo y se cayó al suelo de rodillas, con la cabeza agachada.

Ahogué un grito y solté el control que ejercía sobre él. Él me miró sonriente.

—Te sale natural.

El corazón se me aceleró a medida que el poder fluía por mi cuerpo.

—¿Siempre has podido hacer esto? —le pregunté mientras me miraba las manos como si fueran armas.

Él asintió.

—La carga de ser el rey lobo. Saber cuándo usarlo y cuándo contenerse. Algo que mi hermano nunca aprendió. —Gruñó después de decir eso.

—¿Y cómo se usa en varias personas? —pregunté pensando en el amenazante ejército de necrómeros chupasangre a los que estábamos a punto de atacar.

Él suspiró y se acercó a mí.

—Con mucha habilidad. —Me acarició la mejilla—. La mayoría de los hombres quieren encerrar a sus mujeres y apartarlas del dolor, pero sé lo fuerte que eres —me dijo con los ojos de color amarillo brillante—. Sé que podemos ganar esta guerra juntos.

Su seguridad en mis habilidades me sacó una sonrisa.

—Dicho esto...

Me preparé para que me dijera que me quedara en casa porque era frágil o porque estaba embarazada, o ambas.

—¿Qué te parece si yo me encargo de controlar a las masas y tú simplemente te abres camino para que podamos llevar a Raife hasta la reina?

Agaché la barbilla para indicar que lo entendía y estaba de acuerdo.

—No quiero ofender al rey elfo, pero ¿él no es curandero y no soldado?

Odiaba hacerle esa pregunta, pero ¿iba a ser capaz ese hombre de matar a Zaphira, la infame reina de Nightfall?

Axil me sonrió.

—Raife podría romper una flecha a más de un kilómetro de distancia.

Bien, era evidente que había infravalorado al gran curandero y se me había olvidado por completo la fama de los arqueros élficos.

—Pero ¿sin arco? —insistí. Odiaba admitir que tenía muchos prejuicios al pensar que los elfos eran soldados débiles en comparación con los dragontinos o los faes.

Axil me colocó las dos manos sobre los hombros.

—La reina de Nightfall mató a toda su familia. Los envenenó delante de él. Nada arde con más intensidad que el odio que le tiene a esta mujer. Le arrancará el corazón con sus manos desnudas si tiene que hacerlo.

Yo asentí. Eso sí era más el tipo de soldado que a mí me gustaba.

—Entonces estoy lista. Vamos a hacerlo. —Me erguí con orgullo. Quería que Axil supiera que tenía mi apoyo, como su pareja y como su reina, pasara lo que pasara.

Él se rio.

—Tranquila. Vamos a practicar un poco antes.

Cuatro horas después, tras una gran cena y casi a las dos de la madrugada, tenía a todos los reyes y reinas de Avalier arrodillados ante mí en la sala de arte. Había estado practicando durante más de dos horas y Arwen y Drae acababan de volver del segundo viaje. Ya teníamos media docena de licántropos de la fuerza de élite de nuestra guardia preparándose para luchar en la guerra con el comandante de Lucien.

—Me la estoy pasando muy bien —reconocí.

—De acuerdo, creo que ya lo tiene perfectamente controlado, Axil, me duelen las rodillas —bromeó Arwen. Entonces dejé de controlarlos a todos.

Se levantaron uno a uno y me elogiaron.

—Saldrá bien —dijo Raife emocionado—. Si puede acercarme a la reina a la distancia de una reverencia, podremos acabar con esto.

Lucien y Madelynn, aunque se encontraban con nosotros, estaban ausentes mentalmente usando sus poderes para controlar el clima afuera.

—Hay más —advirtió Madelynn con una voz inquietante—. Los necros. Tenemos que atacar pronto, con las primeras luces del alba, porque temo que se acumularán... —Se quedó callada.

Lucien asintió con la mirada perdida en el fondo de la habitación.

—Es ahora o nunca. Dormiremos unas pocas horas y nos prepararemos para marcharnos. —Nos señaló a mí y a Axil.

Siempre me había fascinado el poder que tenían los faes. Poder controlar la naturaleza era algo asombroso.

—Mis hombres están informados de la situación. Les avisaré de que saldremos al amanecer —afirmó Axil.

Miré a Raife y me asusté al verlo sonreír.

Kailani carraspeó.

—Mi amor..., ¿qué te hace tanta gracia?

Él se sacudió y borró la sonrisa de su cara.

—Ah, nada. Solo me estaba imaginando a la reina moribunda, esforzándose por respirar, y me he emocionado. Creo que no voy a poder dormir.

Kailani nos miró con los ojos muy abiertos y le dio unas palmaditas en el hombro.

—Es mejor que te guardes esos pensamientos para ti, cielo.

Todos estallamos en una carcajada. Probablemente Raife fuera el que más ganas tenía de que amaneciera.

17

Apenas dormí unas dos horas, pero fue suficiente. Después de terminar de desayunar, con el cielo aún oscuro, nos dirigimos a los establos.

El fabricante de las sillas que se habían usado para volar sobre el rey y la reina dragones pudo arreglar un par de sillas de caballo para ajustarlas a Axil y a mí. Habíamos decidido que Axil llevaría a Raife y yo, a Kailani. Mientras tanto, Arwen y Drae nos vigilarían desde el cielo y Madelynn se quedaría en tierra para usar su magia ventisca para volar cualquier posible ataque al castillo de Invierno, donde estaban su hermana pequeña y las hijas de Arwen y Drae.

Tendríamos el apoyo de los ejércitos de Avalier: dragontinos, elfos y faes, además de nuestra fuerza de élite licántropa. Si la guerra se alargaba durante varios días, llegarían el resto de los licántropos para formar una fuerza aún más grande. Serían unos diez mil efectivos todos juntos. Los necrómeros nos habían tomado por sorpresa, pero no nos preocupaba. Tenía un buen presentimiento.

El plan era genial, casi perfecto si todo salía bien.

Giré para preguntarle algo a Axil y vi que estaba completamente pálido. Fruncí el ceño mientras él tenía la mirada perdida a lo lejos, inmerso en sus pensamientos.

—¿Axil?

Me miró a los ojos y tragó con fuerza. Estábamos en uno de los establos del granero a punto de transformarnos y colocarnos las sillas. Él cruzó el establo y me agarró la cara.

—Mi amor, uno de mis asesores me acaba de dar una noticia nefasta. —Se le quebró la voz y se rompió algo en mi interior.

Era grave. Lo que quiera que fuera, era muy grave. Axil tenía un vínculo mental constante con sus asesores, era parte de su magia de alfa. Gracias a eso, podían comunicarse sin importar la distancia o la forma en la que estuvieran.

Por la mirada que tenía, el asesor acababa de decirle algo verdaderamente horrible.

—No —gimoteé. No quería saber por qué parecía que Axil se acababa de encontrar cara a cara con la muerte.

Se le llenaron los ojos de lágrimas y le tembló el labio.

—Anoche la reina Zaphira envió un ejército de necrómeros a Fallenmoore. Ha debido de estar vigilando...

—Axil, ¡¿qué?! —grité con un sollozo en la garganta.

Soltó una respiración temblorosa y me miró directamente a los ojos, con los suyos todavía empapados en lágrimas.

—Han asesinado a Cyrus y han secuestrado a Oslo.

Nada en el mundo podría haberme preparado para esas palabras. Me fallaron las piernas y todo se volvió negro.

Recobré la consciencia al cabo de un momento en brazos de Axil. Raife estaba allí, y de su mano emanaba una luz morada que dirigía hacia mi cara mientras yo parpadeaba rápidamente.

¿Por qué estaba tumbada en el suelo del granero? El duelo me atravesó al acordarme de lo que me había dicho Axil.

Lloré y me puse de lado mientras mi loba tomaba el control. No podía ser fuerte en mi forma humana, dolía demasiado.

Cyrus. Mi querido hermano mayor. Mi entrenador. Un marido. Un padre.

«No. Esto no puede estar pasando».

Pero sí estaba pasando.

Abracé el dolor que me produjeron los huesos y los músculos rompiéndose. En ese momento me resultaba agradable. Quería sentirme herida, era mejor que sentirme vacía. Como si se me hubiera abierto un agujero enorme en el pecho.

Levanté la cabeza y aullé con un sonido que salía desde lo más profundo de mi ser. No podía evitar preguntarme si Axil no me hubiera reclamado anoche, ¿habría sentido la muerte de Cyrus por el vínculo de la manada? Todos los miembros de la manada podían sentir algo tan fuerte como eso, como la muerte. Quizá era mejor que no lo hubiera sentido.

Esperaba que Axil me tomara entre sus brazos y me calmara con sus palabras, pero fue Raife quien se arrodilló delante de mí, agarró la cara de mi loba y me obligó a mirarlo a los ojos.

—Ya lo sé —dijo tranquilo, con los ojos brillantes de rabia—. Odio saber exactamente cómo te sientes, pero lo sé. Zaphira me arrebató a mi madre, a mi padre y a todos mis hermanos de una vez. Llevo años esperando esta venganza.

Mi loba lloró mientras él me sostenía la mirada, y en ese momento sentí que él era el único en el mundo que entendía por lo que estaba pasando.

—Pero tú no tienes que esperar años para vengarte, Zara —continuó—. Puedes hacerlo ahora mismo y puedes salvar a tu hermano antes de que también te lo arrebate.

«Oslo». Al mencionar su nombre, me puse de pie de un salto y obligué a Raife a soltarme la cara. Lo único que apartaba las nubes negras de mi duelo era pensar en mi hermano pequeño.

—¿Lista? —preguntó Raife.

Asentí ansiosa. Si la reina de Nightfall tenía a Oslo, estaba a punto de darse cuenta de que se había metido con la mujer equivocada.

En ese momento se abrieron las puertas del granero y Kailani entró corriendo.

—Me acabo de enterar de que han secuestrado a tu hermano pequeño. Sé dónde lo tiene escondido y cómo entrar en el castillo.

Aquello se acababa de convertir en una misión de rescate.

Miré a Axil y, durante un momento, pareció indeciso. Esa situación lo cambiaba todo. Habían raptado a Oslo, antes que nada teníamos que salvarlo.

—Vamos —afirmó Axil.

Kailani se abalanzó sobre nosotros y nos colocó con destreza las sillas en el lomo. Si ella había crecido en Nightfall y conocía la zona como la palma de su mano, la necesitaba para recuperar a Oslo. Si nos íbamos a infiltrar en el castillo, ella era nuestra apuesta segura.

—¿Dónde tienes la ropa para cuando vuelvas a la forma humana? —preguntó Kailani, y le señalé con la cabeza el montón de ropa que había en la esquina. Lo recogió, lo metió en su bolsa y saltó sobre mi espalda sin ningún temor.

Miré a Axil y me habló mentalmente usando nuestro reciente vínculo de manada.

«Podremos comunicarnos cuando seamos lobos. Déjanos a Raife y a mí todo lo peligroso, tú solo preocúpate de liberar a Oslo».

Hundí la cabeza.

«De acuerdo».

Salimos del granero hacia el suelo nevado. El pequeño contingente de la Guardia Real licántropa nos estaba esperando en formación de «V». Axil les asintió al pasar y se pusieron en fila detrás de nosotros. Intenté no permitirme pensar en qué podría haber hecho para salvar a Cyrus. Arwen y Drae hicieron muchos viajes anoche para traer a la Guardia Real, era casi como si los necrómeros hubieran esperado a que terminaran para atacar. La crueldad de aquello hacía que mi interior ardiera de rabia.

Llevaba horas nevando y un frío permanente imperaba en el ambiente, algo de esperar en la zona invernal del reino de los faes. Yo tenía un pelaje denso y en Mud Flat nevaba a menudo, así que no me importaba. Lo único en lo que podía pensar era en mi hermano pequeño. Ya había perdido a mis padres y a Cyrus; no podía perderlo a él también.

Tardamos como una hora en llegar hasta la frontera. Los faes, los élficos y los dragontinos habían hecho un trabajo perfecto de unión para luchar juntos contra el ejército de Nightfall. Había faes junto a élficos y todo el mundo trabajaba en equipo. Era algo precioso dadas las circunstancias, y me sentía muy orgullosa de que nuestro pueblo viniera de camino para echar también una mano.

Kailani se estaba agarrando muy fuerte a la silla, así que corrí rápido junto a Axil y Raife. Cuando llegamos al muro de hielo que formaba la frontera, me quedé paralizada.

Los necrómeros estaban pasando por encima y al otro lado se encontraban con las flechas de los arqueros elfos.

«¿Cómo vamos a hacerlo?», le pregunté a Axil sintiéndome muy abrumada de pronto.

Había gente muriendo por todas partes y los necrómeros chupasangre se interponían en nuestro camino. Habría asegurado que volar era la mejor opción, pero, en cuanto levanté la mirada, vi el brillo de unas alas metálicas. El cielo estaba repleto de ellos. Parecía que lo que la reina de Nightfall y sus máquinas eran capaces de hacer no tenía límites.

«La Guardia Real y yo te abriremos camino», me advirtió Axil. Confiaba en él lo suficiente como para tomarle la palabra. Tenía que pensar en mi hermano, todo lo demás era secundario.

«¡Aguanta, Oslo!», pensé. Si esa desquiciada le tocaba un solo pelo de la cabeza, la despellejaría viva a ella y a todos sus hijos. Nadie podía confiar en que mantuviera la compostura cuando había algún familiar involucrado. Si herías a alguno de mis seres queridos, buscaría tu muerte. Y no pensaba seguir las reglas del juego. Este era mi juego y pensaba ganar. Al final del día, o bien estaría muerta en el suelo, o bien la cabeza de la reina estaría ensartada en un palo en el centro de Nightfall.

No habría punto medio.

Con un gruñido, salí corriendo y Axil me siguió. Ganamos velocidad y, entonces, como si compartiéramos una sola mente, saltamos por encima del enorme muro de hielo y aterrizamos en el centro del caos que había al otro lado. La Guardia Real siguió nuestros pasos y los guardias se pusieron junto a nosotros, expandiéndose para flanquearnos.

Los soldados de Nightfall y los necrómeros giraron inmediatamente y yo me quedé muy quieta.

Pero no pasó nada.

Se quedaron congelados como estatuas de mármol y, en ese momento, supe que Axil los estaba controlando.

—¡Ahora! —gritó Raife, y llovió una descarga de flechas desde los árboles, atravesando el pecho de los soldados congelados. Nuestros guardias reales saltaron desde sus posiciones y les desgarraron el cuello a los necros.

Estaba ocurriendo todo tan deprisa que no era capaz de procesarlo.

—¡Vamos! —Kailani me dio una ligera patadita con el talón, como si fuera un caballo, y eso me puso en movimiento. Salí a toda velocidad del espacio abarrotado y crucé el bosque en dirección al centro de sus tierras y más allá, donde estaba el castillo de Nightfall. Se levantó un fuerte un viento a nuestro lado y di por hecho, durante un segundo, que era Madelynn, hasta que vi a un humano macho sin orejas puntiagudas correr hacia nosotras con los brazos estirados.

¡Tenía el poder del viento!

Mantuve la calma, invocando el poder de rey de lobo que Axil había compartido conmigo e imaginándome al hombre helado en el sitio, con las rodillas rígidas. Luego le lancé todo el poder encima. De pronto, se tambaleó y se cayó al suelo, tieso como un tronco.

«No está mal».

Continué intentando mantenerme oculta, corriendo entre los árboles en la dirección en la que Kailani me indicaba. Crucé a toda velocidad el bosque, congelando a uno o dos soldados por el camino, hasta que nos encontramos de repente con un grupo de necrómeros. Estaban de pie observando un mapa y hablando de estrategias de ataque cuando salí disparada de un matorral hacia ellos.

Había más de una docena y dieron un salto hacia atrás, asustados, algunos siseando. Me detuve delante de ellos y Kailani soltó una palabra malsonante. Sentí el poder real de Axil recorrer mis venas, pero, antes de que me diera tiempo de concentrarme para usarlo, los necros saltaron.

Eran muy rápidos. Parpadeé y ya los teníamos encima.

Temí primero por Kailani. No tenía ni idea de cuáles eran sus habilidades y me aparté hacia un lado para evitar a dos chupasangre, pero me encontré de frente con un tercero. Había saltado sobre mi espalda, justo donde Kailani estaba encima de mí, y me quedé inmóvil. Apareció una cuarta y le desgarré la pierna con los dientes. Un cuerpo salió volando de mi espalda y aterrizó delante de mí. Por suerte, no era la reina elfa. El necro tenía una daga clavada en el pecho.

«Quietos», pensé, y lo lancé hacia fuera. Los necros se frenaron, pero no se detuvieron.

Recordé el consejo de Axil. No era tanto la palabra como imaginarse la visión. ¡Algo imposible de hacer cuando estabas muerta de miedo! Me imaginé a todos los necros agarrándose la cabeza por un terrible dolor, y uno a uno fueron cayendo de rodillas mientras gritaban.

Ahogué un grito como si hubiera hecho algo muy oscuro, pero Kailani volvió a darme con el talón.

—¡Corre! —me insistió.

Corrí, pero la sensación desagradable de que yo no era mejor que Ansel no se fue. ¿Por qué me sentía mal por infligirle dolor a alguien que intentaba matarme? Era mi parte dominante. Pero no me parecía bien controlar así a alguien, aunque en ese momento fuera necesario. Axil tenía razón, era más una carga que una bendición.

Entonces corrí más despacio, recorriendo el bosque pendiente de cualquier posible grupo de soldados de Nightfall. Ya veía el castillo asomar por el horizonte y aceleré con una fuerza renovada.

—Cerca de la pared occidental hay una alcantarilla. Si podemos pasar por ahí, llegaremos directo al centro de la ciudad —me dijo Kailani.

Ya casi era por la mañana. Tenía miedo de que nos vieran y nos asesinaran con una flecha, pero no dije nada. Lo mejor era evaluar la situación cuando llegáramos allí. Poco a poco fui hacia la dirección que me había indicado y solo me detuve cuando escuché romperse una rama detrás de mí.

«Soy yo», la voz de Axil apareció en mi cabeza antes de verlo. Corrió para ponerse a mi lado con Raife aún firme sobre su lomo. Los dos estaban cubiertos de sangre y tierra, y se veía que habían combatido; pero por lo demás parecían estar bien.

«¿Y la Guardia Real?», le pregunté, aliviada por que no estuviera herido.

«Están ayudando en el frente. Voy a llevar a Raife adentro y, con suerte, conseguirá asesinarla y terminar con esto antes de que muera demasiada gente».

Raife miró a su mujer.

—¿La alcantarilla?

—Si podemos, sí —respondió ella.

Y entonces seguimos cruzando el bosque, vigilando que no hubiera más soldados de camino al frente. Parecía que la guerra se centraba en la frontera entre Thorngate y Archmere.

Había algunos necros o soldados de Nightfall por aquí y por allí, pero nada que no pudiéramos gestionar. Cuando, por fin, llegamos al oeste del muro que rodeaba Nightfall, se me hundió el corazón.

Había más de cincuenta hombres paseándose por arriba, con los arcos preparados para defender su hogar. Era imposible que pudiéramos pasar sin que nos vieran. ¿Podía Axil ejercer su voluntad en tantos a la vez? Puede que sí... pero ¿durante cuánto tiempo? Y aunque fuera una sola persona quien hiciera sonar la alarma, seguramente dentro hubiera todavía más, ¿no? Nos escondimos detrás de unos arbustos en silencio y perdidos en nuestros pensamientos.

Kailani se bajó de mi lomo y empezó a desabrochar la silla.

La miré perpleja, pero ella giró para hablar con su marido.

—Necesitamos una distracción. Atrae a los hombres hacia el lado norte del muro para que Zara y yo podamos entrar.

«Puedo hacerlo yo. Lleva a Raife por si acaso ves a la reina. Acaba con esto cuanto antes», dijo Axil solo para mí. La idea de que se arriesgara de esa forma por mí, por Oslo, me angustiaba. ¿Y si lo mataban?

—Necesito que cambies a tu forma humana para entrar por la alcantarilla. —Kailani me miró y colocó el montón de ropa delante de mis patas.

«Axil, ¿y si te hacen daño?». Lo miré intentando que el temor no se filtrara por nuestro vínculo.

Él me miró con los ojos de un azul muy intenso.

«¿Y si le están haciendo daño a Oslo en este instante?».

Eso me formó un sollozo en la garganta.

«No puedo vivir con eso, Zara», continuó Axil. «Es tuyo y, por lo tanto, también es mío. Ve por él y yo me encargo de todo aquí fuera».

Di unos pasos adelante y le froté el hocico en el cuello.

«Te quiero —gimoteé—. Ahora. Eternamente. Siempre».

Nos quedamos así unos minutos. Raife y Kailani nos dieron espacio para despedirnos. Entonces sentí la presión de la importancia de lo que me había dicho. Podrían estar haciéndole daño a Oslo en ese momento. Cuando creía que ya me había despedido como debía, empecé a transformarme. Una vez acabado el cambio, me agaché y le di un beso al lobo de Axil en la frente.

Luego me puse de pie, con cuidado de seguir detrás de los arbustos, y caminé hacia Raife. Él me sostuvo la mirada sin tener ni idea de lo que Axil y yo nos habíamos dicho.

—Axil se encargará de distraer a los soldados. Tú ven con nosotras y, si encontramos a la reina, acabaremos con ella. Acabaremos con esta guerra.

Raife sonrió asintiendo, pero la sonrisa se le desvaneció al mirar a su viejo amigo. Un hombre contra cincuenta soldados no era un combate justo.

El sonido de las hojas crujiendo llamó mi atención y miré a la derecha. Agarré mi cuchillo, pero me detuve al ver la melena pelirroja.

Madelynn saltó en nuestro pequeño escondite de arbustos y miró a Axil con una sonrisa torcida.

—¿Necesitas ayuda? Siempre he querido montar en lobo.

Sentí un gran alivio y le di un abrazo, aplastándola fuerte entre mis brazos.

—Gracias —susurré. Apenas la conocía, pero era una fae muy poderosa y, junto a Axil, puede que fuera la única capaz de enfrentarse a tantos hombres y salir con vida.

Ella me apretó la espalda y asintió.

Sin más dilación, se subió a la silla que Axil llevaba y nos miró a Kailani, a Raife y a mí.

—Me han dicho que hoy va a hacer mucho viento. —Guiñó un ojo y Axil empezó a correr. Un túnel de viento apareció entonces en el terreno sobre el extremo norte de la puerta.

—Me encanta —dijo Kailani.

—A mí también —añadí.

Raife entonces se quedó muy rígido, respiró hondo y sacó una flecha de su aljaba.

—La reina de Nightfall está detrás de ese muro. La siento. Y no me iré de aquí sin clavarle la punta de esta flecha en el corazón.

Era la hora de la venganza. Cuando Zaphira se llevó a mi hermano pequeño, no tenía ni idea de con quién estaba lidiando.

18

El escándalo que Madelynn y Axil crearon en el extremo norte de la muralla nos permitió entrar por la alcantarilla y llegar hasta la ciudad sin que nadie nos viera. Yo no tenía orejas puntiagudas que esconder, y Kailani tampoco, así que Raife era el único que tenía que taparse el largo pelo blanco y las orejas puntiagudas bajo un sombrero mientras paseábamos por la ciudad humana.

Hubo gritos de alarma por la muralla superior del castillo y los residentes corrían de un lado a otro, cerrando tiendas mientras los soldados se subían a los caballos para prepararse para la guerra. Nosotros imitamos sus movimientos frenéticos y corrimos por toda la ciudad hasta una zona industrial.

—¿Hasta dónde llegan tus poderes ahora mismo? —me susurró Kailani—. ¿Puedes conseguir que alguien abra una puerta o nos dé unas llaves?

Sentí un pánico tremendo al pensar en que recuperar a mi hermano podía depender de que yo usara un poder del que había disfrutado tan solo de un día.

—Lo dudo, pero podría inmovilizarlos hasta que tú robaras la llave —respondí con sinceridad.

Ella asintió.

—Con eso bastará.

—¿Crees que la reina está experimentando con él? —preguntó Raife a su mujer mientras corríamos hacia los enormes edificios. Pero sus palabras hicieron que me tambaleara y tuve que sostenerme detrás de ellos, preocupada por cuál pudiera ser la respuesta de Kailani.

—Sí. Creo que quiere su magia licántropa —afirmó y eso aumentó mi pánico—. O puede que sepa que es el hermano de la nueva reina loba y solo lo quiera como rehén. En cuyo caso estará en la mazmorra.

Eso me asustaba aún más.

Caminamos con la cabeza agachada y serpenteamos entre las calles hasta que llegamos a un gran edificio de ladrillo con unas enormes ventanas de cristal. Había dos guardias patrullando la entrada, cada uno con una especie de arpón que destellaba bajo la luz.

Kailani me miró.

—Llegó la hora del espectáculo.

Me puse muy rígida mientras ella iba directo a la puerta y a los hombres. Ambos agarraron con fuerza sus armas y las levantaron ligeramente cuando la vieron acercarse. Yo me concentré en inmovilizarlos para que no se movieran más. Los imaginé congelados como estatuas y luego usé la magia del rey para lanzarles esa imagen. Sus articulaciones dejaron de moverse y tampoco podían hablar.

Kailani miró a la izquierda y a la derecha, a la gente que pasaba, y estiró la mano hasta el cinturón de uno de los guardias, de donde sacó un juego de llaves.

Se lo metió en el bolsillo y me miró.

—Hazlos que caminen junto a nosotros.

«¡Hacerlos caminar!». No sabía si podría. Ya notaba que se estaban resistiendo. Era como si alguien me estuviera empujando físicamente. Aferrándome al poder, me los imaginé caminando y los dos se abalanzaron hacia delante, golpeando a Kailani y haciéndola gritar.

Varias personas miraron hacia nosotros y sonreímos nerviosos. Parecía que los guardias tenían un palo en el trasero y caminaban de forma extraña.

Raife se apresuró hacia uno de los guardias y lo enganchó por los brazos para detenerlo, y Kailani hizo lo mismo con el otro. No parecía nada natural y cualquier persona que pasara por allí pensaría que estaban borrachos.

—Lo siento —susurré mientras íbamos todos desde la entrada del edificio hacia un lado, donde no había nadie vigilando. El edificio nos ensombrecía y la valla nos escondía por completo.

Los guardias abrieron mucho los ojos y me sentí un poco mal por estar controlándolos de esa forma, pero, al pensar que podían estar vigilando el edificio en el que estaba mi hermano, se me pasó rápido.

Kailani me miró y luego dejó inconsciente a uno de los guardias golpeándolo en la cabeza con una piedra que se había escondido en la espalda. El guardia cayó al suelo y ella hizo lo mismo con el otro. Raife miró a su mujer con orgullo y, a continuación, los dos les ataron las manos a los guardias a la espalda.

—A ver, no tenemos mucho tiempo. Vamos a echar un vistazo dentro y, si Oslo no está ahí..., seguramente lo llevaron a la mazmorra —explicó Kailani.

Fruncí el ceño.

—La redada fue anoche, ¿y si todavía están de camino de vuelta y vienen a pie?

A Axil lo avisaron justo cuando ocurrió y Fallenmoore estaba, al menos, a un día entero de viaje a pie...

—Tienen voladores. Humanos con alas metálicas. Estoy

segura de que lo trajeron aquí, ya que es un objetivo muy valioso —dijo, y yo tragué con fuerza porque no quería creerme que ya tenían a mi hermano pequeño allí y que podían estar experimentando con él.

Con las llaves en la mano, Kailani corrió hacia la puerta lateral y la abrió. Parecía que sabía moverse por el edificio y lo agradecí. Raife y yo entramos detrás de ella y nos encontramos en un pasillo lleno de puertas cerradas. La reina elfa entró en una habitación que había a la derecha y salió con una bata blanca.

—Agacha la cabeza, paciente —me dijo, y le dio a Raife otra bata y una carpeta.

Ah. Bien. Yo iba a fingir ser una paciente en este... lo que fuera. ¿Un lugar en el que nos robaban la magia? Solo con imaginarlo me dieron escalofríos, pero estaba bien pensado por si nos veían.

Oí varias voces delante de nosotros. Kailani me enganchó el brazo por el codo mientras yo me sujetaba las manos en la espalda como si estuviera esposada y avanzó con seguridad. Esta mujer tenía más valor del que había supuesto cuando la conocí. Entendí su amabilidad como una debilidad sumisa. Qué equivocada estaba. Y me alegraba muchísimo que estuviera en ese momento y en ese lugar conmigo porque estaba sintiendo de todo menos seguridad.

Entramos en una habitación principal donde otras dos personas con batas de laboratorio preparaban un té y charlaban despreocupadamente. Kailani pasó muy cerca y ellos apenas nos miraron. Pero al entrar en otro pasillo, una llamó nuestra atención.

—¡Oye! ¿Adónde llevas a esa paciente? —preguntó la mujer de bata blanca.

Kailani se quedó inmóvil y no miró atrás.

—¿Sabes en qué sala está Oslo Agualigera? ¿El pequeño

licántropo de Fallenmoore? —preguntó por encima del hombro.

El corazón se me aceleró por lo atrevido de su pregunta.

—¡¿Quién?! —gritó la mujer—. Ahora mismo no hay ningún licántropo.

Fue un alivio, aunque también me preocupé. ¿Dónde estaba?

—Oye, ¿quién eres? —preguntó la mujer. Yo me di la vuelta y le lancé mi magia a ella y a su compañero y los inmovilicé en pleno movimiento.

—No está aquí —me quejé mientras Raife y Kailani sometían a los dos médicos.

Kailani parecía preocupada.

—Solo hay otro sitio en el que puede estar. Tengo que meterte en el castillo.

Hizo un gesto para que volviéramos por donde habíamos venido y se me hundió el corazón. Kailani se quedó en ropa interior y se puso el uniforme del guardia. Raife también, luego se recogió el pelo en un chongo y se lo escondió debajo del gorro.

—¿Cuál es el plan, mi amor? —le preguntó mientras se ataba un lazo a la espalda.

Ella lo miró.

—La arrestamos, la metemos en el castillo y anunciamos que hemos capturado a la reina loba.

A Raife se le descompuso la cara.

—La podrían matar. O arrancarle la magia.

Kailani tragó saliva.

—Lo sé, pero es la única forma que se me ocurre para meterla. El palacio tiene mucha seguridad, tendremos suerte si no nos reconocen y nos descubren mientras la entregamos.

—Háganlo —ordené. Me daba igual lo que me pudiera pasar, solo quería estar con mi hermano.

Raife se dio la vuelta y me miró a los ojos.

—Ahora mismo tienes el poder del rey. Si Zaphira te mete en una de sus máquinas, ella también lo tendrá. Podría controlar a todo el mundo. No podemos permitirlo.

Asentí.

—Si me lleva a cualquier máquina, transformaré mis dedos en garras y la degollaré antes de darle mi magia. Lo juro. —Kailani parecía horrorizada por mi sugerencia, pero Raife asintió como si le hubiera encantado esa respuesta. Sabía cuánto valía lo que poseía, nunca dejaría que cayera en manos enemigas. Solo recé para no tener que llegar a eso.

—Buscaré la forma de entrar en el castillo y protegerte —me aseguró Raife, pero yo sabía que era una promesa vacía. Nadie podía darme esa seguridad, pero era de agradecer igualmente. Entonces pensé en Axil y Madelynn y en lo que estarían haciendo en aquel momento. ¿Se habrían retirado? ¿Estarían heridos? ¿Habrían atravesado la muralla de la ciudad para venir a buscarnos? Eso sería una locura. Solo esperaba que estuvieran vivos.

Kailani sacudió la cabeza.

—Con todo lo que nos hemos esforzado para unir al reino para la guerra, no puedo creer que estemos solo nosotros tres haciendo esto.

Raife asintió.

—Yo soy quien la iba a matar, siempre lo he sido. —Se metió la mano en el bolsillo y sacó un pequeño vial transparente que me hizo fruncir el ceño.

—Veneno incoloro e inodoro. Llevo desde los catorce años soñando con que Zaphira se ahogue.

Era un comentario muy turbio, pero estaba totalmente de acuerdo con él.

—Si está ahí dentro, adelante. Por mí no te preocupes —le dije—. Yo me encargaré de sacar a mi hermano.

Kailani me dio un abrazo y luego le dio un beso casto a su marido. Todos sabíamos que las posibilidades de sobrevivir a esto eran bastante escasas.

—Bueno, Zara saca a Oslo, Raife intenta matar a la reina y yo estaré preparada para terminar su trabajo si alguno de ustedes no lo consigue.

Me estremecí al escuchar esas palabras; le había tomado muchísimo cariño.

Entonces Kailani utilizó las esposas del uniforme del guardia para atarme las muñecas por delante. Dejé caer la cabeza y ella y Raife me llevaron hasta la zona de vallas que daba al camino principal. Casi no había gente en las calles; todo el mundo había huido a sus casas, aparentemente por el caos que había en la entrada al pueblo.

Recorrimos varias calles más y doblamos una esquina a la derecha. Levanté un poco la vista y me encontré con un palacio gigante con columnas en la fachada. Estábamos cada vez más cerca y se me hizo un nudo en el estómago. Había más de dos docenas de guardias armados hasta las cejas junto a las columnas. El viento se levantó a nuestro paso y me pregunté si era porque Madelynn y Axil estaban luchando en la entrada de la muralla.

Para cuando llegamos a la altura del primer guardia que había en los escalones de palacio, yo era un manojo de nervios. Eran muchas personas a las que controlar si salía mal. El guardia nos vio acercarnos y rompió la formación para recibirnos antes de que nos acercáramos del todo.

—¿Son nuevos? A los prisioneros no se los trae aquí a no ser que la reina nos dé órdenes específicas de hacerlo —le explicó a Raife—. Tienen que llevarla a las mazmorras de Spring Street.

Raife me agarró por ambos lados de la mandíbula y me obligó a mirar al guardia.

—¿Eres idiota? Es la reina de Fallenmoore. La acabamos de capturar intentando infiltrarse por el muro occidental.

Hice un gruñido de loba con la garganta para añadir pruebas a lo que acababa de afirmar y el soldado se quedó pálido al verme las manos esposadas. Buscó en su espalda, sacó otro par de esposas y me arrebató bruscamente de manos de Kailani. Me colocó el segundo par de esposas y, en cuanto me rozó, supe que algo no estaba bien. De pronto sentí a mi loba... muy lejos.

—No se usan esposas humanas en un ser mágico —riñó tanto a Kailani como a Raife. Con una llave, abrió las otras esposas y me dejó solo las que él me había puesto.

«Esposas humanas». Eso quería decir... ¿que las que me acababa de poner estaban hechas para seres con magia?

Invoqué a mi loba, solo un poco, para ver si conseguía que saliera a la superficie.

Nada.

Fui presa del pánico. Intenté usar el poder del rey, obligando al hombre que tenía delante a que me las quitara.

Nada.

—¡No! —me quejé y agité las muñecas mientras miraba asustada a Kailani.

Veía en su cara que estaba asustada, pero lo estaba ocultando para mantener su papel.

—Fallo mío. ¿La llevamos con el guardia principal a las mazmorras? —preguntó Kailani.

El hombre que se encontraba ante nosotros tenía el pelo rubio corto y miró a Kailani de arriba abajo.

—¿Podrán hacerlo? —le preguntó, pues era evidente que la había fastidiado con las esposas.

Con un movimiento rápido, Kailani me dio una patada en la rodilla y me caí al suelo mientras gritaba. Entonces

Raife me agarró por la axila izquierda y Kailani por la derecha y empezaron a arrastrarme.

—Podemos hacerlo. —Le lanzó un beso al guardia y él sonrió.

Dejé las piernas flácidas detrás de mí mientras Raife y Kailani me arrastraban por los escalones de la entrada a palacio.

Pasamos por delante de dos docenas de guardias y recé para que ninguno se fijara en el magnífico arco dorado que llevaba el rey elfo en la espalda. Los otros guardias también tenían arcos, pero eran negros con partes de acero.

Me pareció que tardamos una eternidad en llegar a la puerta y entrar en el castillo. Al cruzar la entrada abierta, había incluso más gente que fuera. Los soldados corrían de un lado a otro gritando órdenes y pidiendo ayuda para la puerta de la muralla.

Madelynn y Axil les estaban haciendo pasar un infierno.

Eso me hizo sonreír.

Kailani nos guio por un pasillo hasta que nos quedamos solos bajando una escalera de piedra.

—Lo siento muchísimo, Zara, ¿te hice daño en la rodilla? Entré en pánico —susurró Kailani mientras me ayudaba a levantarme para que pudiera caminar.

Negué con la cabeza.

—Lo has hecho genial. No me has hecho daño, pero si me lo hubieras hecho, me curo muy rápido, así que no te preocupes. —Era verdad, había conseguido meternos a todos en el castillo, era un milagro.

—¿El coqueteo era necesario? —preguntó Raife. Sus celos me hicieron sonreír un poco.

—Creo que sí, la verdad. Hemos entrado, ¿no? —le respondió ella.

Llegamos a los últimos escalones y el olor húmedo de la mazmorra mohosa golpeó mi nariz. Junto a otro olor más.

«Oslo».

Su olor era débil, pero estaba aquí.

—Mi hermano —gimoteé.

Kailani agarró con fuerza mi antebrazo y miró a su marido.

—Véngate, mi amor. Yo ayudaré a Zara. Nos vemos al otro lado de la muralla.

Raife parecía impactado, como si todavía no se creyera que había llegado ese día. Estaba allí, dentro del castillo privado de la mismísima reina de Nightfall.

Él asintió y se agachó para darle un beso.

—Te quiero —susurró, y desapareció de nuevo escalera arriba.

Kailani se quedó muy quieta, intentando quitarme las esposas y gruñendo con desesperación.

—No sé exactamente qué son ni cómo funcionan. No puedo quitártelas —reconoció.

—Me da igual. Llévame con mi hermano. Está asustado, lo huelo —insistí.

Nos adentramos en una sala más grande con forma circular y rodeada de celdas.

A primera vista, parecían estar todas llenas. Cuando encontré a mi hermano, con la cabeza agachada y agarrándose las rodillas, grité.

—¡Oslo! —Corrí hacia él, pero Kailani me detuvo con fuerza. Los dos guardias que había en el centro de la sala levantaron la mirada.

—¿Quién es esta? —preguntó uno de ellos a la vez que se sacaba un cuchillo del cinturón.

—Zara Agualigera, la reina loba —les dijo Kailani con orgullo.

Él se acercó a mí y me miró las muñecas, seguramente para comprobar las esposas. Luego miró la celda de Oslo.

—¿El niño ese que acaban de traer es su hijo?

Kailani se encogió de hombros.

—Y yo qué sé. Me la he encontrado colándose por la muralla. La reina quiere que la encerremos aquí, imagino.

«Mi hijo», ¿tan vieja parecía?

—Has imaginado bien. —Una potente voz femenina retumbó en la habitación y Kailani se quedó pálida, como si hubiera visto a un fantasma.

Yo sentí que mi miedo también aumentaba cuando la reina de Nightfall entró en la sala. No hacía falta que supiera qué aspecto tenía para saber quién era. Rezumaba poder. Estaba cubierta de los pies a la cabeza con cuero rojo y caminaba como un alfa, con la barbilla levantada y sosteniéndonos la mirada.

—Espósenla. No es una centinela y es muy poderosa —ordenó la reina al guardia mientras miraba fijamente a Kailani.

El hombre agarró torpemente las esposas del cinturón y Kailani se enfureció. Se abalanzó sobre la reina, con los labios apretados, absorbiendo todo el aire de la habitación. No entendía lo que estaba pasando, ¿ese era su poder? Sin importar cómo, yo pensaba abalanzarme sobre la reina con ella. Entre las dos podríamos derribarla. Incluso en mi forma humana y con las manos atadas a la espalda, era una luchadora muy fuerte.

Cuando iba en dirección a Zaphira, de pronto un túnel de viento me arrastró y me lanzó contra la pared del fondo. Oslo chilló. Me golpeé la cabeza contra la piedra y me deslicé hasta el suelo confundida.

La reina extendió los brazos con las manos abiertas. Había un remolino enorme que ocupaba toda la habitación y ella se reía desquiciada. ¿Tenía poder fae? Kailani estaba en el suelo, a mi lado, y el guardia le estaba abrochando las esposas. Todo había pasado tan rápido que no entendía lo que acababa de hacer Zaphira. Nos había lanzado una bomba de viento.

La reina de Nightfall sonrió.

—Me di cuenta de que no quería limpiar el reino de criaturas mágicas —dijo, y empezó a nevar dentro de la sala. Estaba demostrando varios poderes y sentí náuseas porque sabía que se los había robado a gente buena—. Simplemente quería convertirme en una de ellas —añadió. Entonces un rayo de luz cegadora iluminó la habitación y tuve que entrecerrar los ojos.

Escuché que se acercaban unos pasos y la olí justo a mi lado, pero tenía la visión completamente negra. Me había cegado, esperaba que solo temporalmente.

—Pero hay un don que llevo tiempo queriendo adquirir —me susurró al oído, luego me acarició la mejilla, apretando sus dedos calientes contra mi cara—. Un lobo alfa muy poderoso.

Giré violentamente la cara hacia la derecha y me metí en la boca todos los dedos que pude, luego mordí.

Con ganas.

Se me llenó la lengua de sangre caliente con sabor metálico mientras le cortaba un dedo con los colmillos. El grito desgarrador de la reina sonó por toda la sala.

Escupí el dedo en el suelo con una risa maníaca, con la esperanza de que temiera que era mentalmente inestable. Cyrus lo habría aprobado.

—¡Mi dedo! —chilló con un grito gutural—. ¡Tráeme un curandero!

Entonces las formas empezaron a bailar ante mis ojos mientras recuperaba poco a poco la visión, y me preparé para su contraataque. Apareció una silueta oscura que venía hacia mí y, antes de que me diera tiempo a descifrar qué era, hubo un crujido y volví a la oscuridad.

19

—Zara. —La voz dulce de Oslo me devolvió la consciencia y abrí los ojos parpadeando muy rápido. Había recuperado la vista, pero me dolía muchísimo la cabeza.

Mi hermano pequeño me miró asustado.

—Te sale sangre de la cabeza.

Entonces apareció Kailani en mi campo de visión, con un aspecto peor que el miedo. Tenía el pelo muy revuelto, como si alguien hubiera intentado arrancárselo, y un labio roto.

Me palpó la nuca con los dedos y me quejé.

—Ya ha dejado de sangrar —le dijo a Oslo—. Se pondrá bien. Su raza se cura de forma natural. Por lo general, no son necesarios los curanderos.

Él asintió más tranquilo.

Luego ella me observó mientras sonreía como una loca.

Miré a nuestro alrededor. Tal vez había un motivo para que estuviera contenta. No. Estábamos encerrados en una celda. Las personas de las celdas contiguas nos miraban con curiosidad.

—¿Por qué estás tan contenta? —le pregunté.

Ella intentó controlar la sonrisa, pero, cuando intentaba quitarla, volvía a aparecer.

—¡Le has arrancado un dedo! —dijo por fin, y empezó a reírse a carcajadas—. ¿Estás loca? O sea, ha sido alucinante. Deberías haberla visto. «¡Mi dedo! ¡Mi dedo! ¡Encuéntrenlo!». —Kailani la imitó y entonces yo también sonreí.

Miré a Oslo; y él también tenía los labios ligeramente curvados.

—¡Le hiciste mucho daño! —dijo.

Me incorporé despacio, evaluando mis lesiones. Excepto por la herida en la cabeza, todo lo demás parecía estar en perfecto estado.

—Pero, Zara, la has enfurecido. Podría haberte matado —añadió Oslo.

Negué con la cabeza.

—Nos ha enseñado sus cartas. Quiere mi poder. No me matará hasta que lo consiga.

Kailani asintió.

—Tu hermana tiene razón. Quiere nuestros poderes, no nos va a matar.

—Zara. —A Oslo se le quebró la voz—. Tengo que decirte una cosa.

No podía hablar de eso en ese momento. Con él no.

—Ya lo sé —dije, y le acaricié el pelo—. Pero no podemos pensar en eso ahora mismo porque tenemos que ser fuertes, ¿de acuerdo? Es lo que habría querido Cyrus.

Al oír el nombre de nuestro hermano mayor, a Oslo se le llenaron los ojos de lágrimas, pero asintió. Más adelante me derrumbaría, ambos lo haríamos, y Axil nos ayudaría a recomponernos; sin embargo, en ese momento no podía pensar en otra cosa que no fuera poner a mi hermano a salvo.

—Psst. —Alguien de la celda de al lado llamó nuestra atención.

Miré y vi a una fae de apariencia frágil, con el pelo largo

y rubio, las orejas puntiagudas y las uñas sucias. Parecía que llevaba allí un tiempo.

Me indicó que me acercara un poco y me puse de pie. Tuve que esperar unos segundos a que se me pasara el mareo; luego me acerqué.

Kailani también fue hacia ella, y, cuando estuvimos a pocos centímetros de su cara, señaló las barras metálicas que nos separaban.

—Cuando me metieron aquí con mi hermana pequeña la primera vez, no tenían las esposas esas que suprimen la magia como las que les han puesto a ustedes. —Nos señaló las manos atadas.

Yo asentí, pero no entendía adónde quería llegar. Miró al centro de la sala, donde dos guardias charlaban tranquilamente y no nos estaban prestando atención.

—Pude usar mi magia dragontina y mi magia de fae de invierno para romper una de las barras. —Señaló entre nosotras y observé cómo sacaba la barra, dejando un hueco bastante decente. Luego la volvió a colocar por si el guardia miraba. Cuando estuve más cerca, advertí que solo se encontraba sujeta por arriba y por abajo, pero no soldada.

—Y lo hice también en la ventana. —Con las manos esposadas por delante de su cuerpo, señaló con la cabeza la apertura de la parte de arriba de la celda—. Mi hermana pequeña es del tamaño de tu hermano. Escapó y ni siquiera se han dado cuenta.

Se me entrecortó la respiración cuando caí en la cuenta de lo que estaba diciendo. El hueco no era lo bastante grande para un adulto, pero un niño pequeño podría pasar perfectamente con un poco de ayuda.

—¿Eres mitad dragontina, mitad fae? —le preguntó Kailani.

La mujer asintió. Eso lo explicaba todo. Fuego y hielo.

Usar fuego y hielo sobre el metal las veces necesarias a lo largo de la noche hasta que el metal se rompa como el de un herrero.

—Gracias. —Se me formó un nudo en la garganta porque la emoción me abrumaba.

—¿Tu hermana estaba en la celda contigo? —preguntó Kailani.

La mujer asintió con la cabeza.

—Lo hicimos por la noche, mientras el guardia dormía, pero creo que ustedes no tienen tanto tiempo: la reina quiere sus poderes. Lo torturarán hasta que tú aceptes.

Tenía razón. Y era muy inteligente.

—¿Qué sugieres? —le pregunté. Era evidente que llevaba allí más tiempo que yo y pensaba muy rápido.

Miró hacia atrás.

—Le pediría a los demás presos que crearan una distracción en unos diez minutos. Los guardias irán corriendo hacia el tumulto y tu hermano podrá salir.

Asentí a la vez que estiraba mis dedos entre los barrotes para agarrar los suyos. No tenía ni idea del regalo que nos acababa de hacer. No tendría que preocuparme porque torturaran a Oslo si yo no cumplía las órdenes de la reina.

—Gracias —repetí.

Ella me sonrió con delicadeza.

—Tenemos que mantenernos unidas.

Giró y se dirigió hacia el lado contrario para hablar con el hombre fae de la celda vecina. Le susurró algo y él asintió; se acercó a la celda de al lado y pasó el mensaje. Calculé que el mensaje llegaría hasta el otro lado de la sala en diez minutos y tendríamos nuestra distracción.

Ahora debía preparar a mi frágil hermano pequeño para que escapara y buscara un lugar seguro. Solo.

Me acerqué a Oslo y lo observé mientras él me miraba

con los ojos aterrados. Siempre había sido muy buena con él, lo había mimado y acurrucado. Ya no podía seguir haciéndolo, necesitaba que fuera fuerte para lo que le esperaba.

Coloqué mis manos esposadas sobre su hombro, lo miré a los ojos y vi muchísimo parecido con los de nuestra maravillosa madre.

Bajé la voz.

—En diez minutos va a haber una distracción al otro lado de la sala que llamará la atención de los guardias. Entonces abriremos un hueco del tamaño justo entre los barrotes para que pases a la siguiente celda... —Él empezó a protestar, pero lo mandé callar con una mirada—. Luego nuestra nueva amiga te levantará hasta su ventana, donde quitarás otro barrote y te escaparás. Tendrás que correr hasta la alcantarilla que hay en el muro occidental de la muralla. Es una tapadera metálica en el suelo, cerca de un parque. Entra ahí, pasa por debajo de la muralla y sal de la ciudad.

—Tú también vienes, ¿no? —preguntó con tanta inocencia que me dolió en el alma.

Sacudí la cabeza.

—Soy demasiado grande. Pero tú ya tienes doce años. Tienes que empezar a arreglártelas solo.

Le tembló el labio de abajo y quise darle un abrazo, pero mantuve las distancias.

—Cuando salgas de la alcantarilla al otro lado de la muralla, quiero que te transformes en lobo. Evita las zonas grandes de combate. Dirígete hacia el suroeste, a Thorngate, pero ve más allá si es necesario para evitar la guerra. Siempre puedes volver. Dile al rey fae que eres mi hermano y él te protegerá.

El pecho le jadeaba mientras me sostenía la mirada; era la primera vez que lo hacía. Eso me dio un atisbo de esperanza: igual era lo bastante fuerte para enfrentarse a eso.

—Eres un lobo pequeño, puedes esconderte en los matorrales y... —Se me quebró la voz al tragarme un sollozo. Acababa de recordar que Cyrus estaba muerto y él era la única familia que me quedaba, además de Axil y nuestro futuro hijo.

Lo sacudí un poco.

—¡Te quiero muchísimo, Oz! Tienes que ser fuerte por mí y hacer esto, ¿de acuerdo?

Entonces gruñó. Un gruñido de dominancia grave y firme.

—¡Puedo hacerlo! —me tranquilizó, y en ese momento sí que le di un abrazo. Lo apreté contra mí e inhalé su olor como si fuera la última vez que lo veía. Porque podía serlo.

—Pero tú también saldrás en algún momento, ¿verdad? —murmuró contra mi oído.

Me separé de él y lo miré con intención.

—La duda ofende —afirmé con seguridad, aunque no tenía tanta certeza. Entonces me di cuenta de que él no llevaba esposas. Seguramente no les preocupaba que un niño flacucho se convirtiera en lobo y pudiera hacerle daño a alguien. Pero yo sí estaba esposada, y eso significaba que era casi igual de inútil en mi forma humana. Pero no se lo pensaba decir a él.

Se armó un revuelo al otro extremo de la habitación. Gritos y peleas, y los guardias de inmediato se fueron hacia allí.

Era el momento.

—Te quiero, Oslo. Eres un niño maravilloso. Mamá y papá estarían muy orgullosos. —Intenté mantenerme fuerte, pero se me empezaron a derramar lágrimas por las mejillas.

—Yo también te quiero, Zar —dijo secándose él también las mejillas.

Maldita sea. Entonces le recé al Creador, algo que casi nunca hacía, y le pedí que protegiera a mi hermanito.

—Psst. —La mujer nos avisó y supe que teníamos muy poco tiempo. Kailani se colocó mirando a la pelea del otro lado, pero pegada a los barrotes para tapar lo que estábamos a punto de hacer. La mujer dragontina-fae quitó sin esfuerzo la barra y Oslo me miró por última vez. Le sonreí para darle ánimo. Él se puso de perfil y se deslizó entre los barrotes. Ya casi había cruzado cuando se le atascó una oreja y se quejó. Lo empujé rápido y cayó en la otra celda. La mujer colocó la barra de nuevo y lo llevó hacia la ventana. Me di la vuelta para comprobar que los guardias seguían entretenidos con la pelea que se estaba produciendo al otro lado.

El corazón me latía muy rápido. Giré y vi que la mujer ya había empujado a mi hermano hacia la ventana. Él quitó la barra del medio y metió el brazo. Lo único que yo podía hacer era rezar para que no hubiera nadie patrullando al otro lado de esa pared. Estábamos en una zona subterránea, así que cuando saliera, si conseguía quedarse agachado, podría escaparse sin que lo vieran. Para cualquier persona de Nightfall podría pasar por un humano, así que solo me quedaba esperar que todo fuera bien o la preocupación me volvería loca.

Me mantuve inmóvil cuando uno de los guardias se marchó de la celda en la que había empezado la pelea y fue hasta el centro de la habitación.

Miré por encima del hombro y vi que la mujer todavía no había terminado de empujar a mi hermano por la ventana. Cabía muy justo y tenía que arrastrar los codos para pasar al otro lado.

Empecé a pensar formas para que el guardia mirara a otro sitio, pero tenía la mente completamente en blanco. Cualquier cosa que hiciera llamaría la atención en mi dirección.

—¡Oye! —gritó un hombre en una de las celdas de la izquierda. El guardia giró en su dirección y el hombre se bajó los pantalones y le enseñó el trasero presionado contra las barras—. ¡Besen mis nalgas, malditos parásitos vendidos! —gritó.

El guardia sacó una porra y corrió hacia él, golpeando con fuerza las barras. El hombre se cayó hacia delante riéndose.

—¡Se acabó! —gritó el guardia—. ¡O los mataré a todos!

Miré otra vez hacia la ventana justo a tiempo para ver a la mujer colocar el barrote con las manos temblorosas, y luego girarse hacia delante como si no hubiera pasado nada. Solo vi los pies de Oslo a medida que se alejaban.

Se me llenaron los ojos de lágrimas, pero me esforcé para que no cayeran.

Estaba a salvo. Era el momento de luchar.

Me acerqué a los barrotes y apoyé en ellos la cara mirando al hombre que había ayudado a distraer a los guardias.

Asentí con firmeza con la esperanza de hacerle llegar así mi gratitud. Él asintió de vuelta.

Kailani se puso a mi lado y apoyó la cabeza sobre mi hombro. Era el equivalente a un abrazo. O todo lo que se podía hacer con las manos esposadas.

—¿Tienes familia? —le pregunté.

—Solo mi tía. No tengo hermanos. Mis padres murieron —me respondió.

—Los míos también. Él... era, es todo lo que tengo —le dije.

Me dio un golpecito con la cabeza y me obligó a mirarla. Su mirada tenía una calma que me dio paz.

—Vamos a salir de aquí y luego tú, Madelynn, Arwen y yo empezaremos a hacer retiros anuales. Como hacían ellos cuando eran jóvenes —declaró.

Yo sonreí.

—¿Sí?

Ella asintió.

—Hay un *spa* élfico donde dan unos masajes increíbles y tienen baños de barro y todos los manjares que te puedas imaginar.

—¿Y qué harán los hombres sin nosotras? —pregunté siguiéndole el juego. La verdad es que me estaba distrayendo.

—Vigilar a los niños y atender la cocina, por supuesto —me contestó. Estallé en una carcajada.

Pero se me pasó enseguida.

—¿Cómo hemos llegado a esto? A la guerra. Me resulta tan... horrible.

Ella miró a los guardias.

—Odio. División. Si la gente se centrara en lo que tienen en común, o en cómo ayudar a los demás, en lugar de en las diferencias..., nos ahorraríamos muchos problemas.

Bien dicho.

—¿Kailani?

Me miró muy seria.

—Zaphira ha matado a mi hermano mayor. Secuestró a mi hermano pequeño. No puedo permitir que siga con vida. A lo mejor muero intentando matarla, así que, por favor, dile a Axil que lo siento.

Se le descompuso la cara y me miró el vientre, donde estaba creciendo mi hijo. No quería pensar en eso en aquel momento. Solo quería vengarme. En mi pecho sonaba un tambor de guerra incesante, sentía una sed que no se saciaría hasta que le arrancara la cabeza a Zaphira.

Kailani asintió.

—Tendrás un pequeño margen de tiempo si te meten en la máquina que te roba la magia. Te quitarán las esposas. Va a ser la única ocasión que tengas para usar tu poder y adelantarte a ellos.

Asentí.

—Gracias.

Entonces nos quedamos en silencio, sentadas en el suelo con la espalda apoyada contra los barrotes. En algún momento vendría alguien por nosotras. Y, al cabo de varias horas, lo hicieron. Para entonces ya se me había curado por completo la herida de la cabeza.

—¿A dónde nos llevan? —preguntó Kailani mientras nos sacaban de la celda.

—Cierra el pico —le ordenó el guardia. El hombre miró dentro de la celda y parpadeó rápidamente—. ¿Dónde está el chico?

—¿Quieres que te responda o quieres que cierre el pico? —dijo Kailani.

Él le cruzó la cara de una cachetada y ella se quedó boquiabierta.

—¡Ya se lo han llevado! —le grité.

Él me volteó furioso.

—¿Adónde? ¿Quién?

Kailani se llevó una mano a la mejilla.

—¿Qué vamos a saber nosotras? No trabajamos aquí. Un guardia se lo llevó al laboratorio.

El hombre gruñó y me apuntó al cuello con un cuchillo afilado.

—Camina, y no intentes nada raro o te apuñalaré.

Hice lo que me pidió con la sensación de que era buena señal que no hubieran vuelto a traer a mi hermano a las mazmorras desde que se había ido.

¿Era libre? ¿Había conseguido salir de la ciudad? ¿Axil estaba bien? Sentía nuestro vínculo, oculto entre toda la ansiedad por mi hermano, pero sentía que seguía vivo. Si mi pareja estuviera muerta, lo sentiría, ¿verdad?

El guardia nos llevó escaleras arriba por un pasillo largo

hasta un comedor. Fuera de la habitación había dos guardias más. Uno de ellos se apartó y se colocó junto a Kailani.

—Están listos —le dijo al guardia que nos llevaba.

«¿Quiénes?».

Se abrieron las puertas y me quedé heleada al ver el espacio que teníamos delante. La reina de Nightfall estaba sentada en el extremo de una mesa enorme con un chupasangre de aspecto real sentado junto a ella. No sabía nada de la realeza necrómera, pero ese hombre apestaba a poder e influencia. La chamarra negra de cuello alto le encuadraba la mandíbula y me miraba fijamente con unos ojos que no me gustaban nada. Hambrientos, como un animal medio famélico.

Ninguno de los dos nos quitó la vista de encima, y la reina me gruñó. Observé su mano vendada y sonreí.

—Tú puedes quedarte con su poder licántropo, Regis; yo me quedaré con la reina elfa —anunció ella.

Regis me miró con los ojos entrecerrados.

—¿Es la esposa de Axil Luna? —preguntó, y a mí se me tensó el estómago. Sabían cómo se llamaba.

—Creo que lo llaman pareja, pero sí —respondió Zaphira.

Nos llevaron hasta la mesa, donde había dos sitios preparados frente a la reina y su compañero. Kailani y yo nos miramos.

«¿Qué pensaban hacer? ¿Darnos de cenar y luego robarnos la magia? ¿Por qué? ¿Para jugar con nosotras?».

Justo cuando empezaba a preguntarme si debíamos o no sentarnos, el guardia me empujó hacia abajo sobre una de las sillas. Estaba justo enfrente del hombre al que Zaphira había llamado Regis, que di por hecho que era el rey de los necros.

—¿Qué vas a cenar? ¿Sangre acompañada de sangre? —le pregunté con tono sarcástico.

Él miró a la reina y ella asintió.

—¿Ves? Tiene carácter. Esos son los que dan el mejor elixir mágico.

Tragué con fuerza al oír eso. Si Kailani tenía razón, solo tendría unos segundos desde que me quitaran las esposas hasta que me metieran en la máquina. Y, si no podía defenderme, recordaría la promesa que le había hecho a Raife y no flaquearía. Me negaba a darle mi poder a esa arpía. Me arrancaría el corazón antes que dejar que eso ocurriera.

Un mesero trajo tres platos de comida y los colocó delante de la reina, de Kailani y de mí. Luego colocó una copa de fluido rojo oscuro delante del rey.

Regis miró al mesero con asco.

—La prefiero directamente de la fuente. —Entonces giró hacia la reina—. ¿Me permites? —preguntó sin quitarme los ojos de encima.

Zaphira asintió y me tensé.

—Por favor, faltaría más.

Kailani se movió en su silla.

—¿No afectará a la transferencia de poderes? —preguntó nerviosa, y supe que estaba intentando conseguir tiempo.

—No —aseguró la reina, y, antes de que me diera cuenta, tenía al rey al lado y mi cara entre sus manos. Me moví para resistirme, pero no pude hacer nada, tenía su boca sobre mi cuello. Sentí un piquete en la piel y una náusea intensa mientras él absorbía.

—¡Para! —gritó Kailani retorciéndose a mi lado, pero el guardia la sujetó con fuerza en su sitio. Los ruidos que hacía al sorber de mi cuello me estaban dando ganas de vomitar, pero no tanto como el ligero zumbido de placer que murmuraba bajo mi piel. Me había lanzado alguna especie de hechizo que me estaba haciendo creer que me gustaba. Con un movimiento rápido de cabeza, estampé mi cráneo contra el suyo y se apartó de mí riéndose.

En cuanto soltó mi cuello, el placer se desvaneció y lo sustituyó una ligera palpitación.

Zaphira miró la mordida con una sonrisa en la cara.

—¿Está rica?

Regis se levantó.

—Oh, no te haces una idea. Y no solo eso, además tiene un vínculo con su pareja. Lo he sentido, muy lejos, pero estaba ahí.

Me quedé paralizada y tragué con fuerza. ¿Sentía los vínculos entre los miembros de una manada? Me tranquilicé y busqué a Axil. Sentía que estaba vivo y nervioso, pero estaba ahí. ¿El necro también había sentido lo mismo? Me parecía algo horrible, pero tampoco sabía qué poderes tenían los necros.

Regis se acercó hasta el plato de la reina y agarró su cuchillo de la carne.

—Me pregunto... ¿crees que su pareja puede sentir si le hago daño?

Kailani y yo nos retorcimos en nuestras sillas al oír eso, pero los guardias nos sujetaron. Tenía el corazón revolucionado en el pecho y era incapaz de calmarlo.

La reina asintió y luego levantó la mano vendada para mostrar el dedo que le faltaba, que se había convertido en un muñón sangriento escondido bajo una gasa blanca.

—Exijo venganza, amor mío.

«¿Amor mío?».

Él estaba de pie a su lado y, en cuestión de un segundo, estaba agarrándome la mano y colocándola sobre la mesa, con los dedos muy abiertos.

—¡No! —gritó Kailani mientras golpeaba el respaldo de la silla con la espalda.

El rey necrómero apoyó la hoja del cuchillo en mi dedo meñique y me quedé muy quieta, resignándome a mi destino. Cyrus me enseñó que las heridas duelen más si te resistes.

«Controla dónde te hacen daño».

Escondí los demás dedos y le ofrecí voluntariamente el meñique. Entonces miré a Kailani para indicarle que no pasaba nada. Le empezaron a brotar lágrimas de los ojos y entonces... las puertas del comedor se abrieron de golpe y entró un chico tambaleándose a la vez que se agarraba el cuello. Tenía la cara morada y le salía espuma por la boca. Regis y Zaphira se quedaron paralizados.

—¿Quién es ese? —preguntó Regis perplejo.

El tenedor de Zaphira rechinó sobre el plato y le tembló la mano.

—Mi probador de comida.

Apretó los labios y se agarró el cuello. Sin apartar los ojos de Kailani, se levantó.

—¡Tú puedes salvarme! Regis, ¡ella me puede salvar!

La reina empezó a toser y a carraspear de forma descontrolada. Se tambaleó hacia delante y cayó sobre la mesa dando bocanadas en busca de aire. Rodó sobre su espalda y se quedó mirando al techo.

El rey necrómero pasó de estar a punto de cortarme un dedo a colocarle a Kailani el cuchillo en el cuello. Era tan rápido que me ponía nerviosa. Un adversario digno, de haber sido una pelea justa.

—¡Sálvala! —ordenó, y miró a los guardias—. ¡Quítenle las esposas!

A la reina se le pusieron los labios morados y se le empezó a acumular baba blanca mientras intentaba respirar.

Kailani se puso de pie, miró a Zaphira y sonrió.

—Prefiero morir antes que salvarla. Así que mátame ya y terminemos con esto.

Sentí un inmenso orgullo en ese momento. Kailani era una alfa: no le temía a la muerte.

Regis gruñó y se dispuso a hacerlo justo cuando yo salté

de pronto y golpeé al guardia que tenía detrás en la cabeza. Mientras yo me movía, el silbido de unas flechas rasgó el ambiente, seguido del sonido desagradable de las puntas clavándose en la carne.

Parpadeé y retrocedí. El rey necrómero cayó hacia atrás con tres flechas clavadas en el pecho y una en un lado de la cabeza.

Dos sonidos de flechas más y cayeron los guardias, cada uno con una flecha en el corazón.

Se movió la cortina de la pared del fondo y apareció Raife con el arco en la mano.

—¿Están bien, señoritas? —nos preguntó, pero sin apartar la mirada de la reina moribunda. Esta apenas respiraba, se le retorcía el cuerpo delante de nosotras y se arañaba la cara morada.

Las dos asentimos y me agaché para agarrar la pequeña llave que colgaba del cinturón del guardia. La utilicé para liberar a Kailani y luego ella me soltó a mí.

Raife se inclinó hacia delante y apoyó la punta de una flecha en el cuello de la reina. Había adquirido muchos poderes, pero seguía siendo demasiado débil como para usar siquiera uno contra él.

—Esto es por mi familia —dijo, y observó cómo se retorcía y luchaba por respirar con un gran sufrimiento.

Se le salieron aún más los ojos.

—Y por mi hermano —añadí.

Kailani se acercó más y se agachó para hablarle al oído.

—Y por todas las demás personas a las que has hecho daño con tu existencia.

Una última sacudida y se quedó inmóvil, con los labios secos y blancos, la cara morada y los ojos saltones. Era algo horrible de ver y, aun así, no me sentía satisfecha. Agarré el cuchillo de la carne y lo se clavé en el pecho, justo en el corazón.

—Por si acaso —afirmé.

Raife soltó la flecha al suelo y se apoyó contra la pared. Suspiró aliviado. Llevaba años persiguiendo esa venganza. No tenía ni idea de cómo le había afectado, pero a mí seguro que me habría comido viva. Saber que al llegar a casa me iba a encontrar con el cadáver de Cyrus me mataba, pero esto, al menos, me proporcionaba un mínimo consuelo.

—No quiero echar a perder el momento, pero, en tiempos de guerra, si le llevamos su cabeza al general al mando, tiene que proclamar un alto el fuego. Seguramente ahora mismo esté muriendo gente en el frente, así que... —Kailani miró a su marido.

Raife asintió y se sacó la espada de la cadera. Kailani apartó la vista cuando este le cortó la cabeza a la reina de un solo golpe. Con un dedo enredado en el pelo de la cabeza, salió del comedor con su mujer y yo justo detrás. Ahora que ya no estaba esposada, invoqué el poder que había tomado prestado de Axil.

Si alguien intentaba algo, lo obligaría a arrodillarse.

Con la cabeza de la reina en alto, Raife emitió un grito de guerra y salió por la puerta principal del castillo de Nightfall.

Los soldados que estaban en los escalones lo miraron sobresaltados y, cuando vieron la cabeza de su líder, ahogaron un grito impactados.

Sacaron sus armas, pero yo usé mi poder para obligarlos a quedarse inmóviles.

—¡La guerra ha terminado! —aulló Kailani—. ¡Su reina está muerta y, por lo tanto, deben rendirse y abrir las puertas!

Relajé mi poder sobre las dos docenas de hombres y uno de ellos dio un paso adelante, miró a un compañero y ambos asintieron.

—Avisa al general Ibsen.

El guardia se marchó y esperamos mientras otro corría hacia la puerta. Ninguno parecía saber muy bien qué tenía que hacer. Su líder estaba muerta, yo tenía el poder de controlarlos y la guerra entre nuestros pueblos había terminado.

Al cabo de un momento, las puertas de Nightfall City se abrieron y entraron docenas de lobos. Sonreí al ver que eran de la Guardia Real licántropa con Lucien al frente. Parecía que habían conseguido la victoria en los frentes y se habían acercado hasta el castillo. La gente retrocedía asustada y los guardias soltaron las armas. Analicé a la gente que empezaba a llenar la ciudad. Estaban Madelynn y...

En cuanto vi a Axil en forma humana, con mi hermano pequeño de la mano, empecé a correr.

—¡Axil! ¡Oslo! —los llamé. Golpeaba con fuerza el suelo mientras acortaba la distancia entre nosotros. Mi hermano soltó a Axil y corrió a mi encuentro; nos chocamos en un gran abrazo. Estaba cubierto de polvo y ramas, pero, por lo demás, parecía estar entero. Luego se acercó Axil. Me envolvió en sus brazos con Oslo en el medio, me dio un beso en los labios y me tocó el abdomen.

—¿Estás bien? —preguntó.

Yo asentí.

Ahora estaba bien. La reina estaba muerta y mi pequeña familia sobreviviente estaba sana y salva.

20

La siguiente hora fue un poco caótica. Envié a Oslo de vuelta al castillo de Lucien con algunos guardias de confianza para que se quedara con las gemelas de Arwen hasta que acabara todo. Los soldados observaban cansados a los reyes y las reinas de Avalier, que se encontraban reunidos frente a los escalones de su castillo. Nuestros lobos los habían desarmado y les habían pedido que esperaran a un lado. La cabeza de su reina estaba clavada en un palo en el centro del pueblo para que todo el mundo pudiera verla. La guerra había terminado y no toleraríamos ninguna revuelta. Arwen y Drae acababan de llegar y nos reunimos todos.

El general Ibsen se había rendido y había partido en busca del heredero mayor de la reina Zaphira. Por lo visto, los mantenía separados dentro de su reino.

Habíamos soplado el cuerno de la rendición y también habían cesado los combates en las fronteras.

Liberamos a los prisioneros de las mazmorras y se dijo a todos los habitantes de Nightfall que esperaran en sus casas. Habíamos decretado un toque de queda y queríamos que en la calle hubiera la menor cantidad de gente posible por si surgía alguna pelea con el nuevo rey de Nightfall.

Estábamos a punto de decirle al hijo de Zaphira que habíamos matado a su madre y que la guerra con nuestro pueblo había terminado. Si no nos garantizaba una alianza, también lo mataríamos a él. Tenía otros seis hijos vivos, si había entendido bien a Drae. Así que iríamos matando uno a uno si ninguno firmaba un tratado de paz con nuestras razas y dejaba de lado los enfrentamientos.

El tiempo pasaba y, por fin, entraron dos hombres a caballo por las puertas de la ciudad.

Uno era el general Ibsen, di por hecho que su acompañante era el nuevo rey de Nightfall. Lo observé detenidamente a medida que se acercaban. Era alto y musculoso. Más que los elfos, menos que los licántropos. Tenía el pelo ondulado y oscuro, y le caía con estilo hasta la barbilla puntiaguda, sus ojos eran café oscuro. Me gustó ver que transmitía con la mirada la amabilidad de la que carecía su madre. Y era difícil obviar lo guapo que era.

Se bajó del caballo y vino frente a nosotros ocho. Llevaba una armadura metálica con la insignia de Nightfall. Estaba limpia y parecía que no la había usado nunca. Era evidente que no había estado últimamente en el campo de batalla y que solo la llevaba como una formalidad. Miró una vez a la cabeza de su madre ensartada, pero no vi ninguna emoción. O se le daba muy bien ocultarla o simplemente le daba igual que hubiera muerto.

Agachó la cabeza con un profundo respeto y luego nos miró a los ojos.

—Soy el príncipe Callen. Me han dicho que han asesinado a mi madre y que nos hemos rendido en la guerra.

Era muy formal y tenía un aspecto severo, no mostraba ninguna emoción, y eso era algo que yo respetaba.

Drae dio un paso adelante: habíamos acordado que él sería nuestro portavoz.

—Ahora eres el rey Callen. Si quieres. Solo exigimos que firmes un tratado de paz de cien años para que no vuelva a producirse jamás una guerra entre nuestros reinos.

Callen pareció considerar las palabras de Drae mientras miraba a los leales soldados de su madre, que estaban de pie apartados de nuestra conversación.

—¿Y si no lo firmo? —preguntó.

Bueno, pues empezamos bien.

—Entonces te mataremos y pasaremos al siguiente heredero en la línea de sucesión; hasta que alguno acepte.

Parecía que Callen esperaba esa respuesta.

—De acuerdo. ¿Pasamos dentro para concretar las negociaciones? —preguntó levantando una ceja.

Había algo en su cara. Algo que indicaba que tenía mucho más que decir, pero que no quería hablar delante de los soldados de su madre.

Drae inclinó la cabeza.

—No cabe ninguna negociación, pero está bien.

Entonces, Axil y yo entramos por las puertas de palacio, donde ya no había ninguno de los suyos y estaba abarrotada de los nuestros, y todos nos siguieron. Había un soldado licántropo en la entrada de cada pasillo y en cada puerta.

Cuando Callen entró al castillo, hizo el amago de ir al comedor, pero yo lo detuve.

—Será mejor que no veas lo que hay ahí.

«El cuerpo sin cabeza de tu madre», quería decir.

Puso cara de saber a lo que me refería y dejó atrás esa puerta para acercarse a otra. Entramos y nos encontramos en un estudio enorme donde solo había un escritorio con una silla.

Callen pasó detrás del escritorio y se sentó en la silla mientras los demás nos esparcíamos a su alrededor. Kailani cerró la puerta.

Al llegar a un lugar reservado, Callen suspiró.

—Disculpen mi reticencia aparente a firmar este tratado. Tenía que mostrar duda ante los seguidores de mi madre.

Drae asintió.

—Entonces, ¿firmarás el tratado?

Callen se pasó la mano por el pelo.

—Por supuesto. Pero puede que no sobreviva a esta noche si lo hago. Mi madre era una extremista, nunca estábamos de acuerdo en nada. Y sus hombres son leales a sus ideales. —Le temblaba la mano y me provocó un poco de ternura. Temía de verdad por su vida, eso estaba claro.

—¿Tienes ejército propio? —le preguntó Drae.

Callen se apretó la sien.

—No lo llamaría ejército. Tengo a veinte hombres que me guardan lealtad en un fuerte a una hora al este de aquí.

Drae miró a Lucien, que agachó la cabeza de acuerdo. Lucien miró a Axil y a Raife, y fue como si hubieran compartido un mismo pensamiento sin palabras.

Drae carraspeó.

—Firma el tratado y dejaremos a trescientos de nuestros hombres aquí hasta que consigas hacer la transición al nuevo reinado. Tendrás que descartar a todo el que sea leal a los ideales de tu madre y quedarte con quien mejor vaya a servirte.

Callen se puso rígido y se le abrió la boca.

—¿Harían eso?

—Queremos que sea una paz duradera e invertiremos lo que sea necesario para ello —añadió Raife.

Era una idea magnífica y la paz duraría mucho más si se deshacía de los seguidores de su madre.

Callen miró al rey elfo y tragó con fuerza.

—Yo... siento mucho lo que mi madre les hizo a sus familias y a sus pueblos.

¿Se ha disculpado? No me lo esperaba. Este tipo de tomas de poder solían ser muy tensas.

—¿Eras muy unido a ella? —pregunté en un intento de evaluar cómo era posible que aquel ser humano normal y aparentemente amable hubiera salido de semejante mujer.

Él soltó una carcajada.

—No era capaz de estar unida a nadie. Ni de querer a nadie. No, mis hermanos y yo vivimos con ella hasta que cumplimos los siete años. Luego nos mandó a vivir a otro sitio y a que nos criara una niñera. Cada uno somos de un padre diferente. Solo quería herederos para continuar con el linaje. Mi hermano mayor era el único que estaba unido a ella de verdad y está muerto.

Sentí una punzada en el corazón. ¿Solo vivieron con su madre hasta los siete años y luego se las tuvieron que arreglar solos? Me parecía algo horrible. Me acordé de Oslo en ese momento y en lo inocente y cariñoso que era con siete años. Necesitaba muchísimo amor y consuelo.

—¿Tus hermanos intentarán arrebatarte el poder? —preguntó Raife. Era evidente la preocupación en su voz.

Callen suspiró tembloroso.

—La verdad... no lo sé. No tenemos relación. Ella nos separó. Dudo que alguno quiera aceptar tal responsabilidad. Todos tenemos nuestras propias tierras que gestionar y todos somos ricos de forma independiente. No tenemos ningún interés en tener un reino.

Sabía que Axil se sentiría identificado con esta carga del linaje, y en ese momento deslizó su mano sobre la mía.

—¿Estás casado? ¿Tienes hijos? —le preguntó Drae.

Él negó con la cabeza.

—Soy el dueño de una mina que da muchos beneficios, no tengo tiempo para tener una esposa.

Arwen se rio.

—Bueno, ahora eres rey. Eso implica que debes casarte y tener hijos.

De pronto, todos nos habíamos puesto a darle a ese hombre consejos para reinar.

Él se quedó un poco aturdido.

—Supongo.

Parecía estar muy abrumado y me dio un poco de lástima, pero teníamos que asegurarnos de que la transición fuera lo más tranquila posible para que Nightfall no se volviera a levantar contra el poder.

—Tengo una idea —propuse, y todos me miraron—. Rey Callen, es tu oportunidad para cambiar las cosas, mejorarlas más que nunca —le dije, y él asintió—. ¿Y si, junto con la firma del tratado de paz, te comprometes a casarte con una mujer de alguno de nuestros reinos?

Toda la sala se quedó en un silencio sepulcral. Su madre había sido una purista, humanos contra nosotros, los seres mágicos. Y, cuando no pudo tener lo que nosotros teníamos de forma natural, nos lo robó.

—Enviarías un mensaje a tu pueblo de que el nuevo reino de Nightfall es inclusivo. No solo un reino con un tratado de paz con nuestras razas, sino uno casado con alguna de ellas, con generaciones de herederos —añadió Drae quien parecía encantado con mi idea.

Callen tragó, como si la mera idea de casarse con una mujer que pudiera transformarse en un animal le aterrara.

—Por favor, disculpen mi ignorancia, vivo en la montaña y no viajo demasiado. ¿Podría... tener hijos sanos con alguien que no es de mi raza?

Kailani se rio.

—¡Claro! Sus hijos tendrán mitad humana y mitad la raza de la que sea tu esposa. Tendrán alguna de sus habilidades, sean cuales sean. Yo soy medio elfa.

Se relajó al escuchar aquello y yo me tuve que recordar que a ese hombre lo habían recluido en las montañas y seguramente le hubieran contado millones de mentiras sobre nuestras razas durante toda su vida.

—Es una simple sugerencia —dijo Drae—, pero puede ser un buen salto a...

—No, creo que es una buena idea. Un matrimonio para casar a nuestros reinos. Para mí sería un honor elegir a una mujer de cualquiera de sus tierras —dijo de forma diplomática, pero su voz demostraba que estaba nervioso. Me preguntaba si era porque acababa de aceptar elegir a una mujer con magia, o simplemente porque tendría que casarse. Era muy joven y guapo y acababa de admitir que era rico. Estaba segura de que, donde él vivía, había tenido a cualquier mujer que hubiera querido. Tendría que renunciar a eso, convertirse en rey y cambiar toda su vida de la noche a la mañana. Era mucho que procesar.

Drae sacó el tratado preescrito y lo extendió sobre el escritorio.

—Muy bien. Si firmas aquí, podremos anunciar tu deseo de casarte mientras nuestros hombres se quedan aquí por si acaso hubiera una revuelta.

Tomó la pluma y la tinta.

—Te lo agradezco —le dijo a Drae—. Dudo mucho que se tomen bien la noticia.

—Igual te sorprenderías —propuso Kailani—. Yo crecí aquí y mucha gente hacía lo que tu madre decía simplemente porque le tenían miedo, no porque estuvieran de acuerdo.

Drae puso la mano sobre el tratado para impedir que Callen firmara.

—¿No quieres leerlo primero? —preguntó—. También requiere la destrucción de todas las máquinas que roban magia que creó tu madre.

Callen se estremeció.

—Odiaba esos inventos. Me parece fantástico destruirlos. Solo quiero que nuestros territorios vivan en paz.

Drae apartó la mano y Callen firmó mientras todos los demás suspirábamos aliviados.

Ya estaba hecho y, en mi opinión, Callen ya estaba mostrando madera de rey decente.

Nos dio la mano uno a uno. Sinceramente, se había ganado mi respeto. A partir de ese momento, las cosas iban a ser bastante duras para él, pero parecía dispuesto a hacer lo que fuera con un poco de ayuda.

—Odio tener que añadir una cosa más, pero tu madre se había aliado con los necrómeros y también hemos matado a su rey. Está en tu comedor. —Me estremecí mientras se lo decía.

Se le salieron los ojos.

—¿Con los necros?

Yo tenía razón, no había estado en el campo de batalla. La armadura era pura imagen.

—Puede que haya represalias. Te recomiendo que reúnas a un consejo para que te asesoren —ofreció Lucien.

—Necesito una copa —apuntó Callen, y todos nos reímos a carcajadas.

Drae se acercó por detrás del escritorio y le dio una palmada en el hombro a Callen.

—Todo irá bien, joven rey. Solo debes fingir que lo tienes todo bajo control hasta que lo tengas de verdad.

—Tomo nota —dijo Callen, pero tenía una sonrisa triste.

Y, sin más, nos marchamos. La guerra de la que yo ni siquiera me había enterado dos semanas antes ya había acabado y lo único que quedaba por hacer era enterrar a nuestros muertos y curar nuestros corazones.

21

Ya se me notaba un poco, tenía el vientre ligeramente hinchado por el embarazo. Habían pasado dos meses desde el final de la guerra y decidimos volver juntos a Archmere con el resto de los reyes y reinas de Avalier para celebrar un funeral por nuestros caídos. Yo enterré a mi hermano Cyrus el día que llegamos y quedé sumida en una depresión que me duró una semana. Los únicos que conseguían sacarme de la cama eran Oslo, Axil y el bebé.

Me acariciaba el abdomen mientras chupaba el trozo de jengibre que me había cortado mi dama de honor esa mañana para calmar las náuseas. Eliza estaba a mi lado en el carruaje y Oslo iba a caballo junto a Axil. Este le estaba enseñando a Oslo todas las cosas de hombres que necesitaba aprender para ser un alfa y un líder. Desde que escapó de la mazmorra del castillo de Nightfall, había demostrado una gran dominación y parecía estar madurando.

Axil dijo que en unos tres años, Oslo podría tener un buen puesto en su ejército para empezar a aprender los tejemanejes y que, algún día, sería un gran comandante.

—Tita Liza —soltó Eliza. Su comentario me sacó de mis pensamientos.

—¿Cómo?

—Estoy probando formas para que me llame el bebé. Eliza es demasiado largo.

Sonreí a mi hermana de manada. Aunque Axil me reclamó para la manada de Death Mountain, y Eliza seguía perteneciendo a Mud Flat, nuestro vínculo era tan fuerte como si perteneciéramos a la misma. Nadie podía explicarlo. Era irrompible. Forjado con confianza y sobre una deuda de vida por ambas partes.

—Tía Liz —lo acorté aún más.

Eliza sonrió.

—Me encanta.

Eliza había madurado en la manada de Mud Flat. No era lo bastante dominante como para ocupar mi puesto, pero era la sexta, que seguía siendo bastante impresionante. Vivía en mi casa de la infancia y ayudaba a cuidar de la viuda de mi hermano y de mis sobrinos. Yo iba a visitarlos una vez al mes.

—Amara me ha dicho que pasas largas noches con Shane bajo las estrellas —dije con voz dulce—. ¿A qué viene eso?

Eliza resopló.

—Una señorita no va por ahí comentando sus amoríos.

—¡Entonces hay amoríos! —la acusé.

Ella soltó una carcajada y se puso muy roja, lo que me hizo reír a mí también. Su risa era contagiosa y yo estaba muy agradecida de que, contra todo pronóstico, las dos hubiéramos salido vivas de las Pruebas de la Reina.

El carruaje empezó a frenar y Axil asomó la cabeza dentro.

—Hemos llegado.

No estaba acostumbrada a viajar en carruaje, pero, ahora que era una reina embarazada, Axil dijo que viajar en mi forma de loba no era ni apropiado ni seguro.

Nos bajamos del carruaje, Oslo saltó del caballo y me dio la mano.

—¿Van a escribir el nombre de Cyrus en un árbol o algo así? —me preguntó.

Yo le acaricié la cabeza.

—No lo sé. Seguramente no. —Los elfos habían pedido encargarse de las tareas de honrar a los caídos. Se recuperaron quinientos treinta y siete cuerpos de la guerra. Faes, dragontinos, elfos y licántropos. No sabía qué funeral iban a celebrar, pero Kailani parecía muy emocionada en la última carta que me escribió.

Estaba empezando a oscurecer y el sol se ponía tras el horizonte. Los elfos fueron muy estrictos con que el funeral tenía que ser durante la puesta de sol.

Cientos de personas habían venido desde todo el reino para estar allí esa noche. Vi a Madelynn entre la multitud con Lucien, y me saludó. Cuando llegamos junto a ellos, me dio un fuerte abrazo.

—¡Ya tienes pancita! —Se agachó hasta mi vientre y sonreí. Axil y Lucien se dieron una palmada en la espalda y Kailani apareció de pronto delante de nosotros.

—¡Rápido! ¡Se lo van a perder! —dijo, y me agarró de la mano, jalando de Oslo y de mí hasta el espacio abierto que habían preparado para el evento. Estábamos a los pies de una montaña preciosa y en el centro de la pradera había un maravilloso sauce enorme.

Raife se puso delante del árbol. Llevaba una túnica plateada muy elegante. Kailani jaló hasta que salimos de la muchedumbre y llegamos hasta adelante. Sabía cuánto me había afectado la muerte de mi hermano y me pareció muy tierno que le hubiera dedicado tanto tiempo a ese funeral para los caídos.

Raife carraspeó y señaló a su mujer.

—Me gustaría honrar a mi reina, mi esposa, mi amor, Kailani. Esto fue idea suya. Se reunió con todos los artistas y siguió de cerca el proyecto.

Todo el mundo empezó a aplaudir, yo incluida, y Kailani, de pie junto a su marido, se sonrojó.

—Y muchísimas gracias a todos los artistas locales que han hecho posible este funeral y han trabajado sin descanso. —Raife señaló con la mano a más de cincuenta artistas que salieron de entre el público y se juntaron delante de nosotros.

Aplaudimos con fuerza mientras ellos hacían una reverencia, aceptando los halagos con gratitud. Cuando se apartaron a un lado, volviendo a despejar el claro, me di cuenta de que el sauce llorón tenía unas hojas o unas flores que brillaban bajo la tenue luz del sol como si fueran de metal.

—La guerra de Nightfall nos arrebató mucho —dijo Raife—, pero ahora tenemos por delante un reinado de paz en el que intentaremos encontrar consuelo. —Entonces señaló el árbol—. Que las almas de los caídos descansen para siempre con su Creador. Por favor, acérquense y, cuando se ponga el sol, verán la sorpresa.

Todos los presentes se acercaron. Yo le agarré la mano a Oslo y caminé hacia el árbol. Conforme nos íbamos acercando, los objetos metálicos se iban apreciando con más claridad.

Eran metálicos, pero no eran flores. ¡Eran mariposas! Figuras diminutas enganchadas al árbol. El cuerpo de cada una de ellas era de un cristal precioso.

Me acerqué más a una y observé el minucioso diseño de sus alas. Por el borde del ala, en letra diminuta y perfecta, se leía: «En honor a Thomas Colt».

Se me formó un sollozo en la garganta.

Leí otra.

«En honor a Cassy Readers».

Apareció Kailani a mi lado y nos llevó a una rama cerca de la base del árbol. Había una pequeña mariposa dorada y en el ala se leía: «En honor a Cyrus Agualigera».

Oslo la miró y se empezó a secar los ojos llenos de lágrimas. Yo intenté contenerlas, pero no pude. Normalmente habría dicho que las lágrimas son débiles y me habría esforzado por no mostrar ninguna emoción, pero mi hermano se merecía todas las lágrimas que había llorado por él.

—Es precioso —le dije a Kailani. Ella observaba atenta mi reacción.

Me dio una palmadita en la espalda.

—Mira. —Me señaló el centro de la mariposa y tuve que parpadear muy rápido para asegurarme de que no estaba imaginando cosas.

El sol se había puesto y los cristales del centro de la mariposa estaban brillando. Al principio apenas se notaba, pero, conforme se oscurecía el cielo, todas las mariposas adoptaron una tonalidad morada.

Se escucharon varios gritos ahogados entre el público a medida que el árbol se iluminaba como la luna. Más de quinientas mariposas brillantes.

—¡Los cristales no se apagan nunca! —gritó Raife—. ¡La luz del sol los carga y brillarán todas las noches hasta el fin de los tiempos! Al igual que el recuerdo de aquellos que dieron la vida por nosotros no nos abandonará nunca.

Varias personas empezaron a llorar y le di un fuerte abrazo a Oslo. De pronto, Axil nos estaba abrazando a los dos. Era la forma perfecta de recordar a mi hermano. Su luz jamás se apagaría, como su recuerdo jamás me abandonaría.

Un año después

—Como alfa, tendrás que mirar a la muerte a la cara y reírte —le explicó Axil a nuestro hijo, Koa Cyrus Luna, de tres meses, mientras lo acunaba en sus brazos. Koa miró a su padre con unos ojos azul brillante y burbujas de baba en la boca, y yo sonreí.

—¿Ya le estás enseñando a ser un lobo grande y malvado? —le pregunté al entrar en la habitación.

Axil me miró con adoración.

—El entrenamiento alfa empieza muy pronto.

Yo me reí.

—Demasiado pronto, sí.

Me puse a su lado y le di un beso en la mejilla.

—¿Seguro que estarán bien sin mí tres días?

—Es una broma, ¿verdad? Koa tiene dos nodrizas y a la loca de su tía Liz. Y yo tengo a todo el servicio de palacio. Estaremos bien. Diviértete con tus amigas.

Kailani había organizado el primero de nuestros retiros anuales para reinas. Nos quedaríamos en un popular manantial termal élfico en las montañas durante tres días. Solo Kailani, Madelynn, Arwen y yo.

Le sonreí y entró una de las nodrizas para llevarse a Koa

y darle de comer. Le di las gracias, le di un beso de despedida al bebé y miré a Axil. A veces me resultaba increíble que lo hubiéramos conseguido. Que hubiera conocido a mi pareja a los quince años y que, contra todo pronóstico, ahora fuéramos marido y mujer.

—He estado pensando. —Axil me agarró y me empujó hacia él para que nuestros cuerpos estuvieran pegados—. Koa necesita una hermana. —Su respiración me rozó el cuello y solté una carcajada.

—¡Koa todavía está amamantando! La hermana puede esperar. —Le di un golpe en la mano que subía por dentro de mi túnica.

Axil puso cara triste y sacó el labio de abajo.

—¿No tienes dos pechos para eso? Puedes amamantar a dos a la vez. Arwen lo hace.

Me reí despreocupada y no pude evitar que se me hinchara el corazón.

—¿Quieres una hija? —le pregunté poniendo de pronto la voz de intimar y entrecerrando ligeramente los ojos.

Él tragó saliva y asintió. Le pasé un dedo por la cintura del pantalón y cerró los ojos. Hacer el amor con Axil para mí nunca era suficiente. Conocía cada centímetro de mi cuerpo, sabía todo lo que me gustaba.

—¿Y si tenemos otro hijo? —pregunté mientras le pasaba los labios por la mandíbula.

—Entonces lo seguiremos intentando hasta que tengamos una hija que sea tan peleonera y preciosa como su madre —jadeó.

Yo sonreí y me aparté para quitarme la túnica.

—¿Y si tenemos una docena de hijos antes de dar con la niña?

Me miró y sonrió.

—No se me ocurre nada mejor que tener una docena de hijos contigo, mi amor.

Se puso de rodillas, me besó el vientre y el deseo me recorrió todo el cuerpo, desde el pecho hasta el lugar más sensible entre mis piernas. El ansia palpitaba por todo mi cuerpo. Desde el nacimiento de Koa, nuestros encuentros sexuales habían sido escasos. Me quedaba hasta tarde amamantando y con los llantos, así que era complicado tener tiempo para ese tipo de cosas.

Axil pasó la lengua por la cintura de mi pantalón y tragué con fuerza mientras me los desabrochaba y dejaba que cayeran al suelo.

—Voy a llegar tarde al carruaje para Archmere —susurré.

Él levantó la mirada y pude ver sus ojos amarillos.

—Me da igual.

Le sonreí a su lobo.

«Hola, me alegro de verte».

Me encantaba que Axil fuera enérgico y dominante en la cama.

—Pues será mejor que valga la pena, Axil Luna —ordené.

Entonces, me levantó y me cargó sobre su hombro. Yo chillé mientras me llevaba hasta la cama matrimonial.

Cuando me tiró bocarriba, sus ojos recorrieron todo mi cuerpo con deseo.

—¿Me estás retando? —Había vuelto su lobo y sonreí cuando se colocó encima de mí.

Lo habíamos conseguido. Contra todo pronóstico, habíamos encontrado nuestro felices para siempre y tenía que estar de acuerdo con Axil: había valido la pena esperar.

Llegué tarde a mi escapada con las chicas, pero a ninguna pareció importarle. Durante los próximos tres días íbamos a pasarnos las horas con masajes, máscaras de arcilla y conversaciones de chicas. En cuanto llegué, me llevaron hasta las habitaciones del *spa* élfico que Kailani había reservado para nosotras. Cuando entré en la lujosa habitación, las vi a las tres de pie frente a una bandeja de fruta seca y queso. Arwen giró, con el vientre hinchado por el embarazo.

Me quedé boquiabierta.

—¡No me lo habías dicho! —Corrí hacia ella y Kailani también se dio la vuelta y pude ver su vientre, ligeramente menos hinchado que el de Arwen.

Se me abrieron los ojos.

—¡¿Están todas embarazadas?! —grité emocionada mientras las abrazaba a las dos.

—¡Queríamos darte una sorpresa! —Arwen se acarició el abdomen—. Creemos que vuelven a venir dos.

A mí me daría muchísimo miedo, pero ella parecía estar muy tranquila.

—Yo espero que el mío venga solo —apuntó Kailani.

Madelynn se acercó a mí y me sonrió, acariciándose su vientre plano.

—Yo todavía no estoy embarazada. Queremos pasarnos un año viajando.

Me jaló para darme un abrazo.

—Es una gran idea. Vengan a visitarnos a Fallenmoore —le dije.

—¿Qué tal el pequeño Koa? ¿Te despierta mucho por las noches? —preguntó Kailani.

Nos sentamos y nos pasamos horas hablando. De la familia, de nuestros sueños y esperanzas, de las cosas que nos molestaban de nuestros maridos. Era muy agradable poder relajarnos y hablar con otras mujeres fuertes y que además eran líderes. Estas mujeres se habían convertido en mis aliadas y amigas durante el último año. Kailani y Raife vinieron para el nacimiento de Koa por si había alguna complicación. Arwen y Drae volaban con las gemelas una vez al mes para que jugaran con Koa, y Madelynn y yo habíamos desarrollado una amistad muy profunda a través de las cartas. Tenía una hermana pequeña de la edad de Oslo y compartíamos las cargas de tener que cuidar de nuestras familias.

—Oye —dijo Madelynn dándole un sorbo a su copa de vino—, deberíamos enviar a nuestros hijos a retiros anuales, como hicieron nuestros maridos, para que tengan un vínculo fuerte conforme crecen nuestros reinos.

—¡Sí! —exclamó Arwen.

—¡Totalmente! —intervino Kailani.

Yo asentí con una sonrisa; pero entonces me golpeó un pensamiento. ¿Deberíamos invitar a los futuros herederos de Nightfall? La reina estaba muerta y su hijo Callen, más sensible, se había hecho con el poder y se casaría pronto. Pero las máquinas que se habían destruido podrían volver a fabricarse. Que todos los hijos del reino se juntaran cada año en un retiro aseguraría la duración de la paz.

—Me parece buena idea, y deberíamos invitar también a los futuros herederos de Nightfall —añadí.

Las tres mujeres se quedaron inmóviles, parecían estar considerando mis palabras.

—¡Sí! Bien pensado —aprobó Madelynn mientras se metía otro trozo de fruta en la boca.

Por fin, Kailani asintió de acuerdo.

—Tienes razón. Qué sensata eres, Zara.

Me reí y Arwen levantó su vaso de jugo hacia mí.

—Zara tiene razón. El futuro de Avalier depende de la buena relación entre todos los reinos, incluido Nightfall.

—Sobre todo Nightfall —añadió Madelynn levantando también su vaso.

Brindamos todas juntas y luego Arwen suspiró.

—¿Deberíamos invitar también a los herederos de Necromere?

—Tampoco vayas tan alto —le advirtió Madelynn a la reina dragona. Eso hizo que todas estalláramos en una carcajada.

Luego estuvimos otra hora hablando de la guerra y de lo bien que iban las cosas ahora. Cuando el sol empezó a ponerse, Arwen se levantó con una sonrisa alegre y salió corriendo hacia una esquina para agarrar algo de su bolsa.

Se agachó y sacó una caja metálica azul nueva que dejó encima de la mesita de café.

—¿Y eso? —preguntó Kailani.

Arwen sonrió.

—Me acordé de la cápsula del tiempo de los chicos y me pareció una idea muy bonita. Se me ha ocurrido que podríamos escribirnos cartas a nosotras mismas y abrir la caja en veinte años, cuando nuestros hijos ya sean mayores.

—¡Sí! —Me levanté de un salto y agarré un trozo de pergamino, tinta y una pluma. Las demás hicieron lo mismo y nos esparcimos por la habitación.

Me agaché frente al pergamino y empecé a escribir:

Querida Zara del futuro:

En veinte años, Axil y tú probablemente ya tengan una docena de hijos que lucharán por abrirse camino en la manada hasta la posición más dominante. Tu vida fue dura al principio, con la muerte de tus padres siendo tan joven, separarte de Axil a los quince años y haber tenido que criar a Oslo cuando tú todavía no eras más que una niña. Luego, la muerte de Cyrus casi te rompe. Pero espero que puedas voltear al pasado con una sonrisa, porque las cosas solo pueden mejorar. Eres madre de un precioso niño, eres la pareja de un hombre que te quiere más que a su vida y, lo más importante, eres fuerte. Has aprendido que, no importa lo que la vida te ponga por delante, puedes hacer cosas muy valiosas. Por eso, en el caso improbable de que la vida te golpee por sorpresa en los próximos veinte años, solo quiero decirte que... no te preocupes. Tú puedes con esto.

Eres la mujer más fuerte que conozco.

Con cariño,

Z

Levanté la mirada de la carta, feliz de ver a mis amigas también sonriendo mientras escribían las suyas, y añadí una última frase:

Ah, y que no se te olvide nunca... la vida es más bonita cuando la compartes con amigas. Valóralas.

En ese momento, el vacío que había sentido desde la muerte de mis padres se llenó. Tenía todo lo que había deseado siempre. Una familia, amigas, un reino, un hijo. Me sentía increíblemente feliz y plena, y sabía que daba igual lo que la vida me deparara, porque podría superarlo.

Fin.